ヴィンテージガール

仕立屋探偵 桐ヶ谷京介

"vintage girl"

the dressmaker detective

by nanao kawase

川瀬七緒

講談社

ヴィンテージガール　仕立屋探偵　桐ヶ谷京介／目　次

装幀　川名　潤

ヴィンテージガール

仕立屋探偵　桐ヶ谷京介

第一章　アトミックと名もない少女

1

　桐ヶ谷京介《きりやきょうすけ》は、昭和歌謡が繰り返し流されている高円寺《こうえんじ》南商店街を歩いていた。

　駅に近い場所には食品を扱う店が連なり、軒先《のきさき》に屋台を出している焼き鳥屋が炭火をバタバタと団扇《うちわ》で扇いでいる。その香ばしい匂いに誘われてきた何人かの老人が、昼間から一杯ひっかけ赤ら顔で笑っている姿が実に感慨深かった。そうかと思えば若者たちは個性的な装いで身を包み、まだ九月だというのにマフラーを巻いているツワモノまでいる。懐古趣味とそれを打ち消すような活きのよさがうまいこと共存しており、今日もこの商店街は熱気に満ちていた。

　ごちゃごちゃした雰囲気を楽しみながら通りを進んでいるとき、小さなクリーニング店から出てきた女を何気なく流し見てから、桐ヶ谷ははっとして二度見した。同時に心臓が跳《は》ねるように暴走をしはじめ、一瞬で喧騒《けんそう》が耳に入らなくなる。桐ヶ谷は脇をすり抜けた女を追って素早く振り返った。

　黄色いブラウスに小花柄のスカートを穿《は》いて、女は狭い歩幅でせかせかと歩いている。桐ヶ谷は、彼女の後ろ姿にじっと焦点を合わせた。体の軸がかなり右側に傾いており、骨盤の左腸骨《さちょうこつ》稜《りょう》がやや前側に倒れている。ブラウスの脇の下、しかも右脇にだけ折り込まれたような三本の深いシワが斜めに走っていた。これは日常生活で現れる類《たぐい》のシワではない。明らかに体が悲鳴を上げているサインだった。

桐ヶ谷はしばらく女の後ろ姿を見つめていたが、むりやり目を引き剝《は》がすようにして逆方向へ歩みを再開した。

自分にできることは何もない。かかわるだけ無駄だ。

頭の中でそう繰り返しながら歩を進めたが、依然として心は彼女のほうへ向いている。桐ヶ谷はまた立ち止まって薄雲が広がる空を仰ぎ、大きく息を吸い込んでから踵《きびす》を返した。人波を避けながら小走りし、黄色いブラウス姿の女を追いかける。そして後ろから声をかけた。

「あの、すみません」

女は目に見えてびくりと肩を震わせ、どこかおどおどした様子で振り返った。三十代の後半ぐらいだろう。骨張った蒼白い顔には覇気がなく、常に何かに気を取られているようで視線がなかなか定まらない。そのうえ毒々しいまでに真っ赤な口紅をつけているせいで、病的な雰囲気を加速させている女だ。

桐ヶ谷は彼女の全身に素早く目を走らせ、出し抜けに言った。

「個人的な話をするので、ぜひ落ち着いて聞いてほしいんですよ」

「え?」

「失礼ですが、あなたは暴力を受けていませんか?　それも日常的にです」

女は細い目を大きくみひらき、真っ赤な唇を震わせた。

「突然こんなことを言ってすみません。でもこのまま放っておけば、あなたはいずれ内臓を損傷するような事態になってしまうんじゃないかと心配になったんです。なにせあなたに暴力を振るっている人間は、人から見えないところしか殴《なぐ》らない。確実に洋服で隠れる部分です。違いますか？」

「な、なんなの……」

女は左の瞼《まぶた》を微かに痙攣《けいれん》させ、気味が悪いとばかりに後ずさりをした。

「今あなたは、右の脇腹がひどい炎症を起こしている。外腹斜筋《がいふくしゃきん》という場所です。きちんとした治療を受けてはいませんよね？　その部分をかばうために、体の軸にねじれが生じています」

「何言ってるの……いえ、なんでそんなことがわかるんですか」

「体の状態が洋服のシワとなって現れているんですよ。日常性のある暴力の痕跡です。とにかくこれだけは言わせてください。今すぐ診断書を取って、あなたは警察に被害届を出すべきです」

女はじりじりと桐ヶ谷との距離を取り、怯《おび》え切った瞳で見上げてきた。

「な、何かの宗教なの？」

「違います。あなたの歩く姿から暴力が透けて見えた。僕の言ったことが当たっているなら、一日も早く逃げてほしいんですよ。あなたに暴力を振るっている人間は、この先もそれをやめることはない」

女は狭い額に汗を光らせ、「……あなたには関係ない」と低く警告するように言ってから身を翻《ひるがえ》した。そして体の右側をかばうような格好でばたばたと走り去る。

「あ、ちょっと待って！」

桐ヶ谷は後を追って反射的に走り出したが、数メートルほどで足を止めた。彼女が見えなくなるまで通りに立ち尽くし、もと来た道を引き返しはじめる。そして商店街の奥まった路地を左に折れ、そのさらに奥にある古びた店の戸を開けた。

八畳ほどの薄暗い店には、二台の工業用ミシンが並べられている。見るからに壊れた大きな鉄くずだが、腕利きの職人が愛用していたものだと聞かされたときから処分することができなくなった。空間を圧迫している傷だらけの裁断台も同様で、この店に残された道具のすべてが未だ使われることを静かに待っている。

壁全面に造りつけられている木の棚はほとんど空っぽだが、前の主人はたくさんの見本生地《きじ》を並べて五十年間仕立て屋を営んでいたという。が、もうここに当時の面影はない。

何も飾られていない小さなショーウィンドウに目を細め、桐ヶ谷は西日に染まる路地を見つめた。

さっきの女は、近い将来に重傷を負うことになる。推測ではなく、これは確信だ。ブラウスに残されていた深い折りジワは、暴力や虐待を受けている者のみに出る目印のようなものだった。そして、加害者がまったく力を加減していないのが遠目からでも見て取れた。殴られた場所の繊維が潰れてたわみ、経糸《たていと》と緯糸《よこいと》が放射状に開いてしまっていたのがそれを物語っている。あの状態では肋骨が折れるのも時間の問題だろうと思われた。

桐ヶ谷は細く息を吐き出し、両手でごしごしと顔をこすり上げた。

こんな戯言《たわごと》を根拠に通報してみたところで、鼻であしらわれるのが関の山だろう。彼女の日常や苦悩が手に取るようにわかるのに満足な説得もできず、ただ傍観するしかないという絶望感が自身を苛《さいな》む。ゆえに、深くかかわらないという防御に徹することが利口な生き方だった。今さっき見たものを忘れるしかない。

ため息をついて振り返ると、前の店主が遺していった木枠の姿見の中の自分と目が合った。桐ヶ谷は、狭い額を晒《さら》している長髪の男をあらためてまじまじと見つめた。昔から食べても太れない体質で、最近はいささか頬がこけて顎《あご》が尖《とが》り気味だ。奥二重の目は切れ長であり、人を寄せつけない冷たい印象を与える造作だった。

桐ヶ谷は鏡の中の自分から目を逸《そ》らした。

長いこと空き家になっていたテーラーに、得体の知れない男が越してきたと耳目《じもく》を集めてからもう二年が経《た》つ。初めこそ若い仕立て屋がやってきたと近所では珍しがられたが、一向に商品が並ばないショーウィンドウを見て商店街の面々はひどく落胆していた。町の活性化には何ひとつ貢献しない若者が空き家に住み着いている……というのが彼らの総意であり、もはや危険人物として監視されている節さえある。

裁断台の脇にある椅子に腰かけると、どこからともなくやってきた猫が膝《ひざ》の上に飛び乗った。顔の右半分だけが黒という仮面のような奇妙な柄で、左目が白く濁って視力はないと思われる。ここいらが縄張りである強面《こわもて》のノラ猫は、いつの間にかこの店を住処《すみか》にするようになっていた。

「ぼっこ」

桐ヶ谷が膝の上に声をかけると、勝手につけられた名前に反応した猫はかすれた鳴き声を漏らした。見た目通りのかわいげのない声色だ。首許《もと》を撫《な》でるなり低く喉を鳴らし、満足げに目を閉じている。あたたかな体から伝わる低音と振動、そして重みがとても心地よく、今さっきまでの焦燥感が少しずつ和らいでいった。

桐ヶ谷は裁断台に広げられている薄いハトロン紙に目を落とした。そこには立体裁断から起こしたブラウスのパターンがあり、細かな数値がびっしりと書き込まれている。それらをじっと見つめていたが、ふいに手を伸ばして袖下を二ミリほど下げる位置に曲線を引き直した。女性の前《ぜん》鋸筋《きょきん》と広背筋《こうはいきん》の動きを考えれば、この二ミリが美しいシルエットを形作る鍵となる。

鉛筆を置いたと同時にきしみながら店のドアが開かれ、吹き込んだ乾いた風がハトロン紙をふわりと浮かせた。猫が素早い身のこなしで走り去り、夕日を背にがたいのいい男が歩いてくる。白髪《しらが》交じりの髪を定規で引いたような角刈りにし、エラの張った顔は今日も満面の笑みだ。額を横切る三本の深いシワが波打っていた。

「よう、今日は昨日よりも涼しいな」

通りの先に理髪店を構える磯山弘幸《いそやまひろゆき》は、裁断台の隅にビニールの包みを置いた。

「佐々木《ささき》の惣菜《そうざい》屋で銀鱈《ぎんだら》の煮付けが出たから買ってきたよ。カボチャもな。どっちも今どきが旬だからうまいぞ」

「いつもすみません。本当に助かりますよ、料理は得意なほうじゃないんで」

桐ヶ谷がお茶でも用意しようと立ち上がりかけると、還暦過ぎの磯山は血管の浮き出た肉厚の手をひと振りした。

「かまわないでくれや。あんたは仕事を続けな」

「すみません。お茶菓子も何もなくて」

桐ヶ谷が頭を掻《か》きながら苦笑いを浮かべると、磯山は割れるような笑い声を上げてビニール張りの丸椅子を引きずってきた。斜向《はすむか》いに腰かける。

「奥さんの具合はどうですか？　確かもう退院しましたよね」

桐ヶ谷が再び座りながら問うなり、磯山は糊《のり》の効いた白い上着の襟《えり》許に手をやった。ケーシーと呼ばれる古典的な理髪店のユニホームで、首許から肩口にかけて大きな釦《ボタン》が並んでいる。男はおもむろに深く頭を下げ、すぐに顔を上げて弾《はじ》けるように笑った。

「退院した嫁さんの具合は良好だよ。それもこれもみんなあんたのおかげだな」

「大げさな」

「大げさじゃないよ。半年前、あんたが嫁さんの病気に気がついたから早期治療ができた。パーキンソン病なんて、名前だけ知ってるような病気だったしな」

磯山はここを訪れるたびにこの話をする。

半年前、商店街で買い物をする磯山の妻を見かけたのが始まりだった。彼女の後ろ姿を見ただけで、筋強剛《きんきょうごう》があることがすぐにわかったからだ。頸部《けいぶ》と体幹の筋肉が強張《こわば》りはじめており、首が前に下がっていた。一見すると単なる猫背のようだが、わずかに軸が前へ曲がっていたことと、歩くときの足の出にくさが明らかに筋肉の機能不全を示していた。

「あんときあんたは急に店に来て、『奥さんをすぐ病院へ連れていったほうがいい』なんて言い出すから何事かと思ったよ。うちの嫁さんは健康そのものだし、今まで病気ひとつしたことがなかったからな。まあ、確かに姿勢は悪いがね」

磯山は腕組みしてひときわ神妙な顔をした。

「あんたがあんまりにも騒ぐもんで医者へ行ったら、パーキンソン病の初期だとよ。普通は気づかないまま進行しちまうんだと。医者もよく気づいたもんだって驚いてたよ」

「本当に早期発見ができてよかったですよ。今は進行を遅らせることができるから」

「ああ。いい薬があるみたいだからな。それにしても、うちの店には須藤《すどう》医院の老院長がずっと通ってんのに、医者も気づかなかったんだからたいしたもんだ」

磯山はいつものように桐ヶ谷を褒《ほ》めたたえ、裁断台の上に広げられている大きなハトロン紙を覗《のぞ》き込んだ。急に話を変える。

「これが洋服の型紙になるのか。ぱ、り、これだな」

男は言い慣れない言葉を口にし、訳知り顔で頷《うなず》いた。

「隣の家の娘が言ってたよ。桐ヶ谷くんは世界の有名デザイナーから指名されるほど腕の立つ職人らしいってな。洋服の設計図を引くんだろ？　目玉が飛び出るほどバカ高い洋服のデザイナーがあんたを取り合ってるって聞いたぞ。若いのにたいしたもんだ」

「それほど若くはないですよ。もう三十四ですし」

磯山は大口を開けて豪快に笑った。

「三十四なんて、ようやっと物心つくぐらいの年頃だろ」

磯山は角張った頭を揺らしながらひとしきり笑い、紅潮した顔を片手でこすり上げた。

「そのうえあんたは有名な芸術家だって話だ」

「しがない芸術家崩れです。美術解剖学を専攻していましてね」

桐ヶ谷は正確な情報を提供した。

「よくわからんが、それでうちの嫁さんの病気を見抜いたってわけだな」

「その件はあくまでもまぐれですが、人を見ると筋肉や骨が透けて見えるんですよ。あの人体模型みたいに」

桐ヶ谷は店の隅に固められている筋肉が剝《む》き出しの模型へ目をやった。自作のこれらも商店街ではすこぶる評判が悪い。あるときなど、表から見えないようにしろ、とドアに忠告のメモが挟まれていたものだ。

「磯山さんの場合、右手首と大円筋《だいえんきん》を痛めている。ここは上腕骨《じょうわんこつ》につながっている肩を安定させるための筋肉です。右腕を後ろへ引くと脇の下あたりが痛くないですか？」

「いや、その通りだ！　右側の脇だけ痛むもんで、長いこと湿布《しっぷ》が手放せないんだよ！」

磯山は二重のくどい目を大きくみひらき、素直に驚きを示した。

「ハサミを持つ仕事をしているので職業病ですね。右側を無意識にかばっているから、左肩も少し上がって服には縦ジワが出ています。湿布より、鍼灸《しんきゅう》で大円筋を緩めてやると痛みもだいぶ軽減されるんじゃないかな」

男は感心しきりのうなり声を上げ、右側の脇の下をさすった。

「人を見れば骨と筋肉が透けて見えるか……。こんな突拍子もない特技を持つ人間が、今は服作りをやってるってのが奇想天外だ。そのうえ好んで高円寺のボロ家を借りて住むんだから」

「解剖学と服飾は切っても切れない関係なんです。要は体を包む布を設計するわけですから」

磯山は腕組みしたまま何かを考え込んでいたが、やがてふうっと息を吐き出した。

「俺には想像もつかん世界だな。床屋以外をほとんど知らないままこの歳になっちまったから、ある意味世間知らずだしよ」

「それは誇るべきことだと思います。ひとつのことを深く突き詰めてきた人物を、僕は尊敬しているんですよ」

心から出た言葉だと悟った磯山は、いささか照れくさそうに咳払《せきばら》いをした。

「まあそれはそうと、俺はあんたの髪を切りたくてしょうがない。剣士じゃあるまいし、そんな伸ばしっぱなしにしてっから不審者とか陰口を叩《たた》かれるんだぞ」

「知ってたんですか、僕の噂」

「知ってるも何も、俺も商店組合の理事だからな。噂はしょっちゅう耳にする。殺人の前科があるとか、逃亡犯じゃないかなんて言ってたやつもいたぞ」

桐ヶ谷が思わず笑うと、磯山は笑い事じゃないと言わんばかりに唇を引き結んだ。

「ここの商店街には保守的な連中も多いし、町の発展をよそと競ってるようなやつも多い。要は商店街にとって利がないやつが嫌いなんだな」

「もっともだと思いますよ。それだけ伝統のある町なわけですし」

頷きながら喋《しゃべ》る桐ヶ谷を凝視していた磯山の目が、さらに熱を帯びてぎらりと光った。無造作に束ねている桐ヶ谷の長髪を見て、理容師魂が疼《うず》いているのがわかる。無精《ぶしょう》というわけではないのだが、今のところは短くするつもりがない。まっすぐの黒髪をひとつに束ねると、きりっと気持ちが引き締まって集中力が増すような気がするからだ。

桐ヶ谷は重みのある黒髪を後ろへ払い、切りたくてうずうずしている磯山に告げた。

「近いうちに店のほうへおじゃましますよ。五センチぐらい切ってもらおうかな」

「五センチ？」

磯山は素《す》っ頓狂《とんきょう》な声を上げ、立ち上がりながら角刈りの頭を撫で上げた。

「男だったらスポーツ刈りだろう。今は女みたいな軟弱な髪型のやつが多いが、男ぶりを上げたいなら短髪だ。必ずモテるようになるぞ。あんたは顔立ちがいいのにもったいないだろ。それにうちの店は生涯フリーパスだから、いつでも好きなときにきていいからな」

桐ヶ谷は苦笑いを浮かべながら男と一緒に出入り口まで歩き、ドアを開けて「またな」と手を上げた磯山を見送った。

もとはこの男も排他的な商店組合のひとりだったが、妻の病気を機に変わっている。今では何かと世話を焼いてくれる頼れる存在だった。

外はもう薄暗くなりはじめ、吹き抜ける冷たい風には秋の気配がまぎれていた。桐ヶ谷は店に引っ込んで電気を点《つ》け、磯山にもらった惣菜を奥の住居にある冷蔵庫に入れて戻った。いつの間にか舞い戻っていた猫が、裁断台の上をうろうろと歩きまわっている。

そのとき、耳をつんざくような大音量が鳴り響いて桐ヶ谷は飛び上がるほど驚いた。棚に載せられている十九インチのテレビモニターがなぜか起動しており、音量がみるみる大きくなっているではないか。

桐ヶ谷はあまりのうるささに耳を塞ぎながら裁断台に置いたはずのリモコンを探し、猫の足の下にあるのを見つけてすかさず取り上げた。

「なんでわざわざこれを踏むんだよ」

猫相手にぼやきながら音量を絞り、そのままテレビの電源を切ろうとした。がそのとき、小さなモニターに映し出されている映像を見て動きを止めた。やけに古めかしいデザインの洋服が大写しになっていたからだ。

桐ヶ谷は棚の前まで移動し、間近でモニターに目を据えた。年かさのアナウンサーが、十年前に殺害された少女が当時着用していた服や持ち物だと滑舌《かつぜつ》よく語っている。桐ヶ谷はしばらくじっと見つめていたが、身を翻してノートと鉛筆を手に取り、再びモニターの前へ取って返した。警察が公開したとおぼしき遺留品のワンピースのデザインを素早く描き取っていく。

ずいぶんと奇妙な柄だ。桐ヶ谷は鉛筆を動かしながら思った。紫色の生地の上に目玉らしきものや幾何学的な模様、そしてネジや太陽のような柄が大胆に散らされている。色合いも独特でどぎつく、かなりインパクトのある衣服だった。何よりも目を引いたのが、そのワンピースの襟許だ。

桐ヶ谷はさらにモニターに近づいて凝視した。

首から肩に沿うような格好で緻密《ちみつ》なカットが施され、シルエットに無駄な部分が一切ない。人体の構造を熟知している者がパターンを引いているのは疑いようもなかった。ワンピースの後ろ側、肩甲骨《けんこうこつ》の上部にある肩甲棘《けんこうきょく》と肩峰《けんぽう》の部分には、筋肉の動きを妨げないような工夫が見える。それは実に繊細な配慮で、そこいらで売られている量産品ではないことを意味していた。しかし、それにくらべて袖やウエスト部分の製図と縫製はひどく不格好であり、全体的にちぐはぐした違和感のある服に仕上がっている。

「不思議なデザインだな……」

桐ヶ谷はそう低くつぶやいた。テレビ画面を見ながら殺害された少女が着ていた衣服を絵に起こし、続けざまに縮尺パターンを引いていく。肩線《かたせん》は緯糸数本分に満たないほどわずかな傾斜がつけられているようにも見えた。

ノートに細かな数値を書き込んでいるとき、事件の詳細が耳に入ってきた。

事件現場となったのは阿佐ヶ谷《あさがや》にあるひかり団地という場所だ。映像で流されている団地はねずみ色のくすんだ集合住宅で、相当の築年数が経っているのがわかった。箱型の同じ建物が、五棟ほどドミノのように並んでいる。まるで廃墟にしか見えないが、すでに取り壊しが決まっている旨《むね》が聞こえて納得した。

この団地のA棟、二〇一号室で少女の遺体が発見されたのだという。当時から雨漏りや隙間風《すきま》などがある建てつけの悪い団地で、空き部屋が多かった。遺体が見つかった部屋も空き室だったため、死後数週間が経過してから発見されたらしい。何者かが団地の一室に少女を連れ込み殺害、遺棄したというのが事件の詳細のようだった。

正直、これ以上は被害者の情報を耳に入れたくはない。いつものごとく、着衣から少女の気配が感じ取れて拒否反応が出ているのがわかる。

被害者少女の年齢は十代前半。警察が描いたらしい似顔絵が画面いっぱいに映されたとたん、桐ヶ谷は一瞬のうちにあらゆる想像を巡らして鼻の奥がつんとした。すぐ目の奥が熱くなってくる。

被害者は髪を肩に垂《た》らした幼さの残る顔立ちの少女だ。丸顔で目は若干離れ気味、そして形のいい唇は小さく鼻先はやや上を向いている。この似顔絵があれば身元の見当はつきそうなものだが、有力な情報もないまま十年が経過していた。

正確な年齢もわからないほど腐敗していたということだろうか。未だ身元がわからないのは、家族からの捜索願も出されていないから？　いや、行方不明者が多すぎて被害者の特定ができないというのもあるかもしれない。殺されるという恐ろしい最期《さいご》を迎えたとき、この少女は何を見て何を感じ、何を思ったのだろう。死後もたったひとりで荼毘《だび》に付され、今も冷たい土の下で途方に暮れているのではないか……。

桐ヶ谷は奇抜な柄のワンピースを見ながら、ふいにこぼれ落ちた涙をごしごしとこすった。こういう陰惨なニュースがひっきりなしに流れるからテレビは苦手だ。もともと過度に涙もろいうえに感情移入しやすい性分が災いし、年がらねんじゅう、何かに翻弄《ほんろう》されているありさまだった。

桐ヶ谷はティッシュを引き抜いて目許に押し当て、ついでに鼻をかんでゴミ箱へ放った。

今まで、幾度となく虐待の痕跡が現る衣服を着た子どもに出くわしていた。道で、コンビニで、バスで、学校周辺で……。生地の斜行とシワの位置、そして地の目の歪みは受けた暴力を桐ヶ谷にまざまざと見せつけてくる。放ってはおけずに通報したことが何度もあったが、ほとんどの場合、頭のおかしい人間による迷惑行為ということで終了した。なにせ確実な証拠はなく、独自の見解では納得させられないのだから当然だ。しかし、その後に子どもが死亡したニュースが飛び込んできたときには、なんの役にも立たない児童相談所や役所、そして自分に腹が立ってしようがなかった。事実を知りながらみすみす死なせてしまったのかと思うと、怒りや嫌悪感のもっていき場がなくなる。

ノラ猫のぼっこが訝《いぶか》しげな顔で見つめている。桐ヶ谷は大きく息を吸い込み、いつもならば即座に消してしまうテレビに再び目をやった。

ところどころ体液と思われるシミが、ワンピースの生地を強張らせているのがわかる。細かく散っているどす黒い斑点は血痕であり、保存状態の悪さからか色も褪《あ》せて見えた。

暴力的な痕跡をできるだけ意識から外して見つめているうちに、最大の疑問点が頭に浮かび上がってきて桐ヶ谷は首を傾げた。

いくら十年前とはいえ、この洋服の色柄デザインは時代遅れすぎやしないか。

桐ヶ谷は素早くスマートフォンを起動し、事件が起きた当時の服飾傾向を検索した。二〇一〇年は森《もり》ガールという言葉やコンテンツが成熟し、ほどよく抜けたゆとりあるデザインが爆発的に流行《はや》った年だ。そして自然派志向とアウトドア、スポーツ味を混ぜた着まわしやロマンティックなシルエットの洋服が若者の間では主流だった。しかし被害者少女が身につけていたものは、どう見積もっても昭和初期ぐらいのデザインに見えるし、とても十代前半の少女が好んで着るようなものではないところが謎だった。何よりワンピースは既製品ではなく、腕の立つ職人によって仕立てられている点が見逃せない。

桐ヶ谷は、長いことモニターに釘《くぎ》づけにされていた。

この洋服を深く調べれば、気の毒な少女の身元がわかるだろう。少ない情報からでも、そう確信するにはじゅうぶんだった。そしてそれは、服飾の深層部を探究してきた自分にしかできないことなのもわかっている。

過去に、虐待を知りながら死なせてしまった子どもたちの顔が頭に次々に浮かんできた。まるで非難しているようでもあり、事態を見守っているようでもある。自分がワンピースの作図や縫製を見れば出どころの見当がつけられそうだし、着ていた少女の筋肉のつき方や骨格、癖もわかるに違いない。間違いなく、遺された着衣にはすべての情報が詰まっている。

2

九月三日の木曜日。

商店街から少し外れた路地裏には、魅惑的なバーや古いレコードショップ、三坪《つぼ》もないような雑貨屋などがひっそりと佇《たたず》んでいる。喧騒とは無縁の通りはどこか懐《なつ》かしさに満ちており、それなのに垢抜《あかぬ》けていて陰陽のバランスがとてもよい。けれども、いちばん奥にある建物だけは何度見ても理解の範囲を越えていた。出入り口は赤錆《あかさび》の浮いた鉄の重々しいドアで締め切られており、店名もなければ飾りつけの類もない。窓もレンガで塗り込められているため、果たして店なのか空き家なのか倉庫なのかもわからず物々しいありさまだった。

桐ヶ谷は建物の前に立ち、スレート葺《ぶ》きの黒い三角屋根を見上げた。そして要塞の趣《おもむき》をもつ重い扉を開けると、スパイスを感じるお香の匂いが鼻孔をくすぐってくる。

飴《あめ》色のランプが灯《とも》る薄暗い店内には奥行きがあり、古めかしいボディに着せつけられた洋服が無秩序に点在している。レンガの壁には時代がかった振り子時計や鳩時計がおびただしいほどかけられており、規則正しく時を刻む音だけがこの場を支配していた。

ここはヴィンテージショップのはずだが、まるでいわくつきの会員制クラブにしか見えない。あいかわらず最高に難解な空間だ。店内を物色しながら奥へ進んでいくと、蜻蛉《とんぼ》玉《だま》をつなげた珠《たま》暖簾《のれん》の奥からふいに人影が現れた。

「ああ、桐ヶ谷さんか。なんか久しぶりだね」

肩にたらしているまっすぐな髪を後ろへ払い、水森小春《みずもりこはる》は黒目がちな瞳を正面から合わせてきた。肌は薄暗い店内で発光しているように白く、首筋を走る青い血管の造形までありありとわかるほどだ。若干目尻が切れ上がっている涼しげな目許が印象的で、冷たさを孕《はら》んだ美しさが小春にはあった。どこか中性的にも見え、線の細い骨格が顔立ちによく合っている。

彼女はこの店の仕入れからプロモーション、そして切り盛りの一切をまかされている人物だ。まだ二十六という若さながら、経営者から絶大な信頼を寄せられているらしい。

桐ヶ谷は、大輪のバラ模様のワンピースをまとっている小春に軽く目礼をした。彼女は独自の世界観を作って自分の周りに高い壁を張り巡らせている。客商売でありながら愛想というものがないものの、桐ヶ谷はその無理のなさがわりと気に入っていた。

真鍮《しんちゅう》の香炉《こうろ》から立ち昇る煙を手で払い、桐ヶ谷は小春に声をかけた。

「見てもらいたいものがあるんだけど、少し時間を取ってもらえないかな。急で申し訳ない。ぜひきみの意見が聞きたくてね」

「別にいいよ。うち、お客さんはほとんど夕方にしか来ないしね」

「いつも聞こうと思ってたんだけど、まさかこの店は予約制なの？」

「いやいや。来る者拒まず、去る者追わず」

小春は身振りを交えてそう言い、いたずらっぽく歯を見せて笑った。

それにしても、この不可思議な店とも呼べない店にふらりと入ってこられる猛者《もさ》はいるのだろうか。ここを支えているのは昔からの常連客で、店内の商品が入れ替わるたび、遠方からわざわざ足を運ぶのだという。

桐ヶ谷は、古めかしい黒い別珍《べっちん》張りのソファへ促されて腰を沈めた。

「そういえば、この間はありがとうね。ホントに助かっちゃったよ」

小春は思い出したようにそう言いながら、蜻蛉玉の珠暖簾をかきわけて奥へ引っ込んだ。どうやらヤカンを火にかけたらしい。彼女はカチャカチャと陶器のぶつかる音を立て、先を続けた。

「いきなりだったのに、お客さんのサイズに服を直してもらってさ」

「たまたま手が空いてたからね」

暖簾の奥から、落ち着いた低めの声が流れてくる。

「お客さんが大喜びしてたよ。まるであつらえたようにぴったりだって。わざわざ手紙までくれてね。桐ヶ谷さんが彼女をひと目見ただけで、骨格とか癖を見抜くもんだから最初は不気味がってたけどね。神通力とかキツネ憑《つ》きとか言って」

「なんでキツネ憑き……。あのご婦人は常連さん？」

「その通り。わたしがこの店に勤める前からの超常連。オーナーの知り合いで八十三のおしゃれなおばあちゃんね。将来的にわたしもああなりたい見本だな」

たまたま店に居合わせた老婦人だったが、確かに凜《りん》とした立ち居振る舞いが印象的で魅力あふれる女性だった。

桐ヶ谷は、鮮やかな萌葱《もえぎ》色に髪を染めていた老婦人の体格を思い浮かべた。

「彼女は腰が曲がって肩が前に入ってしまっている華奢《きゃしゃ》な骨格。筋肉量は少ないけど、前に出ている頭を支えるために、僧帽筋《そうぼうきん》だけはかなり発達していたね。ああいう体型は、襟ぐりのラインを全体的に五ミリぐらい削って、前下がりをなくしたほうが美しく見える」

桐ヶ谷が説明していると、小春は暖簾をわけて白い顔を出した。

「彼女は桐ヶ谷さんのお直しが気に入って、次からもぜひお願いしたいって言ってるよ。専属になってもらいたいぐらいだって。どう？　本業の合間の小遣い稼ぎをやってみない？　オーナーには内緒で報酬を横流しするからさ。わたしの取り分は二十、いや三十パーで」

「中抜きしすぎでしょ」

生真面目に語る彼女に、桐ヶ谷は思わず噴き出した。

「でもまあ、いい副業かもね。ただ、僕は助言しただけで実際に縫い直して仕上げたのは巣鴨《すがも》にある古いテーラーだよ。報酬を撥ねるのは申し訳ないな」

「巣鴨のテーラー？　初耳だよ。桐ヶ谷さんの知り合い？」

「そう。七十代後半の職人で、薄物と女性服の仕立てが得意。口で説明しただけで理想の形に仕上げてくれる腕利きでね。今はミラノにあるハイブランドのお抱えでもある」

小春はことさらじろじろと桐ヶ谷を見まわし、すごいね、と抑揚なく言ってから再び奥へ顔を引っ込めた。

「桐ヶ谷さんが橋渡し役になって、仕事がなくなった職人にまた光を当てる。変わった仕事だよね。確かそのために何年も海外を放浪してたんだっけ？」

「まあ、四年ほどだけど」

小春の笑い声が聞こえた。

「ファッションブローカーってやつだね。それにしても現代のファッション最前線にいるのが、桐ヶ谷さんの発掘した巣鴨に住むじいちゃんだなんて、世界中で何人が知ってるのかな」

小春はコーヒー豆をけたたましく挽《ひ》きながらぶつぶつと喋った。

「日本じゅうのあらゆる業界に、そんな職人がごまんといるよね？　腕は間違いないけど仕事がない……みたいな」

「いるね。彼らはいかにも日本的な職人気質《かたぎ》で、自分を売り込んだりコネを作ったりすることを邪道だと信じて生きてきた。だから時代の変化に無理してついていこうともしないし、ただ黙って終わりを迎えることを選んでいる者も多い。まるで寡黙なサムライだな。僕にしてみれば埋もれた財宝だけど」

「サムライって言えば、前話した件、考えてくれた？」

小春は小さな銀のお盆にカップを二脚載せて現れ、桐ヶ谷の前に翡翠《ひすい》色のデミタスを置いた。はす向かいに腰かけて、期待を隠さず目を輝かせている。桐ヶ谷は思わず苦笑した。

「前話した件ってゲーム実況のこと？」

「そうそう。桐ヶ谷さんはとあるゲームのサムライキャラに似てるんだって。動画で顔出ししてくれれば絶対に登録数が増えるんだよ」

「小春さんが顔出ししたほうが増えるんじゃないの」

桐ヶ谷は即座に切り返したが、彼女は顔の前で手をぶんぶんと振った。

「わたしはさ。顔出しなんかして特定されると非常にまずいんだよね。今までゲーム内で極悪非道の限りを尽くしてきたし、復讐心に燃えてるプレーヤーがかなりの数にのぼるから」

「いったい何をやったらそうなるの」

桐ヶ谷は呆れ、小さなデミタスを手に取りコーヒーを口に運んだ。お香と混じって複雑な香りを醸《かも》し出している。小春は交渉材料を次々と捲《まく》し立て、興奮して盛大にむせ返っていた。見た目は落ち着きのある美形なのだが、ひとたび口を開けばイメージを木っ端微塵《こ ぱ み じん》に崩壊させる女である。

およそ一年前、商店街で小春に声をかけられたのが出会いだった。桐ヶ谷がゲームキャラにそっくりだと道の真ん中で騒ぎ立て、自作している実況動画に出ないかと勧誘されたのだが、謎に包まれたこの店の店員であることがわかって驚いたものだ。見た目はともかく、アンティークを扱う店の雰囲気とはあまりにもかけ離れているからだ。彼女はゲーム好きで実況動画をネットに上げており、当人は登録者数が伸びないとぼやいているけれども、すでに七十万人を突破している恐ろしい配信者だ。

桐ヶ谷はカップを受け皿に戻した。

「前も言ったけど、動画の顔出しは遠慮する。こう言っちゃなんだけど、僕にメリットがひとつもないからね」

「ああ、そう。まあ、桐ヶ谷さんは断るだろうなとは思ったけどさ」

小春は小さくため息をついてコーヒーの受け皿を手に取った。細い指先までくまなく白く、まったく体温を感じさせない。しかし口を開けば暑苦しいほどあけっぴろげで辛辣《しんらつ》でもあり、すべてにおいて遠慮というものがなかった。それでも嫌な印象を抱かせないのは一種の才能だと思っている。

「それはそうと、店長は？　一度も会ったことないけど」

桐ヶ谷が話を変えると、小春はカップを置きながら首を横に振った。

「オーナーは、わたしが買いつけから戻ってきたときぐらいしか顔を出さないんだよ。会うのは二ヵ月に一回かなあ。仕入れてきた商品を見て満足して、おなかいっぱい焼き肉を食べさせてくれる。そして食べ切れないほどのお菓子とかケーキを置いて帰っていく気のいいおじさんだよ」

桐ヶ谷は笑った。

「よっぽどきみは気に入られてるんだね。海外への買いつけもひとりで行ってるし、仕入れの方向性も内装も値段決めも、店の何もかもをまかされてるんだから」

「ひとりのほうが動きやすいから、わたしがオーナーに頼んでそうしてもらってるんだよ。わりと好きにやらせてくれるのは、この店が趣味とか道楽のひとつだからだろうね。彼はこの店で儲《もう》けようと思ってないわけ」

そうは言っても、揺るぎのない信頼関係がなければすべてをまかせることはしまい。

小春が経営者の愛人だという噂が飛び交った時期もあった。人目を惹《ひ》く容姿と取りすましたぶっきらぼうな雰囲気が、古くからの住人たちへ妙な緊張感を抱かせる要因にもなっている。加えて、何を言われてもまったくの無反応というところも反感を買う材料になっていた。桐ヶ谷にも似た傾向があるとはいえ、小春の動じなさには足許にも及ばない。彼女は常に遠巻きに監視され、何時に店を開けてどこで昼食を摂《と》り、商店街のだれと会話したか……というどうでもいい情報まで逐一《ちくいち》共有されている。気の弱い者なら、とうに逃げ出している状況だろう。

小春はちびちびとコーヒーに口をつけた。

「アメリカで買いつけするときはさ、西海岸を中心にレンタカーで何ヵ所もまわって交渉を重ねるんだよ。わたしらバイヤーは、アーリーチケットで朝の五時から屋外会場に入れる権利があるからね」

「朝の五時？　市場でもあるまいし、あり得ない時間だな」

「それが伝統なんだよ。まだ辺《あた》りが真っ暗いうちに、懐中電灯で商品を照らしながら見繕《みつくろ》っていく。とにかく時間がないから走りっぱなしで疲れるんだよ」

「朝の五時から入れるなら、時間なんていくらでもあるんじゃないの」

「それがさ。日が昇るまでに目ぼしいものを選んでおかないと、一般の連中がどっと入ってくるわけ。だいたい明け方の二時間が勝負だから、集中するためにもひとりになりたいの」

小春はいささか早口で説明した。軽く語ってはいるが、なかなかできることではない。

海外でレンタカーを借りて移動し、滞在のホテルを転々としながら商品を買いつけるという仕事には度胸と計算高さ、そして間違いのない知識が必要だ。危険がないとはいえず、何が起きてもその場を切り抜けられる機転がなければ難しい。海外を放浪していた桐ヶ谷も、異文化圏での深刻な行き詰まりを何度も経験していた。そういう意味で、桐ヶ谷と小春は互いに説明のいらない部分を共有していると言えるのかもしれない。

桐ヶ谷は小さなカップのコーヒーを一気に飲み干し、ふうっとひと息ついた。本題に入ることを察した小春は、ソファに浅く座り直して背筋を伸ばしている。

「きみに見てもらいたいものはこれなんだけど」

桐ヶ谷はそう前置きし、おもむろにタブレットを出して起動した。昨日に放映された公開捜査番組が、早くもネットに上げられている。桐ヶ谷は動画を再生し、殺害された少女の所持品が映し出された箇所で止めた。小春にタブレットを差し出す。

「その映像にあるワンピースなんだけど、きみなら何かわかるんじゃないかと思ってね」

「ワンピース？」

彼女はタブレットが放つ光に目を細めた。無言のままじっくりと検分し、時折り指を使って拡大している。薄暗い店で白っぽい光を浴びている小春はひどく儚げだ。画面の隅々まで時間をかけて見入っていた彼女は、急に顔を上げて短く断言した。

「アトミックだね」

桐ヶ谷が疑問符を顔に浮かべると、彼女はタブレットをコーヒーテーブルに置いてソファに背中をつけた。

「確か一九四〇年代だっけかな。アメリカが南太平洋沖で公開核実験をおこなったんだけど、桐ヶ谷さんも知ってるよね？」

「ああ、ビキニ環礁《かんしょう》のこと？」

小春は小さく頷いて先を続けた。

「当時の核実験は全世界に衝撃を与えたし、特にアートの世界ではアトミックっていう爆発とか汚染をイメージした抽象的な絵柄が次々に生み出されたんだよ」

「なるほど」

桐ヶ谷は帆布《はんぷ》の手提《てさ》げ鞄から素早くノートを出して書き取った。

「このワンピースのテキスタイルは間違いなくアトミックで、おそらく五〇年代のアメリカのもの。間違ってはいないはずだよ」

　思った通りの反応のよさで桐ヶ谷は嬉しくなった。今さっきまでのくだけた様子とは違い、顔つきまで引き締まって見える。桐ヶ谷はすぐさま疑問を口にした。

「やっぱりきみに見てもらってよかったよ。ちなみにその時代、世界中のアート界でアトミック柄が生み出されたわけだよね？」

「そうだね」

「だとすれば、ピンポイントでアメリカ製だと言い切る根拠は？」

「アトミックが使われた衣類に限っては、アメリカでしか流行らなかったから。これが根拠だよ」

　小春はそう言って先を続けた。

「当時の日本にもアトミックの生地だけは入ってきたけど、色合い的に地味なものが多かったと思う。この映像のワンピースは奇抜すぎるよね。紫にオレンジに黄緑にピンクに、普通の感覚なら合わせないような色を合わせてるし、いかにも当時のアメリカ人が好きそうな感じだよ」

　彼女は単に古い服飾に関しての目利きというだけでなく、流行の発端となった時代的背景や民俗にも深く通じている。古物商にとっては喉から手が出るほどほしい人材であり、ある程度好きにさせても経営者が手放さない気持ちはよくわかった。

　桐ヶ谷はタブレットに目を落とした。

「きみの推測が正しかったとしても、五〇年代にアメリカの既製服は日本に輸入されていない。庶民は生地屋で布を買って、仕立て屋に注文するのが主流の時代だったわけだし」

小春は焦げ茶色の目をしばたたき、タブレットを桐ヶ谷のほうへ押しやった。そして真正面からじっと見つめてくる。頭の中を探っているような、落ち着かなくなるほど遠慮のないまっすぐな視線だった。

「それで、本当に知りたいことは何？　このヴィンテージワンピースより、桐ヶ谷さんはほかに気を取られてるみたいだけど」

「まあ、その通りだよ。さっきの画像は、テレビの公開捜査番組なんだ」

「ああ、確かに警察の直通電話番号も載ってたもんね」

小春はあごに指を当てて言い、桐ヶ谷はすぐさま相槌《あいづち》を打った。

「昨日の夕方の放送をたまたま見たんだよ。十年前に殺された少女は、アトミック柄の変わったワンピースを着ていた」

「へえ、十年も前の事件なんだ……。今になって公開捜査ってことは、犯人がまだ捕まってない未解決事件なんだよね」

「そう。犯人は未だ逃亡中。そして殺された少女の身元もわかっていない」

「ちょっと待った」

小春はたちまち眉根を寄せてゆっくりと腕組みをした。

「犯人がトンズラしたのはわかるけど、被害者がどこのだれかもわかんないなんておかしすぎる。事件から十年だよ？　もしかして、女の子の首が見つかってないとか、そういうヤバい事件なの？」

嫌悪感や好奇心を示すでもなく、彼女はいたって真面目に考えているようだった。

桐ヶ谷はタブレットを再び起ち上げ、動画を少し送ってから小春に差し出した。画面には、鉛筆で描かれた被害者の似顔絵が映し出されている。彼女はそれを一瞥《いちべつ》した。

「よかった。首はついてるんだね」

小春はぼそりとつぶやいたが、すぐに「いや、何もよくはないな。殺されてるんだから」と言い直した。

「事件が起きたのはおよそ十年前の十二月。発見が遅れたようだけど、冬場だし腐敗の影響はそれほど受けていないと思う」

小春は鉛筆描きの絵にしばらく見入り、視線を固定したままで声を発した。

「これ、何も語りかけてこない似顔絵だね。個性がない。ゲームのCGなんかもそうだけど、不思議とどんな顔にも当てはまるというか、いくら見ても特徴が浮かび上がってこないというか」

「その通りだよ。無表情の線画というのは感情に訴えかけるものがない。人の印象には残りづらいし、頭の中で脚色されやすいね」

小春はさらに少女の似顔絵を凝視し、ふいにぱっと視線を外した。数々の疑問が浮かび上がっているのが見て取れる。

「この子の親にしてみれば、娘が急に失踪したわけだよね。それなのに、未だに身元がわからないのは捜索願も出してないからでしょ。ましてや似顔絵まで公開されてんのに、十年もわかんないままなんてあり得るかな」

そう考えるのはもっともだった。被害者は未成年なのだし、事件に巻き込まれる直前まで大人の庇護《ひご》の下にいたのは間違いないからだ。

桐ヶ谷は、昨日から頭を駆け巡っている言葉を口に出した。

「親が犯人なら捜索願を出すはずがない」

そう言ったとたんに、小春は初めて不快感をにじませた。

「あるいはこの少女がずいぶん前から家出していて、親兄弟とは完全に疎遠だった可能性もあるし」

「疎遠って、まだ十代前半の子どもだよ？」

「常識で考えればあり得ない話だけど、信じられないほど劣悪な家庭環境というのは実際にあるからね。警察もそういう観点から捜査したと思う。結果、この事件は迷宮入りしてしまった」

「なるほど。つまり、警察の捜査は見当違いだったってことか」

小春はずばりと指摘したが、桐ヶ谷は決してそう思ってはいなかった。警察は歯の治療痕や身体的特徴などから徹底的に捜査をしたはずで、それでも合致するような人間には行き当たらなかったのだろう。あらゆる情報を洗ったのは間違いなく、それをもってしても身元すらわからない状況だったということだ。

「被害者の年齢は十代の前半だと推定されている。そんな少女が五〇年代にアメリカで流行った服を着て、人知れず殺されたわけだよ」

桐ヶ谷が情報をまとめると、小春は小作りな顔をやや傾けた。

「被害者の女の子が五〇年代に流行った服を着ていたこと自体は、それほどおかしくはないと思うけど」

「そうだね。おかしくはないけど、まだそういうジャンルに美を見出せるような年齢には達していないと僕は思う。古いものに敬意を表するヨーロッパ圏とは違って、日本ではそういう文化や考え方が末端まで浸透していない」

「ああ、それはわかるよ。古いものにこそ価値を見出すヨーロッパでは、質のいいヴィンテージを絶対に手放さないからね。洋服であれ家具であれ、食器やテーブルクロスにいたるまで心の底から大切にしてる。だからヨーロッパへわざわざ買いつけに行っても、掘り出し物がなくてがっかりさせられるんだよ」

小春は頷きながら先を続けた。

「このアトミックを着てた女の子は、何かに影響を受けて古いものにのめり込んだのかもしれない。それに桐ヶ谷さん。何かに美を見出すことに年齢は関係ないよ。好きって感覚には理由なんてないし」

さらりと桐ヶ谷の考えに対抗する小春に笑いかけた。

「正論すぎて何も返せないな。ただ、被害者が古着を好むマニアだったとすれば、相当目立つし周りに目撃者のひとりぐらいいたはずだと思わない？」

小春は開きかけた口を閉じ、動きを止めて考え込んだ。

「そもそもこの事件がおかしいのは、超個性的な少女が地域のだれからも認知されていなかったところだよ。きみも経験しているだろうけど、人と違う人間はあらゆる者の記憶に残る。奇異の目であれ羨望《せんぼう》であれ、忘れることが難しくなるからね。でもこの被害者の場合は違う。なんせ十年も未解決なんだから、ろくな目撃情報がなかったのは間違いない。状況との齟齬《そご》がありすぎるんだよ」

「うーん、言われてみれば確かに不思議だね……」

小春は尖ったあごに手を当ててさらに考え込み、ぽつぽつと質問した。

「この女の子はどこで発見されたの？」

「阿佐ヶ谷にある団地の一室らしい。空き室で発見されたときには、死後数週間が経っていた」

「ホントに嫌な事件だな」

小春はかぶりを振った。

「もちろん警察は、当時団地に住んでた連中を調べ上げたはずだよね」

「いちばん最初にそれはやっただろうね。被害者は団地住まいでなかったことがわかっている。加害者も不明。こっちも団地には住んでいなかったのか、それともうまく捜査をすり抜けただけなのか」

桐ヶ谷は適度に弾力のあるソファの背もたれによりかかった。

「被害者も加害者も別の場所で生活していたのに、なぜか阿佐ヶ谷の古い団地の一室にいた。どっちかに土地勘があったんだろう。そして被害者は時代錯誤な格好をして発見されたのに、目撃情報も有力な情報もまったくなかった」

「謎すぎる」

小春はそう言って言葉を切り、壁にかけられているおびただしい時計を眺めながら低い声を出した。

「犯人が女の子を着替えさせた可能性もあるよね」

「まあ、可能性はあるけど意図がわからない。身元の特定を阻止する理由なら、服を替えさせるなんて面倒なことをしないで衣服を持ち去ればいいだけの話だし」

　もっとも、着衣を替えて捜査の攪乱《かくらん》を企てた線はある。しかし、あまり効果的ではないだろう。素人《しろうと》考えだが、被害者が古着を着ていたというだけの理由で捜査がまったく別の方向へ進むとは思えなかった。

　すると腕組みしながらじっと動きを止めていた小春が、だれにともなく問いかけた。

「この子はホントに十年前に生きていたのかな。言っててバカみたいだけど、まるで五〇年代からタイムスリップしてきたみたいに見える……」

　そういう非現実的なところへ考えが向かうほど、この事件が不可解なのはわかる。ただこれほどまでに違和感を覚えるのは、自分たちが服飾やデザインに通じているからというのもわかっていた。未解決事件はほかにも無数にあるはずで、警察にしてみればそのなかのひとつにすぎないだろうと思われる。

　小春はしばらく宙を見据えて物思いにふけっていたが、さらさらの髪をかき上げて小さくひと息をついた。

「で、桐ヶ谷さん。わたしをハメたよね？」

「ハメる？」

「そう、ハメた。こんなものを見せられれば、商売柄気になってしょうがなくなる。いったいどこのショップが女の子にこのアトミックワンピを売ったのか。わたしは、自分が仕入れて売ったものは全部覚えてる。どこのだれが買っていったのか、顔も年齢もすぐに思い出せるよ」

　小春はいささか前のめりになって先を続けた。

「それなのに十年もの間、身元にたどり着くような情報はひとつもなかった。そもそも、このアトミックワンピを仕入れるような店は限られてくるんだな」

「どういうふうに？」

「奇抜で派手で、壊滅的に品はないけどおもしろ味のある品揃えがメインのお店。この手のショップは客層が若い傾向にあるし絞り込みが可能だよ。でも、古物のチェーン店だった場合は特定が難しいね。古本や古道具、古着なんかが一緒くたになった店は、大量に仕入れて大量に廃棄するから、一点一点吟味して仕入れることはない」

つまり彼女は、この事件に興味が湧いたというわけだ。いやむしろ、店を突き止めて少女の足跡を追ってみたい気持ちが急速に膨《ふく》らんでいるようだった。

桐ヶ谷は、いささかむっつりとしている小春に苦笑いを投げかけた。

「たぶん、僕はきみと同じことを考えてるよ。『自分ならばこの被害者少女の身元を割り出せるかも』」

「さすがにそこまでの自信はないって。なんせ警察ですら十年もわかんないままなんだから。でも、連中とわたしらでは見てるところが違うはずだし、警察にとって初めての情報を提供できるかもしれないよね」

桐ヶ谷も頷いた。自分たちがもっている特殊な知識は、この事件の捜査の役に立つはずだ。少なくとも、被害者の着衣の出どころに近づける技量があるのは間違いなかった。そして自分にはもうひとつの目的がある。警察にこの能力を印象づければ、救われる人間が増えはしないだろうか。少女のような、不幸な結末を減らすことにつながるかもしれなかった。

「ちなみに被害者が着ていたワンピースは、間違いなく国内で縫製されたものだよ。これは画像を見ただけでわかる。生地はアメリカ産かもしれないが、縫いには日本独特の技術と気配りが見られるからね」

桐ヶ谷はワンピースの画像へ目をやった。

「肩線の後ろ側が三センチ以上もいせ込まれてるんだよ」

「いせ込まれている？」

小春が訝しげな声を漏らした。

「前肩線の寸法が十センチだとすると、後ろ肩線は十三センチ。ギャザーも入れず、タックも取らずに、生地をアイロンで丁寧に縮めながら無理なく十センチに合わせているんだよ。素材の特性を最大限活かしている。おそらく、これを着る人間の体つきに合わせて肩甲骨まわりにゆとりを出したんだな」

「三センチもなかったことにできるの？」

「繊維の一本一本を少しずつ詰めていくんだよ。織り生地は思っている以上に柔軟だしプロならばやるだろうね。それに生地の使い方にも配慮が見える。たぶん、巻きの外と内を一着内に混ぜてはいない」

小春は説明を急かすような面持ちをした。

「織り上がった反物《たんもの》というのは、何十メートルも棒芯に巻かれて納品されるのは知ってるよね？トイレットペーパーみたいに。巻かれた芯の中心部分、つまり巻きの内側と外側では、当然だけど生地にかかる張力が違う。優れた職人は、その張力を見切って服を仕立てるんだよ。張力の等しい部分だけで一着を作ると、仕上がりが全然違うから」

「そんなことまでしてんの……言葉は悪いけど執念を感じるな」

「ある意味そうだね。サンプルとかショー作品ならまだしも、一般オーダーでそこまで気を配って作る職人は日本でしか見たことがない。というより、生地の張力という概念が日本では割とあたりまえのことなんだな。普通は反物を広げて放置する、放反《ほうたん》と延反《えんたん》をすればチャラだと考えられてるから」

桐ヶ谷は画面のなかのワンピースに目を据えた。小春は膝の上で指先を落ち着きなく動かしていたが、やがてわずかに上気した白い顔を向けてきた。

「あのさ、被害者の女の子が不幸な死に方をした理由が知りたくなった。この考えは不謹慎かな？」

「そう思う人もいるだろうね」

「女の子の無念を晴らすとか犯人が許せないとか、正直それよりも彼女の中身が知りたいよ。どういう生き方をして、どこでこのワンピースを手に入れたのか。そしてなぜ彼女を知る者がだれひとりいないのか。そしてなぜ殺されなければならなかったのか」

小春は自身に問うように考え込み、やがて熱のこもった瞳で桐ヶ谷を射抜いてきた。

「よし、決めた。わたしは女の子の名前を呼んであげることにした。だいたいこの謎がわからないようなら、わたしらは実戦で使いものにならないプロ気取りの雑魚《ざこ》だわ」

「その通りかもしれない」

「桐ヶ谷さんのギルドに参加するよ。初期装備はまかせといて」

小春は親指を立てて桐ヶ谷に頷きかけ、再びタブレットの中の遺留品に目を落とした。

3

翌日、桐ヶ谷は再び二日前に放送された公開捜査番組を再生していた。仕事はそこそこ溜まっているのだが、もはや優先順位の一番目がこの事件調査になってしまっている。むしろ今の状態で仕事には手をつけないほうがいいと判断し、桐ヶ谷はかじりつくように画面に見入っていた。

男性アナウンサーが読み上げている事件の詳細に耳を澄まし、時折りメモをとりながら情報を箇条書きにしていく。

警察が発表している少女の身長は、およそ百四十二センチで体重は三十四キロほど。解剖学的に見れば十歳女児の平均にもっとも近い。が、おそらく司法解剖の結果、骨や臓器の状態、そして歯などからもう少し年齢が上だと判断されたと思われる。幅としては十二、三歳ぐらいまでと考えていいだろう。

桐ヶ谷は小柄で華奢な少女像を思い浮かべ、スケッチブックを開いておもむろに鉛筆を走らせた。警察が公開した身体的特徴を加味しながら、詳細な骨格図を起こしていく。

まずは頭蓋骨《ずがいこつ》を描き、奥二重で離れ気味の目という似顔絵の所見から眼孔の位置に当たりをつけた。身長と体重から察するに腸骨稜は未発達で、六頭身後半ほどの体格だろうと思われる。

少女の体を形作る大まかな骨格を組み上げ、そこにトレーシングペーパーを重ねて三十四キロの体重を意識した筋組織を描いていった。おそらく筋肉量も脂質も少なく、体つきは極めて薄かったと予測ができる。見た目は年齢よりも幼く感じられたかもしれない。

さらにトレーシングペーパーを一枚重ね、鑑識が描いたとおぼしき人相書きを参考にしながら表皮を加えていった。髪は肩甲骨よりも長く目は切れ長の奥二重。薄い唇には横幅があり、鼻梁《びりょう》は通っているが小鼻が小さく全体的に主張の乏しい顔立ちだ。右目の下にあるホクロが唯一の特徴ではあるのだが、集団のなかでは埋もれて記憶に残らない部類の容姿だと言えるかもしれない。

スケッチブック上で少しずつ少女の姿が可視化されていった。

警察が発表した似顔絵は少女の表面だけを描いたものなのに対し、桐ヶ谷のそれは骨格と筋肉という解剖学を根拠に肉付けしたものだ。ある程度の体重を持たせることで、人物画に隠れていた個性が浮かび上がってくる。

死因は頭を殴られたことによるものだと公表されているが、その詳細はわからないままだ。損傷を受けたのは前頭葉なのか、それとも側頭葉か後頭部か。頭蓋骨が粉砕されるほどの強打で即死だったのか、それともしばらくは息があったのか。凶器はいったいなんだったのか……。

桐ヶ谷は骨格図から視線を外し、今度は被害者が着ていた服に目を向けた。タイニーカラーのついた襟許をじっくりと見分していく。

幅が三センチもないような小さな襟の縫製は難易度が高く、製図が悪ければ高確率で縫い攣《つ》れが起きてシワが寄るものだ。だが、遺留品のワンピースは無理なく首許に収まり、見事に美しい形状を保っていた。この部分だけを見ても、間違いなくオーダーで作られた一点物だとわかる。

製図と縫製を手掛けた者は極上の技術者なのは疑いようもないが、やはり一着の服の中にはバラつきがあり、何人かの手が入っている状況がどうにも解《げ》せなかった。唯一考えられるのは仕立て直した線だが、これほどめちゃくちゃな仕事はプロならばしまい。

　桐ヶ谷はさまざまな仮説を立てながら遺留品と同じワンピースのパターンを引き、あり得ない角度に裁断された袖ぐりも忠実に再現した。人体構造を完全に無視したカッティングで、これだと腕はほぼ上がらない。直した者は圧倒的に知識が足らず、着る者に大きなストレスを与える服を作っていた。

　桐ヶ谷はさらに深層部へと想像を巡らし、今手許にある材料から手繰れる情報を見落とすまいと躍起になった。しかし途中から少女の顔がちらつきはじめ、混乱が生じたところで鉛筆を投げ出した。すると間髪《かんはつ》を容《い》れずにノラ猫のぼっこが机に飛び乗り、転がった鉛筆を床へと弾き飛ばす。たちまち棚の下に入ってしまい、桐ヶ谷はため息をついた。

「本当にこういうのを見逃さないやつだな」

　桐ヶ谷はどこかしたり顔をしている隻眼《せきがん》の猫を見やり、大仰《おおぎょう》に腰を上げて床に膝をついた。無理な体勢で鉛筆を手繰り寄せてからスマートフォンを取り上げ、メモに走り書きしておいた捜査本部の直通電話番号を押した。

　過去の経験から通報は慎重にしようと思っていたが、やはり知り得たことを早急に伝えたほうがいいかもしれない。そしてあわよくば、逆にもう少しだけ情報をもらうことはできないだろうか。警察には、まだまだ出していない情報があるのはわかっていた。

　電話を耳に当てて待っていると、三回の呼び出しのあとに回線がつながった。

「はい、杉並《すぎなみ》警察署、情報提供窓口です」

やけに滑舌のよい女性職員は、「テレビで公開された事件の情報提供ですか?」とすぐに問うてきた。桐ヶ谷はそうだと伝えて先を続けた。

「直接的な情報ではないんですが、阿佐ヶ谷の団地で死亡した少女が着ていた服が気になっていまして」

「どういったことでしょう」

女性職員は小気味よく返し、桐ヶ谷は軽く咳払いをした。

「被害者の少女が着ていたワンピースなんですが、一九五〇年代のアメリカ製生地を使って作られたものだと思うんですよ」

「はい。それで?」

「ええと、このあたりの捜査はされているのかなと思いまして。衣服の出どころについてです」

桐ヶ谷はやんわりと探りを入れたが、電話口の職員はにべもなく言った。

「ご提供いただける情報は、被害者の着衣の生地が一九五〇年代のアメリカのもの。それでよろしいですか?」

「そうなんですが、ワンピース自体は日本で作られたオーダー品だと思うんです。それもかなり古い。おそらく昭和二、三十年代に仕立てられたように見えます」

女性職員は桐ヶ谷の言葉を機械的に繰り返し、なんの感情も見せずに与えられた情報だけを確認した。

「ほかにも縫製やパターンについて気になることがあるんですよ。一度捜査担当の方と話をさせていただきたいんですが、今はいらっしゃらないですか?」

「その旨担当の者には伝えておきますので、お名前とお電話番号をお願いします」

彼女はまたもやぴしゃりと返してきた。

当然だが、警察は今の段階では愚にもつかない類の情報をふるいにかけているはずだった。テレビの影響は相当あっただろうから、目撃情報が殺到していてもおかしくはない。まさに玉石《ぎょくせき》混交《こんこう》だ。そして電話で喋ったこの感触では、担当捜査員からの連絡は永久にこないだろうことが予測できる。もちろん提供した情報は捜査本部に伝えられるだろうが、重要度としては極めて低く設定されるに違いなかった。警察が欲しいのは少女の身元や犯人に通じる直接的な目撃情報なのだから。

どうすればこの圧倒的な違和感を理解してもらえるだろう。桐ヶ谷は、少女がワンピースを古着屋から購入したかもしれないことや、飛び抜けて個性的な趣味、小春に聞いたアトミック柄のことなどを矢継ぎ早に語った。しかし、電話の向こうでは言葉をタイプしているのであろうキーボードの音が単調に響いているだけだった。

桐ヶ谷はいささかじれったさを感じ、無理を承知で問うてみた。

「ちなみに、被害者の遺留品を見せていただくことは可能ですかね」

「それはできません」

彼女はかぶせ気味に断言した。これは作戦を変えて出直しが必要だ。桐ヶ谷は捜査担当者からの電話がほしいとあらためて訴え、未練がましく念押しまでして通話を終了した。

「そう簡単にはいかないか……」

ひとりごちながら椅子に座ろうとしたとき、耳障《みみざわ》りなきしみを上げながら店のドアが開かれた。埃《ほこり》っぽい風が音を立てて吹き込み、ノラ猫のぼっこが鋭い視線を送っている。

「おじゃましまーす。電話したけど話し中だったから来ちゃった」

小春は手を上げながら飄々《ひょうひょう》と歩いてきた。複雑な色の入ったモザイク模様のワンピースを着て長い黒髪を高い位置でまとめている姿は、まるで往年の大女優のようだった。思わず振り返ってしまうほどの存在感を振りまいている。

「外はまるで夏が戻ったみたいな天気だよ。いつまでだらだらと暑さが続くんだか。もうやってらんないね。秋冬物の動きが悪くて腹立つわ」

小春は見た目からはほど遠い言葉を吐き、白い首筋に貼《は》りついている後れ毛を無造作に払った。こういう無骨と洗練が同居しているような人間には会ったことがなく、いつにも増して興味がかき立てられた。

桐ヶ谷は素朴な疑問を口にした。

「小春さんはどういうきっかけで古着とかヴィンテージに詳しくなったの？」

「なんなの急に」

彼女は訝しげな顔をし、桐ヶ谷が勧めた丸椅子に腰かけた。

「なんていうか、小春さんはいろんな面で想像の上をいくから」

「それはこっちのセリフだよ。桐ヶ谷さんこそ想像の斜め上じゃん」

小春はあっさりとそう言い、斜めがけしていた麻のバッグを下ろした。

「わたしが古物《こぶつ》に興味をもったのは、たぶん人形供養のせいだと思う」

早速、予測のつかないことを口にする。

「うちの実家はお寺なんだよ」

「へえ、そうだったの」

「中野《なかの》にある玉泉寺《ぎょくせんじ》っていう古寺なんだけど、なんか昔から人形が山ほどあってさ。捨てられない人形とか雛《ひな》人形とか、どういうわけかそういうものを納める人が多かったんだよ。いつの間にか人形寺とか呼ばれて、うちはそれを供養して倉庫に保管してるわけ」

小春は小さな文字盤の腕時計を直しながら先を続けた。

「わたしは子どものころから、そういう人形を見てまわるのが好きだったの。で、あるとき、どう見ても百年は経ってそうなビスクドールが納められててね。子どもぐらいの背丈があって、とにかく精巧な造りとレース使いがすばらしくてひと目惚《ぼ》れした。だからこっそり持ち出して部屋に飾ったんだよね」

「いや部屋に飾るって、その人形は何かのいわくつきだったからきみの実家に納められたんじゃないの？」

「なんか、所有した人が次々と死んだらしいよ」

小春はあっけらかんと言い、桐ヶ谷は顔を引きつらせた。

「そのビスクドールを調べていったら、ピエール・ジュモーの作品だってわかった」

「ジュモー？　確かフランスにあった有名な人形工房だよね」

「さすがは桐ヶ谷さん。よく知ってるね」

小春はにこりと笑った。彫刻家として学んだ際に、この工房のことは聞きかじっている。桐ヶ谷は記憶を手繰《たぐ》りながら言った。

「ジュモーのビスクドールは、戦争でだいぶ焼失してるし希少価値は高いはずだよ。状態のいいものは少ない」

「その通り」

小春はよく光る目を合わせた。

「わたしは部屋で徹底的に人形を調べて、脚の中に手紙と小型の壊れた蓄音機が入ってるのを見つけたんだよね。手紙にはこう書かれていた」

小春は口に拳《こぶし》を当てて厳かに咳払いをした。

「『愛しの娘アドリーヌ。リュシーとともに安らかに眠れ』」

「ちょっと待った。その人形の名前がリュシーで、死んだアドリーヌの棺《ひつぎ》に入れられたものだろ、どう見ても」

桐ヶ谷が信じられない思いで言うと、小春はゆっくりと何度も頷いた。

「アドリーヌと一緒に埋葬されたはずのリュシーが、なぜか現代に蘇って玉泉寺に納められた。ドラマがあるよね。しかも所有者は次々と怪死する。間違いなくアドリーヌの呪いだよ」

小春は上目遣いに桐ヶ谷と目を合わせ、低くふふっと微笑《ほほえ》んだ。

「古い物にはそういう濃密な物語がある。だれがいつ人形を棺から取り出したのか。きっと、使用人が金に換えるために墓を掘り起こして奪ったんだと思うんだよ。ジュモーのビスクドールは当時のフランスでは上流階級が持つ高価なものだった。だけど、なぜそれが日本に渡ったのか。所有者はオークションにかけることもしないで、なぜ古寺に納めようと思ったのか。こういうことを想像したり解き明かしたりするのが楽しくてね。だから古いものに携わる道に進んだの。こんな説明でいい？」

小春が底抜けに明るく笑うものだから、桐ヶ谷もつられて笑ってしまった。やはり彼女は変わり者だし、自分の知るどんな性格にも当てはまらない。恵まれた容姿に頼らない生き方というべきか、わざわざ複雑な道を選んで歩いているように見えた。

バッグから何かを取り出そうとしていた小春が、店の隅で警戒心をあらわにしている猫に目を留めて立ち上がった。

「あれ？　マリコじゃん」

マリコ？　桐ヶ谷はノラ猫へ目を向けた。あのふてぶてしい態度のどこを見たら、そんな可憐《かれん》な名前をつけられるのだろうか。しかもぼっこはオス猫だ。

「最近見ないと思ったら、こんなとこにいたんだ。びっくりした」

彼女はその場に屈んで手を前に差し出したが、仏頂面《ぶっちょうづら》の猫は低いかすれ声でひと鳴きしてからさっと奥へ引っ込んでしまった。小春はおもしろそうに笑い、ワンピースの裾《すそ》をさばいて立ち上がった。

「マリコはお惣菜屋の佐々木さんちの裏によくいるんだよ。佐々木さんのばあちゃんがエサをあげてるみたいだから」

「へえ、それは初耳だな」

「昔からこの辺りを牛耳《ぎゅうじ》ってるボスで、わたしが知る限り心を許しているのは佐々木さんのばあちゃんだけ」

「ここに来ないときは惣菜屋へ行ってるのか。謎がひとつ解けた」

「どうやって手なずけたの？　かなり気難しいし人を舐《な》めてる猫だと思うんだけど」

小春はずけずけとそう言い、桐ヶ谷は苦笑した。

「去年の春先だったな。いつの間にか家に入り込んでたんだよ。たぶん勝手口かトイレの小窓から侵入したんだろうけど、とにかく最初から我がもの顔でね。当然のようにエサをねだってくるし、今では中に入れろって外で長々と鳴かれる。あの太い声で」

小春は尖った顎を上げて豪快に笑った。

「桐ヶ谷さん、もしかして佐々木さんのばあちゃんと仲がいいの？」

「いや、たまに買い物はするけど挨拶《あいさつ》する程度の仲だよ。特別親しくはない」

「じゃあ、佐々木さんのばあちゃんが桐ヶ谷さんに気があるのかもね。その気持ちを知ったマリコは、密かに桐ヶ谷さんのあとをつけて家に侵入した」

「つきまといに住居侵入、おまけに不法占拠」

桐ヶ谷は笑いながらお茶を用意しようと腰を上げたが、彼女はそれを制してバッグから黄色の水筒を出した。

「コーヒーは淹《い》れてきたから、カップだけ借りてもいい？」

桐ヶ谷は頷きながら暖簾の奥にある自宅へ引っ込み、ホーロー引きの赤いマグカップと湯呑《ゆの》みを持ってきた。彼女は水筒の蓋《ふた》を開け、香り立つコーヒーをそれぞれに注《つ》いだ。

二人は濃い目のコーヒーを飲んでひと息入れ、何気なくウィンドウの外へ目をやった。金曜日の昼下がりは雲ひとつない晴天が広がり、小春が言うように夏日の様相を呈している。桐ヶ谷は眩《まぶ》しい陽射しに目を細めていたが、視線を戻して本題に入った。彼女とは目的のない会話が弾むため、つい無駄話が加速してしまう。

「さっき警察に電話してみたんだよ。事件の情報提供専用ダイヤルに」

「どうだった？」

小春は期待感を隠さずに目を輝かせた。桐ヶ谷はコーヒーをもうひと口飲んだ。

「結論から言うと、まったく相手にされなかった。電話口の警官がそっけなかっただけで、今ごろ有力な情報提供に捜査本部が沸《わ》いてる可能性はあるけど」

桐ヶ谷はないとわかりつつあえて口にした。小春は何か言おうとして唇を開きかけたが、作業台に投げ出されているスケッチブックを見て動きを止めた。重ねてあったトレーシングペーパーを避《よ》け、骨格から描き起こした被害者の全身像に目を細める。手許に引き寄せて食い入るように見つめた。

「これがあの女の子……」

小春はトレーシングペーパーに描かれた骨格や筋組織、そして顔の造作を時間をかけて見ていった。

「この女の子の似顔絵は迫ってくるものがあるね。もうただの絵ではなくなってるよ」

彼女はごくりと喉を鳴らした。

「何かを言いたげだし、目には訴えるような気迫がある。こんなこと言ったらかわいそうだけど、正直言って実家の人形たちよりも怖い。この子を長く見てられないよ」

小春はスケッチブックを桐ヶ谷のほうへ押しやった。

「警察が発表した似顔絵とは比較にならないほど血が通ってる。桐ヶ谷さんの絵を公開したほうが情報が入ると思う」

「それはどうかな。ただ、今はこのぐらいアクの強い絵が必要かもしれない」

桐ヶ谷は少女の全身像に目を向けた。小春のように怖いという感覚はないが、少女の顔を見続けていると雑多な思いや感情が押し寄せる。急に目頭が熱くなりはじめ、桐ヶ谷は慌てて瞬《まばた》きをした。

「被害者の遺留品を見せてもらえないか頼んだけど、警察は聞く耳をもたなかったよ。まあ、あたりまえだけど」

「ワンピースの件はかなり有力な情報提供だと思うけどな……」

「僕らにとってはそうだけど、警察が着目するかどうかは未知数だね。今回提供した情報は、おそらく警察が初めて聞くものだとは思う。持ち物の入手先は洗ったはずだけど、例のワンピースの出どころを突き止めているとは思えないから」

ただし、桐ヶ谷が提供した情報が採用されたとしても、警察は都内の古着屋を当たることぐらいがせいぜいだろうと思われる。しかも根本的な知識がないため、絞り込みもできずに徒労に終わる可能性が高い。

「それはそうと、きみは僕に何か用があったの？」

そう言うなり小春はおもむろにバッグへ手を伸ばし、クリアファイルに挟んである何枚かの紙を取り出した。

「アトミック柄のワンピースを扱ってそうな店をピックアップしてみたんだよ」

「早いな」

「まずは都内だけだからね。わたしは東京には六店舗しかないと見てる。このショップは五〇〜六〇年代の洋服と雑貨を専門に扱ってて、フィフティーズとアトミック、サイケデリックやヒッピーなんかが得意の店なんだよ」

桐ヶ谷はホームページをプリントアウトしたらしい紙に目を走らせた。どの店もこれでもかというほど奇抜な色と柄であふれており、確かに被害者少女のワンピースが並んでいても違和感はなかった。

「ともかく、メールで問い合わせをしてみようと思ってね。あと、うちの店のインスタにもアトミック柄の部分だけ載せてみたよ。もしかしてマニアからの情報が寄せられるかもしれないし」

そのなかでも群を抜いたマニアが小春なのだが、核心に迫れるほどの情報はもっていない。桐ヶ谷は少し考えてから顔を上げた。

「きみがピックアップしてくれた店だけど、今からちょっと行ってみるよ。下北沢《しもきたざわ》と中目黒《なかめぐろ》、原宿《じゅく》に渋谷《しぶや》。すぐそこだしね」

「そういうことならわたしも同行するからね。拒否権はなしで」

「それはいいけど店は？」

「問題ないよ。今日はお得意さまの来店予定もないし、基本的に店を開けようが閉めようがわたしの自由だから」

小春はそう断言し、マグカップと湯呑みを片付けはじめた。

4

土曜日の巣鴨地蔵《じぞう》通り商店街は人であふれ返っていた。桐ヶ谷の拠点である高円寺もじゅうぶんにぎわっているが、ここはくらべものにならないほどの熱気がある。

桐ヶ谷と小春は人の多さに圧倒されながら、流れに身をまかせてゆっくりと歩いていた。

昨日は都内の目ぼしい古着屋を巡ったのだが、期待に反して収穫はものの見事にゼロだった。もちろん被害者少女のワンピースを売った店もなく、アトミック柄に関しても小春が語った以上の見識はないというありさまだ。

すぐに有力情報が得られるなどと安易に考えていたわけではないものの、自分たちは畑違いの調査というものを完全に舐めていたのだろう。なにせ警察が十年も解決できなかった事件なのだ。ふとした思いつきで糸口を見つけられれば世話はない。

歩行者天国の通りでは、煎餅《せんべい》を焼く香ばしい匂いや蕎麦《そば》屋から漂ってくる出汁《だし》の匂い、そしてパンの焼ける甘い匂いなどが入り混じって食欲を刺激してくる。桐ヶ谷は伸び上がって人波から頭を出し、目的地を確認してあと十分はかかると目算した。この人出は想定外だ。

「それにしてもすごい人だね」

隣では、帽子を目深《まぶか》にかぶった小春が人に押されながら言った。

「わたしは生まれも育ちも中野だけど、ここには初めて来たよ。なんというか新鮮だな。年寄りばっかりだと思ってたけど、案外そうでもないんだね」

「まあ、主流は高齢者だと思うよ。よそでは見かけなくなった古い商店が生き残れたのは、年配の客が支えてきたからだろうし」

桐ヶ谷は味噌《みそ》屋や漢方薬局店、軒の低い呉服屋などに目を走らせた。こういう古い専門店が今でもやっていけるのは、昔のまま変わらない店を望む客層が大半だということだ。高円寺南商店街のように新しい個性を打ち出しているわけでもなく、ここは作り物ではない生活感を売りにしているようだった。思い出を求めて年配者が集まるのも頷ける。

桐ヶ谷はジーンズのポケットからハンカチを出して、こめかみを伝っている汗をぬぐった。すると隣で小春がどこか沈んだ声を出した。

「昨日は悪かったね。見事に当てがハズレて無駄足もいいところだった」

桐ヶ谷より十センチほど背の低い彼女は、長い髪を耳にかけながら目を向けてきた。

「正直、あそこまで適当な店だとは思ってなかったよ。買いつけの一切合切を現地のバイヤーにまかせきりみたいだし、商品もよくよく見れば粗悪でテーマがめちゃくちゃ。同業者として恥ずかしいし、それを見抜けなかった自分もどうかと思う」

小春は過度に責任を感じているらしい。確かに昨日訪れた店はすべてが素人じみていて、ヴィンテージショップを名乗るレベルにはない単なる中古衣料店だった。

桐ヶ谷は、心の底から恥《は》じ入っている様子の彼女に言った。

「どれも派手で奇抜さがあればいいという感じの店ではあったね。俗っぽさがかえって客層を広げているというか。でも、そのわりに値段が高くて驚いたよ」

「ああ、それ。質の悪いものにむしろ高値をつけるのはこの業界ではありがちなんだよ。見る目のない古物好きは、値段が高ければいいものだと錯覚するようなところがあるから。ある種の詐欺《さぎ》商法」

桐ヶ谷は笑った。

「粗悪品ほど高いほうが売れるのは服飾業界も同じだけど」

「まあね。それでお客さんが満足してるならいいんだろうけど複雑だよ。昨日行った店は、古いものへの愛情とか敬意みたいなものがまるっきりない連中が仕切ってたから」

小春は小さく舌打ちをした。

「それにしても、被害者の女の子が着てたワンピース……何かしらの手がかりが摑《つか》めると思ってたのに、まったくの見当違い。わたしの見立てもまだまだだな」

彼女も桐ヶ谷と同じように考えていたらしい。行動を起こせば、すぐに結果が出ると根拠のない自信をもっていた。

「表面的なところを当たっても無意味だってことがわかってよかったのかもしれないよ。それにあのワンピースには、何かが隠されているのは間違いないから。『もっと深層に目を向けよ』……みたいな啓示だと思おう」

桐ヶ谷が生真面目な口調で言うと、落ち込んでいた小春はつられてにやりとした。

二人は茶箱が重ねられている土間造りのお茶屋の前を通り過ぎ、桐ヶ谷はその二軒先にある小さな店に目を据えた。

波ガラスの嵌《はま》るショーウィンドウにはジョーゼットのブラウスが飾られ、自然光が織りなす陰影がドレープの美しさを際立たせている。焦げ茶色に塗られた軒には「結城《ゆうき》洋品店」の木材看板が下がり、「裾直し、サイズ直し、仕立て直しも承り〼《ます》」という毛筆書きの張り紙が出されていた。

テーラーには珍しい純和風の格子引き戸を滑らせると、店の奥に座っていた老人が顔を上げた。古めかしいミシンの手許ライトがオレンジ色の明かりを放ち、店主の顔に刻まれた深いシワがことさら強調されて見える。メジャーを首から下げて黒い腕貫《うでぬき》をつけ、四角い銀縁眼鏡《ぎんぶちめがね》を押し上げていた。

「おや、桐ヶ谷さん。また特急仕上げの直しを持ってきたの？」

結城博《ひろし》は、灰色の口髭《くちひげ》を揺らしながらいかにも人のよさそうな柔和な笑みを浮かべた。見た目はどこにでもいるような痩《や》せて貧相な老人なのだが、この男と今すぐ契約を交わしたがっている世界の有名ブランドは列をなしている。巣鴨の冴《さ》えないテーラーにいながら、常に最先端のモードに携わっていることを知る者がこの町にどれだけいるだろうか。結城老人は、桐ヶ谷が放浪の末に見つけ出した究極の仕立て職人だった。

「いつも急ですみません。彼女は水森小春さん。先日、直していただいたブラウスを買いつけたのは彼女ですよ」

桐ヶ谷が小春を手短に紹介すると、結城は形のいい禿《は》げ頭を撫で上げてまじまじと彼女を見まわした。

「あなたが例の古着屋の娘さんだね。その筋ではかなりの目利きだっていうのは直した洋服からもわかったよ。かなり古いものだったけど、素材も仕立ても最高で感動したから」

「その節はどうもありがとうございました。急なお仕事を快く引き受けてくださって」

小春が帽子を取ってよそゆきの笑みをたたえ、優雅な所作で深々とお辞儀をした。心なしか声のトーンまで変わっているし、まるっきり別人ではないか。

結城老人は一層目尻を下げて優しげに笑った。

「古いものを直しながら着るという考えは、今の時代、不合理極まりないよねえ。そこらでいくらでも安く買えるのに、どこのだれが着たとも知れない古着を金をかけて直すなんてのは酔狂《すいきょう》だよ」

「おっしゃる通りですね」

「だが、ここ最近のファッションはなんだか肌に合わなくてね。二番煎じでおもしろくないし」

小春は微笑みながらうなずいた。

「わたしは、ファッションの主な要素は一九七〇年までにすべて確立されたと思っています。それ以降は焼き直しとアレンジだけ。コストをかけずにいかに儲けるかを企業は追求しはじめて、衣類に対する価値観が大きく変わりました。うちのお客さんは、そんな時代の流れと闘っているんですよ。もう意地になってるんです」

結城はおもしろそうに小春の話に耳を傾けた。

「そういう話を聞くと、あなたの店を『古着屋』と括《くく》るのは違うような気がするね」

「うちはヴィンテージショップを名乗っていますよ。わたしのなかでのヴィンテージは、もともと高級品で価値の高かったものが、時を経てますます価値が上がったもの。アンティークは百年以上経っているもの。古着はその他の中古品という認識ですね」

「なるほど、なるほど」

結城は何度も頷いた。

「あなたのなかで筋を通しているわけだね。だから選ぶ商品にブレがない」

仕立て屋の老人は、わずかに熱を帯びた視線を小春に向けた。

「変わっているもの、人とは違っているもの、だれも思いつかないようなもの。これらが創作や創造だと勘違いしている者が今は多い。わたしも今では世界中から依頼を受ける立場になったけど、この手の作り手がことのほか多くてねえ。永遠の美からかけ離れる仕事ほど苦しいものはないよ」

「わかります！　ものすごくわかります！」

小春は今までに見せたことがないほど前のめりになり、無邪気に笑顔を弾けさせた。

「あの、結城さん。今後もうちの商品のお直しをお願いできませんか？　お忙しいとは思いますが、もう結城さんしか考えられませんよ！」

「かまわないよ。わたしは上質な古い洋服に触るのが好きなんだ。どんな職人が仕立ててどんな人間が着ていたのか。それを指先で想像しながら、そして過去と対話しながら現代に蘇らせる。何よりも楽しいねえ」

口髭に触りながら言葉を切った老人は、メガネを押し上げて小春の顔を不必要に見まわした。

「ところであなたはさっさと地を出しなさいよ。本来はしとやかな美しい女性ではないんでしょ？」

どうしようもなく無遠慮で配慮に欠ける言葉だが、まるで嫌味や含みが感じられない。興奮状態の小春はなぜか嬉しそうにしてツヤのある黒髪をかき上げた。

「バレました？　やっぱ慣れないことはやらないに限るな。というより、もうすでに取り繕うにも限界だったから。なんせ語彙《ごい》がなくてね」

「もう限界……」

　ぼそりとつぶやいた桐ヶ谷を、小春は肘で小突いてきた。結城老人は、たちまち小春の中身を見抜いてしまったようだった。桐ヶ谷と初めて会ったときも、内面をずばりと指摘されてたじろいだことを思い出す。

「結城さん、今日はちょっと見てほしいものがあって来たんですよ」

　桐ヶ谷が鞄からタブレットを取り出すと、結城は興味を隠さずに首を伸ばした。

「ほう、また新しい仕事かい？」

「いえ、そうじゃないんです。結城さんの意見が聞きたくて」

　桐ヶ谷はタブレットを起ち上げ、被害者の少女が着ていたワンピースの画像を表示した。あえてなんの説明もせずに渡すと、結城は遠近両用らしきメガネを外して画面に目を据えた。今までの温和な様子をかき消し、何かを見極めるような鋭さを全身から迸《ほとば》しらせている。

　老人は眉間《みけん》に三本のシワを寄せ、画面に目を落としたまま口を開いた。

「これはまた懐かしい柄だね。わたしが子どものころ、こんなような柄のバッグを叔母がもっていたのを覚えている。子ども心に、気味の悪い柄だと思ったね。なんせ目玉みたいな絵が描いてあるんだから」

　結城は指で画面を拡大し、時間をかけて見ていった。

「当時は、アメリカから下品な色柄の生地が大量に入ってきた。日本人の感覚では考えられないような配色で、まるでチンドン屋だよ。だが、若者にはウケたね。いつの時代も若い者ってのは、新しいものに飛びつくから」

「この生地を知ってるんですか？」

桐ヶ谷が言葉をメモしながら問うと、結城は首を横に振った。

「わたしが見たもののなかでも、これは一、二を争うほどひどい。ただ、仕立てだけは一流だよ」

結城は画面から顔を上げてメガネをかけ直した。

「この襟まわりは生半可な技術ではできない。織り糸一本でも余計に縫い込めば、生地に負担がかかってよじれてくるからね。縫う部位によって運針数《うんしんすう》を変えてまで、生地にかかる負荷を最小限に抑えている。間違いなく、英国仕込みのテーラーが縫ったものだ」

「つまり、男性用のジャケットとか伝統的な仕立てが得意な者が縫ったと」

「そうだね。女ものの仕立てをあまりやったことがないのは見ればわかる。まるで手が慣れてないから」

なるほど、と桐ヶ谷は納得した。結城が仕立てる服には柔らかさや軽やかさがあって、しかも堅実だ。しかし少女が着ていたワンピースにはそれがない。

桐ヶ谷はノートに書き取りながら質問を続けた。

「このワンピースには、何人かの手が入っているように見えます。技術の高い職人と、そこそこ器用な人間が縫ったような跡。それに、まったくの見よう見真似でめちゃくちゃに縫っている部分が数ヵ所。最低でも三人がかかわっていませんか？」

結城は目尻にシワを寄せながら笑った。

「惜しいねえ。このワンピースにかかわっているのは二人だよ。袖とウェスト部分は同じ人間が縫っている」

「同じ？　まったくの別人に見えますけど」

「生地の上から下へ貫く手縫いの針の号数と癖が同じだ。親指の力加減もね。おそらく続けるうちに慣れて上達したんだと思う。とはいってもひどい縫い目には違いないけど」

すると黙って耳を傾けていた小春が、心底驚いたように言った。

「写真を見ただけで、何人の手が入ってるのかがわかるんですか」

「わかるよ。量産品の場合は最低でも十五人前後の手が入る。工場の流れ作業だからね。ポケットをつける人間はポケットだけ、袖をつける人間は袖だけ。多くの人間がかかわればかかわるほど統一感がなくなって味気なさが増していくね」

「ああ、それはなんとなくわかります。既製品は潔癖すぎて肌に合わないんですよ。確かにきれいなんですが、人の体温のようなものは感じない」

「それを好む人間もいるがね。ちなみにあなたが着ている古着のワンピースは、たったひとりの手で仕上げられてるよ。服が縫い手の心を宿している」

小春は自分の着ているゴシック調の黒いレースワンピースを見下ろして、満足げに目を細めた。

桐ヶ谷はタブレットの画像に目を向け、事の成り行きを結城に説明しはじめた。このワンピースを着ていた少女が殺害されたこと。十年間も身元がわからないこと。そして犯人も逃亡していることだ。

老人はきれいに整えられた口髭に触れながら話を聞き、しばらく口をつぐんでから唇《くちびる》を歪《ゆが》めた。

「まったく、この手の事件は憂鬱になる。年端《としは》もいかない少女が殺《あや》められて、犯人が逃げ果《おお》せているとは世も末だ。意味不明なのは、なんで未だに身元がわからないのかってことだよ。いったい警察は何をやってるんだ。いや、家族は何をやってるんだ」

結城は顔をしかめて憤りをにじませた。あたりまえだが、みな同じところに疑念を抱くようだ。

仕立て屋の老人は腕組みをしたまま桐ヶ谷を見やった。

「桐ヶ谷さんは、被害者が着ていたワンピースから何かがわかると思ってる。そういうことでいいのかね」

「ええ、その通りです。被害者の着衣には特徴がある。それもかなり特殊です」

「それは否定しない。見たところ生地も縫製もかなり古い。六十年以上が経っているのは間違いないだろうね」

「そうなんですよ。このタイプの変形した襟の製図は、五〇年代前半の流行りです。十年ごとに似たような流行りが繰り返されていましたが、この寸法の台襟と変形襟の形は初期のもので間違いないはずです。それを十代の少女が着ていた」

桐ヶ谷はタブレットの画面を見ながら言葉を送り出した。結城老人は腕組みしたままむっつりと唇を引き結び、メガネの上から桐ヶ谷に視線をくれた。

「元も子もないことを言って申し訳ないがね。作られた年代がわかったところで出どころを突き止めるのは不可能だよ」

「結城さんは何か見当がつかないですか？」

老人はすぐさま手をひと振りした。

「つかないねえ。自分よりも前の世代を生きていた仕立て屋は星の数ほどいる。洋服の既製品がなかった時代だからね。それこそ日本のテーラー全盛期で、このワンピースから職人を割り出すことは無理だろう」

それは桐ヶ谷も思うところではあった。今も現役の仕立て職人ならまだしも、すでに他界しているであろう人間の足跡を追うことは難しい。なんらかの突破口が見つかるかと思っていたが、やはりそう簡単にはいかないようだった。

桐ヶ谷が頭を掻きながら苦笑いを浮かべると、老人も応えるように微笑んだ。

「桐ヶ谷さんは私立探偵に鞍替《くらが》えするつもりなの？　服飾ブローカーという今の仕事はあなたにしかできないだろうに。方々でよく話題に上るけど、関係者のあなたへの信望はかなりのものだよ。職人の腕を見抜く目はホンモノだからね」

「謙遜《けんそん》はしません。ありがとうございます」

桐ヶ谷は心からの礼を述べた。

もちろん廃業など考えてはいないが、あの日テレビを偶然見てしまってから、自分のなかのわだかまりが過剰に反応したことだけは確かだった。もはや無視することはできないし、過去と同じ道をたどるつもりもない。

桐ヶ谷は少しだけ考えてから口にした。

「少なくとも自分は被害者からのメッセージを受信できた。十年間、だれもが素通りしていたところで足を留めることができたんです。今まで自分が培《つちか》ってきた経験は、今ここで使ってこそ意味があると思っていますよ」

ここで投げ出せば事件は完全に迷宮入りする。これは桐ヶ谷の確信だった。少女は永久に名前を取り戻すことはないし、またもや自分は何かを知りながら悲劇を見過ごすことになる。

結城は探るような目で桐ヶ谷を見つめ、年季の入ったミシンの手許ライトを消した。

「まずね、現物を見ることだよ。写真ではわからなかったことがかなり見えてくるはずなのは間違いない。きみならば、着衣の癖を正確に見抜けるだろうから」

「そこなんですよ。警察は取りつく島もありませんでしたが」

「そんなことはないだろう。まず目先を変えなさい。一旦ワンピースや少女から離れてね。いつのときも突破口とはどうでもいい脇道に転がっているもんだ」

ワンピースから離れる……か。確かにここ数日は、そればかりを考えすぎていたかもしれない。

桐ヶ谷は、人いきれで揺らめいて見える通りへ目をやった。

情に訴えても、毎日通い詰めるような熱意を見せたとしても警察が情報を開示することはまずないだろう。先方が本気で耳を傾けざるを得ない状況が必要だった。となると、正攻法ではないが使えなくもない手段はひとつだけある。

桐ヶ谷はタブレットを鞄にしまい、話に聞き入っていた小春に目配せした。

「結城さん、今日はありがとうございました。取り留めのない話をしてしまって」

「かまわないよ。わたしも事件に興味が湧いてきた。桐ヶ谷さんが言うように、洋服にこめられた記憶は重要かもしれないね。被害者そのものだと言っていい」

老人は大仰に立ち上がって拳で腰を叩き、椅子を片付けている小春の前に立った。

「あなたが次に持ち込んでくる古着を楽しみにしているよ。寸法直しだけじゃなくて、まったく別物にも直せるってお客にも宣伝しておいて」

結城は「着物から洋服にリメイク」と書かれたチラシを何枚か小春に渡し、ちゃっかり営業をかけている。彼女は「まかせなさい！」と胸を叩いてみせ、二人は再び埃っぽい雑踏へ身を投じた。

5

結城洋品店からの帰り道。

ついでにとげぬき地蔵を参拝して有名な塩大福を買い込み、二人はその足で杉並警察署を訪れた。少女殺害死体遺棄事件の捜査の拠点はここであり、桐ヶ谷が情報を提供したのもこの場所だ。若い女性職員が詰めている窓口へ向かい、先日電話した旨を手短に伝えて担当捜査員に会えないかと率直に申し出た。が、案の定、担当者は席を外していると無感情に告げられ、交渉はものの数分で終了してしまった。

桐ヶ谷は、この方法での面会が不可能であることを再確認し、食い下がることもせずに高円寺へ舞い戻ってきた。

「もう少し粘れたんじゃないの？」

帽子の広いつばを上げた小春が不服そうな声を漏らした。

「『担当者が席を外してる』なんてのは、追っ払う口実第一位みたいな言葉だろうに」

桐ヶ谷は、駅前の交差点を渡りながら笑った。

「その決め台詞《ぜりふ》を出されれば、こっちは引き下がらざるを得ないからね。まさかうそだろうとも言えないし」

「だからこそ、もっと専門用語を連発して、窓口の職員を煙《けむ》に巻けばよかったんだよ。先方に有力情報だと錯覚させればいいんだって。そうすれば騙《だま》せたよ」

「錯覚させればいいって……。なんで警察を騙す前提で話してんの」

桐ヶ谷は半ば呆《あき》れ返ったが、小春はいたって真面目《まじめ》だった。

「考えてみなよ。警察が桐ヶ谷さんに電話してこないってことは、提供した情報はガセネタだと思われてるわけでしょ」

「そこは否定できない」

「ね？　だからこの事件は十年も未解決のままなんだよ。捜査の方向性が間違っていたからこそ、未だに被害者の身元すらもわからないままなんだって。それなのに！」

小春は言葉を切って語気を強めた。

「連中はまた同じ過ちを繰り返そうとしてるんだよ！　まったくどうしようもない。いったい警察はなんのために公開捜査にしたんだって！　解決する気がなさすぎる！」

小春は腹立ちを隠しもせずに鼻息荒く捲し立てた。

今日の彼女は特別に表情が豊かだ。言動はどうあれ根は冷静な人間だと思っていたが、どうやら見た目から伝わるものが彼女のすべてのようだった。情熱的でまっすぐで裏表がなく、いささか子どもっぽく暴走もする愛嬌のある女。なかなかの頑固者でもあった。

桐ヶ谷は、長い黒髪を揺らしながら力説している小春に目をやった。

「まあ、落ち着いて。公開捜査番組を地上波で流したんだから、杉並署には全国からとんでもない数の情報が寄せられてるはずなんだよ。明らかなガセネタはともかく、受け取った情報はひとつひとつ裏を取る必要がある。今はまだ絞り込みもできていない段階だと思うよ」

「視聴者からそれほど情報がいくかね。十年も前の事件なのに」

「被害者の似顔絵を見てもわかる通り、ああいう曖昧《あいまい》な線画は『どこかで見かけたかもしれない』と人に錯覚させるんだよ。そう思いはじめると脳が記憶の改竄《かいざん》を引き起こすから、『あのとき見たのは被害者の少女に違いない』という確信に変わるというわけで」

その手の思い込みによる偽の情報提供に加えて、近所に住む不審者などの情報も大量に寄せられているのは間違いないだろう。警察はそれらを捌《さば》くのに膨大《ぼうだい》な労力が必要になるはずだった。公開捜査の一長一短だと思われる。

「とにかく、こっちはこっちで作戦を立てるしかない。いかにして捜査担当者との面会にこぎつけるか」

「そうは言っても、正面突破はもう無理でしょ。それとも警察で泣いて暴れてみる?」

「即逮捕されるよ」

「泣いても暴れても冷静でもダメなら、もう馬鹿笑いするぐらいしか残ってないけど」

「つまみ出されるだけでしょ」

桐ヶ谷は淡々と答えた。

すると小春は歩く速度を急に緩め、あからさまに探るような目を向けてきた。そしてひとしきり窺《うかが》ってから再び口を開いた。

「さっきからやけにすかしてるけど、もしかして何かあてがあるの？　警察を振り向かせるあて。なんか桐ヶ谷さんから妙な自信を感じるんだけど」

「ひとつだけあてはあるけど自信はないよ。ほとんど禁じ手だから」

「禁じ手？」

桐ヶ谷は訝しげな面持《おもも》ちの小春を見やり、高円寺南商店街の時代がかったアーチをくぐった。けばけばしい色合いの花飾りが電柱に括りつけられているのを見るにつけ、時間の滞りを感じる。しかし、貧しさや古臭い印象がないのがここの特徴でもあった。

どこかほっとする風情のなか歩を進めると、少し先に理容室のシンボルであるトリコロールカラーの回転サインポールが見えてきた。

磯山理容室は新味を出そうとするあまり、中途半端に改装した外観が残念な店だった。ガラスにはブルーの文字で価格表が書かれ、いつの時代のものだかわからない古臭いポスターがべたべたと貼られている。小さな電光掲示板では「千二百円カット」という破格の値段が忙《せわ》しなく点滅し、そうかと思えば急に「メンズエステ！」と切り替わるところになんともいえない哀愁がある。顧客のほとんどが老人の店で、エステを所望《しょもう》する男がいるとは思えない。

窓から中を覗き込むと、しょっちゅう惣菜を届けてくれる人情家の主人と目が合った。ちょうど客の散髪が終わったようで、レジの前でおつりを渡している。

自動ドアを開けて中に入ると、磯山は満面の笑みで毛むくじゃらの太い腕を上げた。

「よう。うちに顔を出すなんて珍しいな」

「こんにちは。こないだはありがとうございました。銀鱈の煮付け、おいしかったです」

「俺も買ったからついでだよ。まさかそれを言うために来たわけじゃないんだろ？」

そう言った磯山は桐ヶ谷の後ろにいる小春に目を留め、すぐ説明を求めるような視線を桐ヶ谷に送ってきた。

「珍しいのを連れてんな」

「彼女はヴィンテージショップの水森小春さんです。ご存知ですよね」

「ああ、知ってる。三丁目の『カラスアゲハ』な」

磯山は小春の店の名前を口にした。

彼女はつばの広い帽子を取って馬鹿丁寧な挨拶をしたが、先ほどまでの人間味は完全に消え去っていた。いかにも取っつきにくそうな女性に戻っている。愛想のない小春を磯山は無遠慮に見まわしていたが、客の老人に笑いかけて店の外まで見送った。そしてすぐに舞い戻って再び桐ヶ谷たちに向き直る。

「なんだか妙な組み合わせだな。いつの間に距離を詰めたんだ？　二人とも一匹狼だと思ってたが、はぐれ者同士手を組んだわけだな」

桐ヶ谷はにやりとした。

「なんですか、手を組むって。だいたい一匹狼でもないですし」

「いいや、商店街ではそういう認識だ。そこは素直に受け入れろ」

磯山は遠慮なく事実を口にした。

「なんつうか、この町には古物屋も多いが、あんたは同業者との交流もないだろ？」

磯山は、首を伸ばして小春の顔を覗き込んだ。

「声をかけても商工会には入らないし、組合の会合にも顔を出したことがない。商店街を挙げて企画した『高円寺縁日ナイト！』にも不参加だったしな」

「必要ないのでね。うちには縁日に出す商品もないですし」

小春はあまりにも率直すぎる言葉を吐いた。磯山の顔色がにわかに変わったのを見て、桐ヶ谷は慌てて割って入った。

「ええと、実は彼女に助けを求めたんですよ。僕だけではどうにもならないことが起きたもので、半ば強引に力を借りたわけです」

磯山は「ふうん」とうなって訝るような面持ちをし、床に散らばっている切り落とされた髪を箒《ほうき》で掃きはじめた。

彼は本来ざっくばらんで気持ちのよい男なのだが、いかんせん自分や組合を頼ってこない者を否定するきらいがある。小春は小春で、そんな排他的なムラ社会を馬鹿げていると冷ややかに見ているのだから折り合うわけがなかった。が、これほどまでに不仲だとは初めて知った。互いに少しずつ歩み寄ればいいのだが、古参の住人には高円寺南商店街を作り上げてきたという自負があるため、主導権を握らないではいられない。

磯山はむっつりとして床を掃き、小春はそれを見つめて突っ立っている。これはしくじったかもしれない。一度帰ってひとりで出直すべきか……。

桐ヶ谷が焦《あせ》りながら引き揚げ時を算段していると、何を思ったのか小春が古めかしい黒革の理容椅子に腰かけた。鏡越しに磯山と目を合わせる。

「カットをお願いします」

突然のことに、磯山は箒を持ったまままきょとんとした。

「髪が伸びて収拾がつかなくなってきたし、ぜひいい感じにまとめてもらおうかな」

いつ見てもストレートの美しい髪で、収拾がつかなくなっているということはない。しかし小春は姿勢を正し、鏡の中の自分と向き合った。

磯山はいささか戸惑ったような視線を桐ヶ谷に向けたが、やがて壁にかけてあった水色のカットクロスを取り上げ彼女にふわりとかけた。

「シャンプーは？」

「いや、カットだけで。思い切ってショートボブにでもしようかなと常々思ってるんだけど、似合いますかね。ふわふわのパーマにも憧れるな。なんか男ウケしそうだし」

男ウケなど気にしたこともないだろう。磯山は小春の背後に立ち、何も言わずにまっすぐな髪を手に取った。

「まるでテグスだな。一本一本が細いくせにかなり硬い。こんな頑丈な髪を生まれて初めて触ったぞ。こりゃあ難題だ」

磯山はどこか感じ入ったような声を出し、エラの張った顔をさらに近づけ髪をじっくりと検分した。

「あんたの髪質だとパーマはかなりの時間がかかる。そう簡単に髪の毛のシスティン結合が切れない。要は、髪の表面のキューティクルがぴったりと閉じてる撥水毛《はっすいもう》だな」

「撥水毛……初めて聞いたかも」

「この髪質は液の一剤が浸透しないいんだよ」

小春は心当たりがあったようで、ごく小さく頷いた。

「大学のとき、初めてパーマをかけたんだけど二日ももたなかったな。かけ直してもまったくダメで諦《あきら》めたんですよ」

「だろうな。この髪に薬剤を入れるんなら、アルカリ剤でしっかり膨潤《ぼうじゅん》と軟化させる必要がある。パーマの前段階だけで三時間はいるぞ」

急に理容師の血が騒ぎ出したらしい磯山は、小春の髪を触りながらくどいほど大きな目をみひらいた。

「それに、ショートボブはやめたほうがいい。要はおかっぱだろ?」

「なんで?」

「なんでって、もったいねえからさ。ここまでまっすぐの髪が風になびいてる光景は、そう滅多にお目にかかれない。まるで天からのお迎えみてえでよ。ストレートパーマだの縮毛矯正《しゅくもうきょうせい》だのとはぜんぜん違うからな。生まれつきあんたの頭皮には毛包が垂直についてんだ。癖毛は優性遺伝で日本人の七割以上がこれだから、あんたのは奇跡的な直毛だぞ」

磯山は興奮気味に喋り、鏡の中の小春と目を合わせた。

「それにあんたは、あごが尖ってて顔が小さいからボブが似合わない。おかっぱにしたら小賢《こざか》しい妖怪かなんかに見える。俺はパーマも勧めない。絡《から》まった釣り糸みてえに始末に負えなくなるのが目に見えるからな」

ずけずけと失礼な比喩を連発する磯山を見つめていた小春は、急に噴き出して目尻を下げた。伏し目がちにしばらく笑いの尾を引いていたが、しまいには大笑いに発展させている。彼女は目許ににじんだ涙を指先でぬぐった。

「ちょっと待った。この店は、いつもお客さんの要望を却下するの？　しかも小賢しい妖怪とか絡まった釣り糸とか、失礼の域を軽く越えてるんだけどさ」

言葉とは裏腹に、小春は未だ込み上げる笑いに翻弄されている。磯山は太い腕を組み、彼女の真後ろで顎を上げた。

「俺はだれであろうと似合う髪型にしてやりたいだけだ。客に気を遣って当たり障りなくへらへらすんのも嫌いだし、おかしなことになるとわかっていながら施術するやつこそ理容師失格だろ。俺は堂々と観察して意見も言うぞ」

すると小春も遠慮なく切り返した。

「仮にも客商売なのにデリカシーがなさすぎる。堂々と意見を言う以前の問題じゃんよ。よく今まで店が続いたよね」

「あんたも愛想もクソもねえけどな。あの牢獄《ろうごく》みてえな店に来る客はいんのかよ」

「お得意さまがいるからね」

「今の時代、得意客だけではやっていけねえぞ。商売は常に情報を更新して新しい風を吹かせねえとよ」

「は？　新しい風？　まさかこの店が新しいって言ってる？」

二人は鏡を介してののしり合い、桐ヶ谷に口を挟む隙も与えなかった。好き放題に辛辣な悪態をついているのだが、二人とも活き活きとして今さっきまでの険悪さはなくなっている。そしてひとしきり意見を戦わせ、小春は清々《すがすが》しく見える顔つきで口を開いた。

「ともかくカットして。長さもスタイルもすべて磯山さんにおまかせで」

「おう」

磯山は短く返事をした。

それにしても、定規《じょうぎ》で引いたような古典的なスポーツ刈りをこよなく愛している理容師に、すべてまかせても大丈夫なのだろうか。ベテランだとはいえ、この店に年寄り以外の女性客が入っているところを見たことがない。

桐ヶ谷は不安になって椅子の後ろをうろうろしていたが、磯山はスプレーで小春の髪を湿らせ、なんの躊躇《ちゅうちょ》もなく前髪にハサミを入れた。

「いや、うそだろ」

あまりの思い切りのよさに桐ヶ谷は目を剥いて声を出した。いくらなんでも切りすぎではないのか……。

磯山は眉毛が完全に露出する長さに前髪をまっすぐ切りそろえていく。そして全体の毛先を整える程度に切り、「終わりだ」と言ってクロスを外した。その間、十分もなかっただろう。当の小春は鏡の中の自分と真っ向から目を合わせ、どこか嬉しそうに短くなった前髪を指先で整えた。

「ちなみに、なんでここまで前髪を短くしたんですか？」

「あんたは眉の形が抜群にいい。それを隠すと魅力は半減するぞ」

「磯山さんって、おもしろおじさんだったんだね。長いこと勘違いしてた」

小春はくすくすと笑いながら立ち上がった。髪を切る前よりも、確かに表情や雰囲気が明るくなっている。

桐ヶ谷は、今までもっていた磯山の印象を頭の中で素早く書き換えた。口は悪いが実に的確だ。そして小春のほうも、人に対して一風変わったアプローチをしている。腕もわからない理容師にすべてを委ねるなど、なかなかのツワモノではないか。

「今日は金はいらないからな。ほとんど切ってねえし」

財布を出そうとした小春に磯山がそっけなく言い、先を続けた。

「で、なんの用があったんだ？　散髪しにきたわけじゃないんだろ？」

「ええ。ちょっと磯山さんにお願いがありまして」

桐ヶ谷は鞄の中からタブレットを取り出して、公開捜査の画像を呼び出した。それを磯山に渡すと、男は胸ポケットから老眼鏡を出してかけ、眉間に深々とシワを刻んだ。しばらく固まったように動かなかったが、やがてふうっと息を吐き出して低い声を出した。

「殺人事件？」

「ええ。阿佐ヶ谷の団地で遺体が発見されたそうです。十年前に」

すると磯山は顎に手をやって長々と考え込んだが、顔を上げて首を横に振った。

「この事件は知らんな。これがどうしたんだ」

　磯山は血のついた遺留品に目をやり、予告もなく嫌なものを見せられたとでもいうように渋面《じゅうめん》を作った。

「何日か前に公開捜査番組があったんですが、それを見て遺留品に違和感を覚えたんですよ。時代錯誤というかなんというか」

　磯山は少女のワンピースに再び目をやり、首をひねった。

「これが時代錯誤かどうかはわからんが、あんたは何かが引っかかったと。それでテグスと組んで調査でもしてんのか。物好きにもほどがある」

「ちょっとテグスってなんなの。名前は小春だよ。水森小春」

　彼女が間髪を容れずに口を挟むと、磯山は右側の眉を器用に上げて了解を示した。桐ヶ谷はタブレットを終了して鞄に入れ、バタ臭い顔の男と目を合わせた。

「実は急なんですが、磯山さんにお願いがあるんです」

「なんだよ」

「以前、磯山さんには妹さんがいるとおっしゃっていましたよね。三つ下で三鷹《みたか》に住んでいる。そして去年再婚したんだと」

「ああ、そうだ。俺は大反対したんだが、あいつはいい歳して浮かれちまってよ。まあ、今はそれなりに幸せみてえだが、ひと悶着《もんちゃく》あったんだ。まったく気に入らねえよ」

　磯山は不満がぶり返したようで、当時の騒動を苦々しく語りはじめている。桐ヶ谷は素早く話題をもとに戻した。

「妹さんの再婚相手ですが、確か杉並北総合病院に勤めていましたよね。警察ＯＢで院内の暴力とか恫喝《どうかつ》なんかのいざこざに対応している。元杉並署の幹部だったと聞きました」

「要するに天下りだ。俺はそういうとこも気に食わなかったんだよ。こっちは苦労の連続でやっと生活してるありさまなのに、連中ときたら生涯悠々自適《ゆうゆうじてき》だ。敵意をもたれて当然だろ、そんな抜け道をうまく歩いてるような人間はよ」

磯山の怒りが再燃したらしく、妹の再婚相手をひとしきりこき下ろした。そして話の途中だったことを思い出して桐ヶ谷に顎をしゃくった。

「あんたは妹の再婚相手に事件の話でも聞きたいのか？」

「いえ、そうじゃないんです。僕は、この未解決事件の担当刑事とどうしても話がしたいんですよ。さっきも警察署を訪ねたんですが、まあ、会ってもらえるような雰囲気ではなかった」

「いや、ちょっと待て。まさかとは思うが、妹の再婚相手に頼んで担当のおまわりと引き合わせろってか」

「そういうことです。僕の周りでいちばん脈がありそうな線がここなんですよ。なんとかお願いできませんか？」

迷惑なのはわかっていたが、桐ヶ谷は真剣だった。このまま情報を投げっぱなしにすれば、間違いなく埋もれてしまうだろう。なにせ直接的な内容ではなく、警察から見て被疑者、被害者特定の近道とは言い難いからだ。

磯山は体毛の濃い腕を組んで眉根を寄せ、唇をぎゅっと引き結んでいる。

彼の性格上、人に頼み事をするのは恥と捉えているはずだった。しかもただの頼み事ではなく、さまざまな人間を巻き込むことが必至の面倒事でもある。そこまで骨を折った挙げ句に桐ヶ谷の情報が見当違いだった場合、仲介者である警察ＯＢのメンツも潰れかねないわけで、磯山の立つ瀬もなくなるかもしれなかった。ちょっと知り合いを紹介する程度の話ではないのは、桐ヶ谷も重々理解している。

桐ヶ谷と小春は考えあぐねている磯山を見つめ、なんとか了承してくれるよう無言のまま訴えた。ずいぶん長い時間を悩んでいたけれども、彼は急に思考を手放したようにぱっと顔を上げ、大きくひと息ついた。

「わかった、言うだけなら言ってやる。ただ、現職の警官に取り次ぐかどうかは先方しだいだ。俺にはどうすることもできねえから」

「はい、それだけでじゅうぶんです。どうもありがとうございました」

桐ヶ谷が深く頭を下げると、磯山は肉づきのいい大きな手をひと振りしてひどく真剣な面持ちを作った。

「あんたは嫁の命の恩人だからよ。俺はな、あいつに死なれたらやっていけねえんだ。本当に感謝してるし、あんたの頼み事ならどうやってでも引き受けるよ」

桐ヶ谷が再び頭を下げると、隣に立っていた小春が磯山の腕を軽くぽんと叩いた。

「磯山さん、前髪が伸びたらまた来るね。そのときは、もうちょっと新しい髪型を提案してもらいたいな」

そう言って帽子をかぶった小春を、磯山はにやりとして追い払うような仕種《しぐさ》をした。

第二章　語りはじめた遺留品

1

九月七日の月曜日。

四畳ほどしかないであろう部屋には窓がなく、先ほどから蒸し暑さと息苦しさを感じていた。蛍光灯の真下にある事務机には修正液やマーカーの汚れがこびりつき、周りの白っぽい壁もひどくくすんで見える。ここがいわゆる取り調べ室というものだろうか。

桐ヶ谷と小春は並んでパイプ椅子に腰かけ、先ほどから身じろぎを繰り返していた。部屋に設置された換気扇はまわっているのに空気は湿気てよどんでいる。桐ヶ谷の隣では小春がたまらずブラウスの袖を肘までまくり上げており、細くて白い腕が別の生き物のように見えた。

杉並警察署から出頭せよとの連絡を受けたのは午前十時。小春と二人で駆けつけてみれば受付で小一時間ほど待たされ、さらにこの部屋へ通されてからも四十分以上はほったらかしにされるというぞんざいな扱いを受けていた。これだけでも担当刑事の機嫌の悪さが伝わってくるというもので、ようやく叶《かな》った面会にはただならぬ緊張感が漂っている。

「遅い」

小春がもう六度目になろうかという単語を吐き出した。細い手首に巻かれた古そうな腕時計に目を落とし、苛々《いらいら》と貧乏揺すりを始めている。動くたびに錆の浮いたパイプ椅子がうめくような音を立て、狭い室内に反響した。

「単なる嫌がらせで呼び出したんじゃないだろうな」

小春はくすんだねずみ色のドアを睨《にら》むように見据えている。

「警察もそれほど暇ではないだろうけど、さすがに遅すぎる。ちょっとだれかに聞いたほうがいいかもな。忘れられてるのかもしれないし」

桐ヶ谷も痺《しび》れを切らして腰を上げようとしたとき、ノックも何もなしにいきなりドアが開かれた。桐ヶ谷と小春は同時にびくりと体を震わせる。

「どうも、どうも。お待たせしちゃって申し訳ないですねえ」

緊張感のない抜けた声を発しながら、刑事とおぼしきスーツ姿の男二人が入ってきた。ひとりは小太りでタヌキの置物のように腹が突出し、ベルトの上にこんもりと脂肪が載っている。薄い髪が換気扇の風で舞い上がり、てかてかと光る額が剝き出しになった。年の頃は五十代半ばといったところだろうか。赤ら顔で首が短く、ワイシャツの前を留めている釦が今にもはちきれそうだ。

小太りの刑事は二人に笑顔を向けた。

「ちょっと今の時間は立て込んでてねえ。なかなか抜けられなくてごめんなさいね」

「立て込んでない時間に呼べばよかったじゃんね」

小春が隣で正論をぼそりと言い、桐ヶ谷は慌てて咳払いをした。

「お忙しいところすみません」

立ち上がって挨拶しようとするも、刑事は「いいから、いいから」と言って朗《ほが》らかにそれを制してきた。ベルトを摑んでズボンをずり上げ、桐ヶ谷の真向かいに大仰に腰かける。

この男は終始柔和《にゅうわ》な笑顔を振りまいているのだが、それは明らかに表面だけだ。桐ヶ谷は、パイプ椅子に座り直している刑事を目で追った。口許に浮かぶ笑みとは裏腹に、つぶらな瞳の奥は冷え冷えとしているのが見えて薄ら寒くなった。

もうひとりはかなりがたいのいい青年で、桐ヶ谷の同年代だろうと思われる。筋肉に守られた体は頑丈そうに見えるが、肩甲骨と肩峰が前側に傾いてしまっている状態だ。間違ったハードトレーニングによる弊害だろう。これは今のうちに矯正しておかないと、いずれ重度の腰痛に苦しむのが目に見えていた。ワイシャツの両脇にできた大きな汗ジミは対称性多汗症によるものと推測でき、交感神経が過敏に反応するタイプなのは間違いなさそうだ。長年、刺激物を好む食生活を続けているのが手に取るようにわかる。

いつものごとく体幹や骨格から男たちを細かく分析していると、小太りの刑事が机の上で手を組みながら自己紹介をした。

「さてと。僕は南雲隆史《なぐもたかし》といいます。ちょっと名刺を切らしてて申し訳ない。こっちは巡査部長の畑山和彦《はたけやまかずひこ》ですよ。ああ、僕の階級は警部ね。念のため」

紹介を受けた畑山は無表情のまま一礼する。

「お二人はええと……」

南雲が言いよどむと部下の畑山が分厚いファイルを開き、書面を上司のほうへ向けた。

「ああ、そうそう。桐ヶ谷さんと水森さんね。本当に貴重な情報提供をありがとうねえ」

笑顔を弾けさせた南雲だったが、直後に飄々と言い放った。

「それで、今日は警察に何か用があったの？」

呼び出したのはそっちだろう。声を大にして言いたいが、すでに面倒なうえに迷惑だと宣言されているようなものだった。見た目こそにこやかだが、南雲にはこちらの話に時間を割く気持ちはないらしい。さんざん待たされた恨み節を口にしそうな小春を目で窘《たしな》め、桐ヶ谷はできるかぎり下手《したて》に出た。

「今日はお時間をありがとうございました。お会いできて光栄です」

「うん、うん。こちらこそわざわざご足労を感謝しますよ」

南雲は、あらためて前に座る二人に目を這《は》わせてきた。色素の薄い瞳が心の奥底にまで分け入ってくるようで、正直に言えば非常に薄気味が悪い男だった。冴えない顔色や瞬きの回数などからストレスと慢性的な寝不足に苛まれているのは想像がつくけれども、それらの不調に体が慣れきっているのがこの男の問題点だ。精神力の強さで負の要素を抑え込んでいるこんなタイプは、体が限界を越えてもSOSを発しない。過去に似たような人間を見てきたから、桐ヶ谷は気がかりだった。この刑事は過労死を迎えた者の骨格と筋肉に近い。

刑事という職種の人間と初めて間近で接したが、激務による疲労が体を形作っていると言っても過言ではなかった。しかも無意識に気を張っているようで、体には常に必要のない力が入っている。こんな状態で余計な仕事を増やされたのだから、腹立たしさもひとしおなのだろう。自分たちは間が悪かったかもしれない。

理容師の磯山の伝手《つて》を頼り、警察への面会申し入れを頼み込んだのは一昨日《おととい》のことだ。磯山の口ぶりから望み薄だと感じていたが、杉並署から会いたい旨の電話が入って驚いたものだ。件《くだん》の警察OBは、かなりの顔利きだとみえる。

南雲は真正面から桐ヶ谷と目を合わせ、続けて無表情を決め込んでいる小春にちらりと視線を移した。

「ええと、あなたは高円寺で仕立て屋を経営している桐ヶ谷さん。そしてこちらも同じく高円寺で古着屋を営んでいる水森さんね」

不健康そうな警部は、手の中にある小さなメモ紙に目を落とした。

「桐ヶ谷さんは電話でも情報を提供してくれてるみたいね。ええと……」

南雲が隣の部下の畑山を見やると、筋肉質の刑事は小さなノートパソコンのキーを叩いて「九月四日です」と即答した。警部は眉間にシワを寄せながら手許のメモに目を落とし、すぐに顔を上げた。

「そうそう、九月四日。桐ヶ谷さんは二日に放送した公開捜査番組を見ていただいたわけですか。あれもねえ、本当はゴールデンタイムにやってほしかったんだけど、なかなか枠《わく》が取れなくてあんな半端な時間帯になっちゃってね」

「そうですか。話を変えて申し訳ありませんが率直にお伺いします。被害者の少女が着ていたワンピースですが、実物を見せていただけないですか?」

とたんに南雲は天井に向かってはっと笑い声を上げ、「それはできないねえ」とにべもなく言った。しかし桐ヶ谷は負けずに食い下がった。

「実物を見れば、今以上にわかることが多いんですよ。なんとかお願いします。十年も身元がわからない気の毒な少女のためにもぜひ」

警部は挑発には乗らないとばかりに目を伏せ、クリアファイルから何枚かの書類を取り出した。

「まずは話を整理しましょうかね。あなたが電話で提供してくれた情報は、被害者が着ていた服の生地が、一九五〇年代のものでアメリカ製であるということ。けれども衣服自体は日本で縫われたオーダー品だということ。おそらく昭和二、三十年代に仕立てられたものであること。大枠はこの三点で間違いない？」

「ええ、間違いありません。十代前半の少女が着るにしてはかなり個性的な服なので、そのあたりを掘り下げれば何かがわかるんじゃないかと思いまして」

「なるほどねえ。でもね、被害者の着衣やその他の遺留品に関しては、当時も徹底的に調べられているんだよ。既製品でないことはすでに僕たちもわかっているからね」

あいかわらず南雲は表面だけ愛想よく取り繕い、まったく笑っていない目のまま先を続けた。

「知ってるとは思うけど、店で買った服でなければ流通ルートを追うのはとても難しいんだよ。そもそも既製品じゃないとすれば、母親かだれかが手作りした可能性も出てくるわけだしね」

「それはありません」

桐ヶ谷は即座に首を横に振った。

「テレビの映像を見ただけでも、プロが製図して縫製したことがわかりました。しかも相当腕のいい仕立て屋が作っている。かなり古いものでもあるので、被害者の少女にはそういう趣味があったと見るのが自然かもしれません。たとえば古着が好きとか」

「ほうほう、そういう見方も確かにありますねえ。被害者は変わった服を着る個性的な少女だったと」

南雲は興味のある素振りこそ見せてはいるが、実は右から左へ聞き流しているのはわかっている。そして刑事は口角を上げたまま桐ヶ谷を見据えた。

「つまりはこういうことだよね。あなたがもっている情報はこれがすべて。わざわざコネを駆使してこうやって署に乗り込んでこなくても、僕たちは電話でいただいた情報だけでじゅうぶんなんですよ」

直視が難しいほど押しの強い視線に、桐ヶ谷は思わず身じろぎをした。確かに南雲の言う通りで、今のところ提供できる情報はその三点だけしかない。しかし本当に伝えたいのは、このなんともいえない正体不明の違和感だった。

桐ヶ谷は、すでに話の終わりを示唆している南雲に訴えた。

「刑事さん、お願いします。被害者のワンピースを見せてください」

「そう言われてもねえ。無関係の一般市民にみだりに見せるわけにはいかないんですよ。事件の重要な証拠品は厳重に保管されている。『見れば何かがわかるかもしれない』なんて曖昧なことを言われても、はいそうですかとはいかないことぐらい子どもでもわかりそうなものですよ。違いますか？」

ぴしゃりとそう告げられ、桐ヶ谷は用意していた数々の懇願の言葉を飲み込んだ。確かにまだ刑事を説得できるだけの根拠も材料もない。そもそも殺人事件にかかわる物証を、急に訪ねてきた一般市民に見せるわけがないことも頭ではわかっていた。

せっかく面会までたどり着けたのに、いかんせんこちらの分が悪すぎる。そして何より、自分が提供した情報はまったく重要視されていないこともわかって落ち込んだ。

南雲は書類をクリアファイルに戻し、それに続いて部下の畑山もノートパソコンをパタンと閉じている。せっかくの伝手を活かしきれなかったことに歯噛《はが》みしているとき、ずっと黙っていた小春が口を開いた。

「さっき南雲さんは、被害者の女の子が着ていたワンピースが既製品でないことは調べがついているとおっしゃいましたよね。母親かだれかが作ったのかもしれないと」

南雲は透き通るように白い小春に目を向け、その容姿を物珍しそうに見まわした。

「おそらく、個人経営のテーラーなんかは捜査していないと思いますが、そうですよね？」

南雲は若干あごを上げ、小春を見下すような目を向けた。

「ごめんなさいねえ。捜査の内容をここで言うことはできない決まりなのよ」

「ああ、そう」

小春はそっけなく返して、いささか斜に構えた。

「わたしはヴィンテージショップを経営しているので、お客さんのことはだいたい把握してるんですよ。その経験から言えば、十代前半の女の子が率先して古着を買うことはまずない。流行に感化されはじめる年頃なので、万人向けでないジャンルを恐れる傾向がある。もし本当に古着が好きで着ていたのなら、そこへ導いた人間がいるはずなんですよ」

「導いた人間？」

「そうです。両親が古着の愛好家で、そういう環境で育っていた場合。または恋人や好きな人が古着を好んでいた場合。そしてショップの店員に憧れをもっている場合なんかがありますね。ショップ店員はよくあることで、十代の少年少女が店に通い詰めて溜まり場になることもある。いずれにせよ、自分ひとりだけでこの世界に入ることはまずありません。そのあたり、捜査に役立つ情報なんじゃないかと思うんだけど違います？」

小春は努めて単調な声で喋っているが、今までにも増して力強かった。南雲は興味をそそられたようにひとしきり彼女を見つめ、持っていたクリアファイルを再び机に置いた。

「うんうん、なかなかおもしろい切り口ではあるね。参考にさせてもらおうかな。ただし、古いものを着ていただけで、そこまで限定できるかどうかはわからないけど」

「それができるんですよ。女の子が着ていたワンピースの柄はアトミックというもので、日本市場に出まわってる数は相当少ないはずなので」

「なぜそれがわかるの？」

「なぜならば」

小春は髪を後ろへ払って背筋を伸ばした。

「人気も需要もないからですよ。アトミックは男性の衣類に多くて、女性ものは極端に少なかったはず。女の子自身が買ったのか、それとももらったのかはわかりませんけど、アトミックを選んだのなら相当マニアックな趣味なのは間違いない。そしてめちゃくちゃ目立つ」

「確かに派手ではある」

「でしょ？　だからこそ、女の子の身元がわからないという状況がわたしは納得できないわけですよ。このワンピースを着て歩いてる姿を見かけたら、記憶に焼きつくのは間違いないからね。南雲さんもそう思わない？」

怖いもの知らずの小春は刑事相手にずけずけと発言したが、それは桐ヶ谷も思っていることだった。なにしろワンピースは日本人には馴染みのないどぎつい色合いで、目玉や幾何学模様が配されているキワモノだ。本来、目撃情報があちこちから上がってくるようなものにもかかわらず、未だにどこのだれかもわからないのはあまりにも不自然すぎる。

若手の畑山は再びノートパソコンを開き、小春の言葉を素早く記録したようだった。南雲は生意気な小娘だと言わんばかりにじろじろと見まわし、考えをまとめているような間を置いている。そして事務机の天板に肘をつきながら声を出した。

「事件発生当時、都内のクリーニング店はすべて洗ったんだよ。被害者の着ていた衣服には、きれいにプレスされた痕が残っていたからね。だが、何もわからずじまいだった。着衣に関しての捜査はそれだけだったが、それでもじゅうぶんだと考えているよ。それよりも、目撃者の確保が重要だからね」

そうは言っても、それを徹底した結果が今なのではないだろうか。犯人はおろか、被害者の少女も名無しのまま十年が経過している。

桐ヶ谷はたまらず反論を試みた。

「刑事さん、被害者の着衣がすべての鍵になると僕は思っています。似顔絵も公開されているのに、身元に通じる情報がないのはなぜなのか。年齢からして学校にも通っていたはずなのに、クラスメイトだけでなく教師や学校からの通報もないわけでしょう？　これだけ目立つ少女が、ほかの人間には見えていなかったということですよ？」

「まさにそこだよねえ。別の土地から殺害現場まで来たことは想像がつくが、周辺情報が驚くほどない。それは昔も今もだよ」

南雲は桐ヶ谷たちに語りかけているというより、自身に問うているように見えた。おそらく犯人の目星どころか怪しげな人間すら挙がっていない状況ではないだろうか。

桐ヶ谷は、あいかわらず肘をついたまま険しい面持ちをしている南雲に尋ねた。

「捜査のことはよくわかりませんが、着衣や持ち物なんかはひと通り専門家が調べていますよね」

南雲は、小さな目だけを上げて口を開いた。

「もちろん、最先端の科学捜査を実施しているよ」

「いや、そうではなくて、洋服なら服飾の専門家という意味です。要は警察とも科捜研《かそうけん》とも違う視点で遺留品を見た人間がいるのかどうかですよ」

「その手の専門家は見てないねえ。だいたい、そういうのは専門家って言わないじゃない。服を作ってる服飾メーカーの人なわけでしょう？」

「では、僕がその専門家だと言わせてもらいます。着衣を見ればかなりのことがわかる。今の日本では自分だけだと思いますよ」

顔色の悪い警部は口許に笑みをたたえ、桐ヶ谷の存在を今初めて意識したとでもいうように顔を見まわした。

「いやはや、あなた方二人はかなりの自信家だねえ。無謀で恐ろしくなるぐらいにね。テレビを見てすぐに警察に情報を提供して、それだけでは足らずに面会を願い出る。それもコネを使って強引にときたもんだ。ここまで熱心な市民はなかなかいませんよ」

「それは褒め言葉だと受け取っておきます」

「どうぞ、ご自由に。ちなみに桐ヶ谷さん。あなたは本当に仕事をしてるんですか？　ネットで住所をちょっと検索したら、廃業したような店が出てきたんですが」

桐ヶ谷は笑った。確かにストリートビューで見る自宅は、真っ暗で看板もなく店かどうかもさだかではないあばら家だ。

「あの店はただの住まいにすぎません。僕の仕事は服飾業界と職人をつなぐブローカーが主なんですよ」

「実体がないよくわからない仕事だね」

南雲は遠慮なくずばりと指摘したが、すぐ小春が静かに食ってかかった。

「つまり、腕は最高だけれど時代遅れで仕事のなくなった職人と、最先端のファッション業界をつなぐ仕事ですよ。桐ヶ谷さんは服飾のノウハウはもちろん、美術解剖学にも精通している芸術家です。そして、非常識なほど顔が広い人でもある」

「それはそうでしょうねえ。警察幹部と直通で話せる人間とも知り合いらしいしね」

南雲はにべもなく言い、いささかすごみを利かせた声色《こわいろ》に変えた。

「それにあなたは、過去に何度も警察に通報しているね。各所轄に記録が残されていたよ。児童虐待が起きている、ひどいＤＶが起きている、痴呆老人がネグレクトを受けている。ざっと調べただけでも五件」

それらをわざわざ調べたことに桐ヶ谷は驚いた。確かに着衣や体幹から異常を察知し、通報を試みたことは何度もある。南雲は合わせた目を微塵《みじん》も逸《そ》らさなかった。

「もしかしてあなたには、そういう通報癖があるんじゃないの？　おかしな欲求をもつ人間は意外に多くて、自分が犯人だと名乗り出る輩《やから》もいる始末だよ。今回も六人ほどいてうんざりしているわけだ」

「当時は、虐待やＤＶの所見があったから通報したまでです。市民の義務ですからね。でも、捜査もされなければ保護もされなかった」

「いやいや、なんの証拠もないうえに『服にシワがついているから』なんて通報を受けたら、警察じゃなくても相手にはしないだろうね」

「その結果、死亡してしまった子どもがいた。保護されていれば助かった命です。僕の通報を軽んじるのは勝手ですが、この最悪の事実には目を向けないんですか？」

桐ヶ谷は南雲に負けないほど強い目を合わせたが、警部はそっけなくかわした。

「とにかく、被害者の遺留品を見せることはできないので、今後のコンタクトは控えていただきたい。今回の件は例外中の例外だということを忘れないように」

今度こそ腰を浮かせかけた南雲に、桐ヶ谷は鞄から抜き取った数枚の紙を差し出した。最後の手段だった。それを見た警部ははたと動きを止め、今日いちばんといっていいほど険のある表情を作った。

「これは？」

小太りの警部はパイプ椅子に勢いよく腰を戻し、桐ヶ谷から紙をひったくるようにして受け取った。

「警察が発表した被害者の風体《ふうてい》から、骨格と筋肉を推定して似顔絵に起こしました。警察の人相書きはインパクトに欠けるので、今の段階ならこれぐらいのものを発表したほうが人々の目を惹くはずです」

驚きをまったく隠せていない二人の刑事は、桐ヶ谷の描いた少女の全身図に見入っていた。骨格から肉付けし、表情筋を加味して生気のある似顔絵に仕上がっているものだ。実際の少女を見たわけではないが、頭身バランスはまず間違いないだろうと思っていた。

「発表されている被害者の身長と体重は、解剖学的に見れば十歳女児の平均。年齢の幅としては十三歳ぐらいまででしょう。被害者は栄養状態があまりよくなかったのではないですか？　骨密度も高くはなく、筋肉量は少なかったはずです」

南雲は無言のまま桐ヶ谷の話に耳を傾け、先を促すように目で合図した。

「警察発表の似顔絵から、生まれつき小柄な体格ではないことが推定できました」

「なぜそう言える？」

「耳のつく角度ですよ」

桐ヶ谷は南雲を見た。

「僕は何千人もの骨格や筋肉を見てきましたが、ある一定の法則があることがわかった。耳のつく角度によって栄養状態が予測できるんです。まあ、これは科学的根拠のない我流なんですが、ほぼ外したことはないですよ。被害者の少女はカルシウムが不足しているし、一般的な食事をしていない」

「一般的な食事をしていない？　じゃあどういう食事だと思うんです？」

「おそらく、シリアルのようなものばかり食べていたのではないかな。耳から顎の発達を見ても、いろんな食材を食べていたような感じではない。つまり彼女は、食に対して興味が薄かった」

　南雲は低くうなり声を上げ、桐ヶ谷の描いた少女に目を這わせていた。

　鑑識が描いたのであろう似顔絵は、目鼻や耳といったパーツの位置と間隔だけは的確に捉えているはずだった。それでも全体のイメージはぼんやりと似ているだろうが、今の捜索に使うのであればもっと精密なものが必要だ。

「その絵は差し上げます。被害者を実際に見ている刑事さんなら、僕の絵がどれだけ正確なのかがおわかりになると思いますので」

　南雲は似顔絵を食い入るように見つめていたが、「たとえばの話だけどね」と急に切り出した。茶色いクマが沈着している血色の悪い顔を上げる。

「あなたに被害者の遺留品を見せたとして、そこからわかることはなんなの？」

「作られた年代、生地の産地、縫製した者のスキル、そして着ていた者の癖」

「着ていた者の癖？」

「そうです。生前はどういうふうに歩いていたのか、姿勢はどうだったのか、骨格や筋肉に特徴的な所見はあるか、人とは異なる特殊な癖があったのか。場合によっては精神状態なんかもわかるかもしれません」

南雲は信じがたいと言わんばかりに目を細め、さらなる説明を求めるような顔をした。

「精神状態が不安定になったとき、人は無意識に安定を求めようとする。それは変わった癖や動きとなって出ることがありますが、着衣にはそれが鮮明に記録されるんですよ。生地の摩耗やヨレ、ねじれやシワなど、どれも生前の人間を語るにはじゅうぶんすぎるほどの情報です」

「信じられないねえ。というより、宗教じみていると言ったほうがいいか……」

「ちなみに刑事さんはひどい肩凝りと偏頭痛もちで、昨日はほとんど眠れなかった。違いますか？」

南雲は返事をせずに桐ヶ谷と目を合わせた。

「シャツの肩部分の地の目がひどく歪んでいます。これはしょっちゅう触るからでしょう。自分で肩を揉んだりさすったりが無意識の癖になっている。そして、首を後ろに反らせて血の巡りを促しているような横ジワが、後ろ襟のあたりに出ています。これは頭痛もちの人間には必ず現れる」

桐ヶ谷は一気に喋り、さらに先を続けた。

「今のうちにきちんと頭痛外来を受診して、単なる鎮痛剤ではない根本的な薬を処方してもらうべきです。それに右下奥にある親知らず。これは早いうちに抜きましょう。噛み合わせに問題が出ていて、体が右側に傾いています。シャツの右脇の下、前に流れる斜めジワがそれを表していますよ」

桐ヶ谷は意識を集中し、全力の分析を口にした。よほど図星だったとみえ、南雲は警戒心を剥き出しにした顔つきになっている。印象づけはこのぐらいでいいかもしれない。桐ヶ谷は隣で目を丸くしている小春に目配せをし、鞄を持って立ち上がった。

「今日はお時間をどうもありがとうございました。いつでもお電話ください」

必ず連絡があるはずだ。その確信をもって二人は杉並警察署をあとにした。

2

昼食を摂りがてら高円寺に戻ったが、途中、思いつきで商店街の奥にある寺嶋《てらしま》手芸店へ向かった。

ここは軒の低い昔ながらの店で、出入り口の隅二ヵ所に盛り塩が施されて厄除《やくよ》けの札まで貼られている。桐ヶ谷が子どものころに通い詰めていた駄菓子屋も、こんな粗野な外観だったことを思い出す。いつも小さな老女がひとりで店番をしており、あるとき店先に忌中札が出されたのを最後に駄菓子屋は閉店した。寺嶋手芸店を訪れると、駄菓子屋で感じた辛気臭さや高揚感が同じ濃度で蘇ってくる。

木枠の戸が開かれることを拒むかのようにがたがたと音を立て、滑りの悪いレールの上を少しずつ移動する。桐ヶ谷が開かない戸と格闘していると、それを見かねたように店の奥から腰の曲がった老女がたどたどしく現れた。戸のずいぶん下のほうに手を置き、一気に横に滑らせる。すると驚くほど抵抗なく開き、彼女は顎を上げてにこりとした。

「うちの戸を開けるためには、この場所に手を置かなくちゃダメなのよ。もう何十年もそうやってる。なんせ昔から気難しい戸だから」

敷居から浮き上がっているレールを換えるだけで問題は解決しそうだが、桐ヶ谷はなぜか無粋に感じて口にはしなかった。腰部脊柱管狭窄症《ようぶせきちゅうかんきょうさく》を患うこの老女と同じで、余計な手を入れただけ寿命を縮めることになりかねない。

小さな老女は二人を店の中に招き入れ、再びなんの苦もなく戸を閉めた。

「今日も糸を買いにきたの？　桐ヶ谷くんしか買わなかった赤いしつけ糸、今ちょうどないのよ。何かの工作に使うみたいで、子どもたちがあるだけ買っていっちゃったの。すぐ発注したから、明後日には入ると思うんだけど」

「いえ、今日は買い物じゃないんですよ。ちょっとお話を聞きたくて」

桐ヶ谷は、ほとんど直角に腰の曲がった老女を奥の丸椅子に座らせた。

寺嶋ミツはこの手芸店の店主で、たったひとりで店を切り盛りしている。今までの労働と加齢のせいで腰が曲がってしまっているが、神経圧迫による痛みが少ないことが幸いだった。

桐ヶ谷は古い店に漂う空気を大きく吸い込んだ。

店内には細々とした手芸用品が所狭しと並べられ、釦を収納している小引き出しが壁一面に並んでいるさまが何度見ても壮観だ。見本の釦がそれぞれの引き出しにつけられているのを見ると、桐ヶ谷は無性に心が躍った。昔から雑多な小間物が大好きで、文房具屋や画材屋なども興奮を呼び覚ますスポットになっている。古い木の棚にはさまざまな色柄の反物が売り物として置かれているが、つけられている紙の値札はどれも黄色く灼《や》けて変色していた。

古い生地が放つなんともいえない匂いを感じながら、桐ヶ谷は手動式のレジスターの前に座るミツに顔を向けた。老女は興味深げにきょろきょろと店内を見まわしている小春を見つめており、ため息混じりに感慨深い声を出した。

「あなたが着てるそのお洋服。ずいぶん古いものだわねえ。わたしが娘時代に、そんな大柄が流行ったわ。大胆な花模様は着る人間を選ぶから、憧れたけどわたしには似合わなくてね。ほら、背が小さいと見栄えしないのよ」

ミツは昔を思い出したように目を細め、品よくまとめている白髪の髪を指で整えた。

「やっぱり昔のお洋服はいいわねえ。見てて楽しいし味わいがある。既製品もいいけど、どこか冷たい感じがするのよ」

「ああ、それはわかります。正確で隙がなくてきれいすぎるんですよね。服との間に距離があるというか」

小春が相槌を打ちながら独自の表現で語ると、ミツは瞼の垂れ下がった目で嬉しそうに笑った。

この店を訪れる客が日に何人いるのかはわからないが、彼女が人との会話に飢えていることは明らかだった。いつ来てもなかなか解放してはもらえず、引き揚げるときの寂しげな顔は脳裏にこびりついて離れない。家族はそれぞれ別の仕事をしているようで、亡き夫と建てたこの店を守ることだけが彼女の生き甲斐になっている。確か今年で八十八になるはずで、顔に刻まれたシワのひとつひとつが彼女の生き様を物語っていた。笑顔の多い人生だったことだろう。

小春が手短に自己紹介をすると、ミツは何度も小さく頷いた。

「わたしね、あなたが店の前を通るのをいつも見てたのよ」

「へえ、そうなんですか」

「いつもステキなレースの日傘を差して、懐かしいお洋服を着て優雅に歩いているの。あなたを見ると、わたしも娘時代に戻ったみたいで嬉しくてね。通りの風景も変わって見えたわ。いつかうちのお店に来てくれないかしらって思っていたのよ」

「あ、偶然！　わたしもお店が気になってたんですよ。古い生地がたくさんあって、じっくり見てみたいなと思って」

「そう。じゃあ、小春さんとわたしは今日からお友だちね。きっと趣味が合うと思うわ」

ミツは小春の白い手を握り、「夢のようにきれいな肌ね」と愛おしむように撫でた。

この老女がたったひとりで、日がな一日通りを眺めている姿を思うと切なくなってくる。たちまち緩みはじめた涙腺を指で押さえ、急いで鞄からタブレットを取り出した。

「ミツさん。ちょっとこれを見ていただけませんか？」

桐ヶ谷はなんの説明もなしにタブレットをレジスターの脇に置いた。老女は一瞬だけ画面に目を細めたが、すぐ小物入れから老眼鏡を出している。丸いフレームのメガネをかけ、あらためてタブレットに目を落とした。

被害者の着ていたワンピースは、間違いなく昭和二、三十年代に仕立てられたものだ。ミツは当時十代から三十代前半で、デザインや柄には馴染みがあると思われる。

ミツは画面に映し出されているワンピースを見つめ、メガネを押し上げながら言った。

「これはバクハツだわねえ」

「バクハツ？」

桐ヶ谷と小春が同時に口にすると、老女は小さくしぼんだような顔を上げた。

「わたしが娘時代に、こんな柄があったわね。理由はよくわからないけど、バクハツって呼ばれてた」

アトミックは核実験から想起された柄なのだし、バクハツという呼び名も的外《まとはず》れではない。ミツは興味深げにタブレットを見つめ、何かを思い出したようにぽんと手を叩いた。

「そう、そう。わたしが若いときは、この写真みたいな小襟が流行ったのよ。懐かしいわあ。お友だちもみんなこの襟のブラウスをもってたもの」

「タイニーカラーですね」

「そうね。でも、仕立てが難しいって聞いたことがある。うまい仕立て屋に頼まないと、襟が引き攣れてひどく不格好になるって」

細い襟の中に縫い代《しろ》が何重にも重なるため、いかに厚みを消せるかが出来栄えを左右する。桐ヶ谷は逸《はや》る気持ちを抑え、タブレットの画像を拡大してミツに問うた。

「ちなみに、こっちの柄のほうはどうです？　『バクハツ』について知っていることを聞かせてください。どんなことでもかまいません」

「桐ヶ谷くんは、こんな柄が好みなの？」

ミツは小首を傾げ、さもおもしろそうにふふっと笑った。

「バクハツは本当に人気がなかったわよ。男の開襟シャツではそこそこ見かけたけど、女性が着ているのは滅多に見なかった」

そう言ってミツは回想するように視線をさまよわせていたが、急に「あ」と短く声を上げたかと思えば机に手をついて立ち上がった。反物が無数に収まる棚へよちよちと歩いていく。そして無造作にたたまれている端切れの山を長々と物色し、下のほうから強引に一枚を引き抜いて戻ってきた。

広げられたシワだらけの端切れは、ベージュ色の土台にひし形や丸を組み合わせた不思議な模様が並んでいた。優に六十年以上は経っていそうな代物で、折り目に沿って陽に灼け色褪せている。

「昔、この生地はうちでよく売れたのよ。あまり質のよくないプリントだったけど、若い男の人には人気があった。ちょっと悪いジゴロみたいな雰囲気の人よ」

「これも『バクハツ』柄なんですか？　かなり地味ですね」

「当時はアメリカのドラマが流行ってね。わたしが覚えているのは『アイ・ラブ・ルーシー』。とにかく登場人物がお洒落《しゃれ》できれいで夢中になったわ。そういうアメリカのドラマでバクハツ柄の開襟シャツを俳優が着ていたから、一時こういう生地が出まわったの」

ミツは古いバクハツ柄の端切れを手で伸ばし、当時を懐かしむように目を細めた。

「まあ、なんでも流行りってすぐに変わるからバクハツ柄もそう長持ちはしなかったけど、あの時代を昨日のことみたいに覚えてる。とても活発で輝いていたわね」

ミツは眼瞼下垂《がんけんかすい》気味の目を大きく開き、端切れを指先で弄《もてあそ》んだ。

老女の話は、小春がアトミックについて語った内容と合致している。この柄自体の人気は男性側に偏《かたよ》っており、女性受けはしていなかったという点だ。古着の買いつけや探究を通じて時代を正確に把握している小春は、やはりプロの目利きだった。

桐ヶ谷は、当時の海外ドラマについて語りはじめているミツに頷きかけ、頃合いを見て別の質問を投げかけた。

「この画像のワンピースですが、率直にどう思われますか？」

「どう思うか？　わたしが？」

「ええ。ミツさんのご意見が聞きたくて」

漠然とした問いにミツは一瞬だけきょとんとし、少女が着ていたワンピースに目を向けた。そしてすぐに顔を上げ、どこか意味ありげに苦笑いを漏らした。

「この柄は下品よねえ。せっかくステキなデザインなのに、すべてをだいなしにしてしまっているわね」

ミツは遠慮のない発言をし、先を続けた。

「そもそも、バクハツを女性が着るなんてどうかしているわ。しかもこの色合わせ。毒々しくて具合が悪くなりそうよ」

「確かに個性的すぎる色柄ですよね」

桐ヶ谷が同意すると、ミツは大きく頷いて口を開いた。

「バクハツが流行った時代があるとは言っても、こんな派手で奇抜なものではなかったわ。うちにあったこの端切れみたいに、もっと色も柄も落ち着いていた。ただ、こういうチンドン屋みたいなお洋服を着ている女性もいたことはいたんだけど……」

「へえ、それはどういうタイプの女性？」

小春が間髪を容れずに身を乗り出すと、ミツは戸惑ったように眉尻を下げてわずかな間を置いた。

「そうねえ。タイプで言うなら貧乏な子ね」

意外な答えに小春は首を傾げ、桐ヶ谷は続けざまに質問した。

「いったいどういう因果関係なんでしょう。女性に限って、貧困層がバクハツ柄を好んで着ていたとは」

あいかわらず白い眉尻を下げている老女は、頭の中をまとめるようにふうっと大きく息をついた。

「当時、バクハツ柄の流行りを知った生地屋が、アメリカから輸入した反物をうちみたいな小売にバラまいた。輸入生地を真似て、おかしなものを作っていた機屋もあったわね」

ミツはレジスターの脇に置かれた九谷焼らしき湯呑みを取り上げ、冷めた緑茶を飲み下した。

「生地屋は勘違いしていたのよ。ドラマの影響でバクハツ柄が話題になったとはいえ、日本人には日本人に合う色柄に変えなければ売れない。そういう根本を無視したの。アメリカ人が着ているようなけばけばしい柄そのままでは、さすがに若者だって着る勇気が湧かないものよ。街の中で浮き上がるわ」

「でも貧困層の女性は着ていたわけですよね」

桐ヶ谷が念を押すと、ミツは小刻みに頷いた。

「こういうことなのよ。派手で下品なバクハツが売れ残れば、店側は在庫処分しようとして値引きに値引きを重ねる。もともと貧乏な家の子は赤札しか買えなかったし、そのなかでもバクハツは超特価だったからねえ。だからそういう子たちばかりが着ることになったんだと思うの。これはわたしの考えだけど、たぶん合ってると思うわ」

「なるほど」

桐ヶ谷は根拠のある仮説だと納得した。そういう事情があったのなら、古着として現代に出まわるぐらいの数はあったのかもしれない。ミツは若草色のカーディガンの袖を引っ張り、老眼鏡を外して神妙な顔をした。

「昔の貧乏って、今とはくらべものにならないほどお金がなかったからね。その日食べるものにも困るほどよ。赤札の安物生地で、ワンピースを仕立てるのだって容易ではなかったはず。でも、若い娘なら流行りのものが着たいじゃない？　彼女たちにとったら、ようやく作った一張《いっちょう》羅《ら》だったよ」

「そういう話を聞くと、なんだか切ないですよ」

「本当にね。ひどく貧乏な子とか娼婦とか、そういう日陰で生きているような女性がバクハツを着るようになったから、ますます一般層は毛嫌いしたんだと思う。奇抜で下品な服は、そういう女性たちの目印になった」

いつの間にかミツの言葉をメモしている小春に目を向けると、無表情ながらもやりきれなさのにじむ面持ちをしていた。さすがにこういった負の事情までは知らなかったらしい。このあたりの事実は、殺された少女と何かかかわりがあるのだろうか。

桐ヶ谷は十年前に起きた殺人事件をミツに語って聞かせた。団地の一室で死んでいた少女と、過去に侮蔑の対象となっていた古い柄のワンピース。老女は嫌悪感を隠さずに事件の詳細に耳を傾け、胸の前で手を握ってため息をついた。

「なんてひどい事件なのかしら。十年も名前がないままだなんて、ろくな供養をしてもらえないじゃないの」

「この少女の場合は、行旅《こうりょ》死亡人として自治体が埋葬していると思います」

「まだほんの子どもなのに、今の日本で無縁さまだなんてねえ」

ミツは思わず両手を合わせ、口の中で念仏らしき言葉をつぶやいた。そして大仰に立ち上がって翻り、壁際にかけられた神棚に向けて一拝して手を打った。

「祓《はら》いたまへ、清めたまへ、護りたまへ、幸《さきわ》へたまへ……」

腰の曲がった老女は、略式らしき拝詞《はいし》を低く奏上する。古ぼけた店が一転して厳《おごそ》かな空気に変わり、桐ヶ谷と小春も神棚のほうへ体を向けて姿勢を正した。ミツは手を叩いて深く頭を下げ、再び腰かけたと思えば目の奥に怒りを燻《くすぶ》らせた。

「女の子を殺めた犯人は、今もそのへんでのうのうと生きてるわよね。警察から逃げ切った気になって。死後に裁かれるがいいわ」

「僕もそれを望みます。ちなみにミツさんは、少女がバクハツ柄のワンピースを着ていたことをどう思いますか？」

「どうって言われても、不思議としか言いようがないわ。なぜ現代の若い子がそんなものを着ていたのかしら」

ミツは再びタブレットに目を向けたが、今までとは違って気味の悪いものでも見るように及び腰になっていた。相当信心深いようで、死者が身につけていたものを見ることに抵抗があるようだ。

「この子はおばあちゃんのお古でも着ていたのかしら……」

老女は自身を抱きしめるように両腕を交差させている。

確かに孫が祖母のお古を着るということも可能性としてはある。しかし、安くて多様な服が大量に売られている今の時代に、十代前半の少女が祖母の中古衣料などを着るとは思えない。ましてやこの柄だ。それを好んでいたのだとすれば、やはり初めの疑問が頭をかすめることになる。古物を好む個性的な娘が行方不明になっているのに、家族はいったい何をやっているのだろうか。

桐ヶ谷は、怯えの色が見えはじめているミツからタブレットを引き離した。先ほどから一点を見つめて押し黙っている小春に向き直り、国内古着についての疑問を投げかけた。

「日本全国で出る古着は、どういう経路で店に並ぶの？　業者の買いつけではないよね」

「買いつけの場合もあるよ。蔵があるような立派な古い家に行って、アンティークとか骨董《こっとう》を売ってほしいと直接交渉を持ちかける業者がいる。田舎《いなか》にはまだまだ掘り出し物が多く眠ってるし、価値もわからず買い叩かれる人が多い現状だよ。着物の場合はまたルートが別で、量り売りが主流だね」

小春は淡々と説明をした。

「今は個人がネットを使って古着を売ったり、リサイクル店に持ち込むのはもうあたりまえだよ。このアトミックのワンピースがそういうルートで市場に流れた可能性もあるけど、リサイクル量販店で売られたものなら、入手先を突き止めるのは不可能。前にも言ったけど数が多すぎる」

「となると、もうその方面に固執するのは時間の無駄だな」

「そういうこと。たまたま公開捜査の番組を見た元所有者がいれば別だけど、それならすでに通報してるよね。警察と直接会った印象だけど、衣服に関する情報提供はまだないと思う。まあ、その線は行き止まりと思って間違いないよ」

　小春は、古物商の伝手を駆使しても販売店の特定は困難だと見切ったようだった。すると二人のやり取りをじっと聞いていたミツが、古い端切れを丁寧にたたみ直しながら口を開いた。

「あなた方二人は、女の子が殺された事件を調べているの？　いったいどういう理由で？」

「たまたまテレビでこの事件を知って、いてもたってもいられなくなったんですよ。着ていた洋服が特殊だったので、そこから身元がわかるんじゃないかと思って」

　本当の理由はもっと深刻なものだが、それをだれかに語るつもりはない。

　ミツは物好きにもほどがあると言わんばかりの顔で桐ヶ谷を見まわしていたが、やがて諭すようなゆっくりとした口調で言った。

「亡くなった子はかわいそう。生きていれば人生を謳歌していたでしょうね。だけど、深入りするものじゃないわ。だいたい、あなた方には縁もゆかりもない子じゃない」

「まあ、そうです」

「人には強い念というものがあってね。その女の子が着ていたワンピースは災いを呼ぶかもしれない。だって、死に際の忌《い》まわしい記憶を持ってるんだから」

　老女は小さく身震いした。

「わたしはね。余計なことに首を突っ込んだばかりに、不幸になった人を何人も見てきたの。当人はうまくやれているつもりでも、気づいたときには深みにはまってる。ばかばかしく聞こえるかもしれないけど、死者との距離感だけは間違えたらダメ。情けをかければどこまでもすがってくるものよ。しまいには魂を狙われるようになる」

低い声を震わせながら語る白髪の老女の姿は、背筋を寒くするものがある。小春の白い顔は心なしか蒼白く見え、薄暗い店内でことさら浮き上がっていた。

桐ヶ谷は咳払いをして空気を変え、鬼気迫るような表情のミツに礼を述べた。

「ええと、今日はありがとうございました。とても参考になりましたよ」

ミツは無言のまま桐ヶ谷と小春の顔を順繰りに見やり、レジ脇の小引き出しを開けて中から紙切れを取り出した。見れば、紙を切り抜いて作った人形だった。ミツは有無を言わせず二人に一枚ずつ手渡してくる。

「これは身代わり形代《かたしろ》だからいつも持っていなさい。折を見て穢《けが》れを移して流すから。それとね。わたしも仲間に入れてほしいの」

「はい？」

桐ヶ谷と小春は同時に素っ頓狂な声を出した。

「桐ヶ谷くんは言っていたでしょう？　お洋服から何かがわかるんじゃないかって」

「ええ、まあ」

「それはその通りだと思う。かなり危険ではあるけど、警察に頼んで実物を見せてもらったほうがいいかもしれない」

すでに警察との交渉は決裂しているのだが、ミツの目には今までにないぐらいの熱がこもっていた。

「わたしがそばにいれば、怨念を受け流すことができるもの」

「いや、待ってください。さっきと話が違いませんか？　ミツさんからすれば、余計なことに首を突っ込まないことが正解なわけですよね」

「だって、どうせあなた方はわたしの言うことなんて聞きやしないじゃない。若い人はいつだってそう。だけど若者には未来があるから、それを守るのは年寄りの役目なの。今、自分のやるべきことがはっきりとわかったわ。これは使命よ」

ミツはすでにやる気満々だ。本当に厄祓いが必要になったら、手作りの禍々《まがまが》しい形代など使わず神社なり寺なりへ行く。そもそもこの手のことはまったく信じていない。

すると隣で小春が唐突にファンファーレのような口真似をし、桐ヶ谷はびくりと体を震わせた。甲高《かんだか》い声で短い台詞を言い放つ。

「『ミツが仲間になった』」

「いや、今ロールプレイングゲームやってる場合じゃないから」

桐ヶ谷は顔をこすり上げた。なぜか目を輝かせている小春をねめつけ、今この場でミツの申し出を体《てい》よく断る理由を模索した。単に老人が面倒というわけではなく、これほど被害者や遺留品を恐れているのだから事件に安易にかかわるべきではない。精神衛生上よくはないだろう。

桐ヶ谷は老女の提案を退ける言葉を目まぐるしく考えたが、どれも説得力に欠けるし納得してもらえそうにない。ひとまず問題を先送りするべくミツに告げた。

「わかりました。ミツさんにはぜひ今後も知恵をお借りしたいので、安楽椅子探偵をお願いしますよ」

「え？　安楽死……」

さっと顔色を変えたミツに、桐ヶ谷は慌てて言った。

「違います、安楽椅子探偵です」

「安楽椅子？」

「はい。この場所で僕たちに意見をください。ミツさんは『バクハツ』をリアルタイムで見ている人なので、何か当時を思い出したようなことがあれば教えてほしいんですよ。何度も言いますが、この場所でです」

老女はどこか不服そうだったが、彼女にできることはこれがせいぜいだろうと思われる。ミツはシワだらけの小さな顔を上げ、「じゃあわたしは安楽椅子ね」と頷いた。

3

刑事と面会をしたときの感触から、遅かれ早かれ先方から連絡はあるはずだと思っていた。しかし、これほど早いとはいささか拍子抜けだ。

杉並署を訪れた翌朝、畑山と名乗る刑事から電話があった。南雲警部の部下であり、筋肉をこよなく愛する多汗症の腰痛発症予備軍だ。早急に話したいことがあるから出頭してもらえないかというもので、桐ヶ谷は小春に連絡して警察署へ向かう運びとなっている。しかし、早くも別の問題が持ち上がって頭を抱えたくなっていた。

「ほら、あなたもこれを身につけておきなさい。顔色が悪いし、すでに死者の念が災いしているかもしれないわ」

ミツは二人の刑事と対面するなり、開口一番そう言った。

昨日訪れたときの狭い取調室とは違い、ここは長机が並んでいる広々とした会議室だ。細く開けられている窓からは乾いた風が吹き込み、砂色のカーテンを帆のように膨らませていた。

腰の曲がったミツは、机に置いたジャカード織のバッグから身代わり形代を取り出している。突然のことに戸惑いを隠せない刑事などおかまいなく、思念や穢れについての講釈を始めていた。桐ヶ谷は説明を求めるような顔をしている南雲に目で謝罪し、前のめりになっているミツに座るよう促した。

自宅から杉並署へ向かう道すがらに寺嶋手芸店があるのだが、桐ヶ谷と小春の姿を認めたミツが通りに飛び出してきたのが始まりだ。これから警察署へ行く旨をうっかり口にしたことで「わたしもお供する」と断言し、なだめてもすかしても一緒に行くと言ってきかなかったのだ。自分の知っているミツは穏やかで物静かな女性だったが、実は活発で向こう見ずな世話焼きの一面があるらしい。桐ヶ谷や小春はもとより、事件にかかわる刑事までも守ろうと躍起になっているようだった。

ミツは若草色のカーディガンの袖をまくりあげ、バッグから出した小皿に持参した塩を手早く盛った。広い会議室の隅に置くまでの間、口の中で低く念仏を唱え続けている。二人の刑事はしばらく老女の好きにさせていたが、そのぶん桐ヶ谷への当たりが強かった。南雲の冴えない顔色がますます土気色《つちけ》になり、明らかに気が立っている。

むっつりと押し黙ったまま事態を傍観している刑事に、桐ヶ谷はたまらず言った。

「すみません。彼女は寺嶋ミツさんで、高円寺南商店街で手芸店を営んでいるんです」

「ああそうなの」

南雲は必要以上にそっけない。桐ヶ谷は頭を掻きながら先を続けた。

「実は、被害者少女の着衣について彼女にも意見を仰いでいるんですよ。年齢的にも、このワンピースの柄やデザインに詳しい事情がありまして」

南雲はきしみを上げるパイプ椅子の背に寄りかかり、目の前に座った三人に目を走らせていた。伸びた髪を剣士のように束ねている陰気臭い青年と、古着で着飾っている小生意気な女。そしてそこに、警察署で盛り塩を始める腰の曲がった老女が加わったのだからわけがわからないだろう。この三人の組み合わせはアクが強すぎる。

南雲はとっ散らかった空気を一掃するように、ねずみ色の事務机の上で手を組んだ。

「桐ヶ谷さん。まず初めにお願いがあるんですよ。あなたが描いた被害者の似顔絵。これを警察が使用する許可をいただきたい。都内の交番に貼り出すポスターと、警視庁、警察庁のホームページに掲載されることになるからね。たいへん申し訳ないんだけど、無償でなんとかお願いできる？」

「ええ、それはかまいません。もともとそのつもりですし」

「そうですか、そうですか。ご協力を感謝しますよ。実は署内でも評判になってねえ。被害者と面識のない人間が、警察発表の内容をもとにここまでの似顔絵が描けるのかとどよめいてね。まさに被害者そのものだから」

そう言って言葉を切った南雲は、真正面から桐ヶ谷の目を見つめてきた。それは射抜くように鋭く、視線を逸らしたくなるぐらい強いものだった。

「ちなみに聞きますよ。あなたは二〇一〇年の十二月二十日、どこで何をしていました?」

なるほど。桐ヶ谷は事を察して落ち着かない気持ちになった。被害者に生き写しの似顔絵を描いたことで、杉並署では自分が容疑者として急浮上しているらしい。

刑事たちの刺すような視線を浴び、桐ヶ谷はたまらず苦笑いを漏らした。

「確か十年前の十二月は日本にいませんでしたよ。イタリアとフランス、ベルギーあたりを行き来していたと思います。詳しくは出国の記録を確認してください。アリバイは完璧ですから」

筋肉質の刑事、畑山は窮屈そうにノートパソコンに打ち込んで汗のにじむ丸顔を上げた。南雲は桐ヶ谷の顔をひとしきり見つめてから若干表情を緩めた。

「まあ、あなたが事件にかかわっているとは思わないけどねえ。一部でそういう意見が出るほど似顔絵が精巧だったということですよ」

「それはどうも」

「で、本題ね。署内でも話し合ったんだけど、あなたに被害者の遺留品を見てもらうことにしたからね。捜査員にはなかった視点を取り入れてみようということで」

刑事が仲間になった……と口走りそうな小春を即座に目で黙らせ、淡々とした口調を崩さない南雲に向き直った。

おそらく、先日の警察署からの帰り際、この男の体調や癖などを桐ヶ谷が羅列した件が利いていると思われる。あのときは咄嗟《とっさ》の思いつきだったが、刑事の心を動かすことができたのは幸いだった。

南雲はファイルから一枚の紙を抜き出し、桐ヶ谷のほうへ滑らせた。

「まず、いくつかの注意事項があるからそれに目を通してね。ここで見聞きしたものを口外しないこと。特にSNSなどへの投稿は厳禁ですよ」

桐ヶ谷は箇条書きされた項目にざっと目を走らせた。内容としては常識の範疇で、特におかしなものではない。南雲は話の先を続けた。

「それでですね。たいへん心苦しいんですが、寺嶋さんには退室をお願いしますよ」

「え？　どうして？」

ミツはひと呼吸の間もなく無邪気に問うた。

「あのねえ。僕が出頭をお願いしたのは桐ヶ谷さんと水森さんの二人なんですよ。むやみに情報を開示する人数を増やすわけにはいかないの」

「それは困ったわねえ」

ミツは、ちんまりと座るパイプ椅子の上で首を傾げた。

「わたしには全員を守る役目があるのよ。部屋の外からでもそれができるかしら」

「いや、僕たちは守っていただかなくても結構だからね」

南雲は子どもに言い聞かせるような口調でミツに告げたが、老女はさも理解できないと言いたげにため息をついた。

「八十八の年寄りが同席することが、それほど危険なのかしらねえ。他言《たごん》なんてするはずもないわ。お友達も同級生も全員ボケてるもの。それにわたしは、布地や服飾付属品についての専門家よ。あなた方が生まれるずっと前から布地に携わって生きてきたの」

ミツは腰が曲がった前傾姿勢ではきはきと喋った。正直、彼女については世話が焼けると思っていたけれども、確かに服飾というものに触れてきた時間は桐ヶ谷とはくらべ物にならないほど長い。それに今は、専門的な目が多ければ多いほど情報の取りこぼしは減ると思われた。

桐ヶ谷は、依然としてミツに退室を促している南雲に言った。

「刑事さん。彼女も同席させてください。ミツさんは、被害者の着衣が作られた時代を生きてきた人です。当時を知る人物の意見は貴重だと思いますよ」

もう慣れてきているが、南雲がわずかでも心を動かさずにのらりくらりと返答している。すると無言のまま様子を窺っていた小春が口を挟んだ。

「ミツさんの参加は警察にとってメリットしかないじゃんね。警察に規則があるのもわかるけど、あまりにも融通が利かないよ」

「あのねえ。考えてみなさいよ。法を遵守する組織において、融通が利いたほうが問題でしょ？警察は、個人の判断で事が進んでいい場所ではないんだよ」

南雲のもっともな言葉を受け、小春は顎に指を当てて少しだけ考えた。そしてあっさりと掌を返した。

「考えてみれば、警官ひとりひとりに裁量を与えたらろくなことにならないよね。悪徳デカがやたらと増えそう。納得した。ミツさん、そういうわけだから少し外で待っててくれる？」

あまりにも変わり身が早すぎるだろう。桐ヶ谷は顔を引きつらせたが、同時に南雲が含み笑いを漏らした。温厚を装った笑みしか見せなかった刑事が、今は堪えきれずに声を押し殺しながら笑っている。

「なんだろうねえ。おたくらはみんな緊張感がないね。いや、非常識の集まりなのか」

「そのあたりは否定できません……」

桐ヶ谷が言うと、南雲は再び笑ってわずかに血色のよくなった顔を向けてきた。

「まあ、今回はよしとしようかな。あなた方三人には被害者の着衣を見ていただきますよ。僕個人の『裁量』でね」

上司の言葉と同時に、今日も脇の下に大きな汗ジミを作っている畑山は足許にある段ボールを取り上げた。長机の上に置き、中身を慎重に出していく。衣類が一着ずつビニール袋に小分けされており、かなりの数の防虫剤が無造作に入れられていた。畑山はたたまれたワンピースを袋から出し、机の上に広げた。

写真で見るよりも色褪せている。桐ヶ谷は机に近づいてワンピースを凝視した。まず目に飛び込んできたのは、アトミック柄と同化したような茶褐色《ちゃかっしょく》のシミだった。右肩あたりに飛び散った血痕があり、背中側にまでまわり込んでいる。

「触ってもいいですか？」

桐ヶ谷が刑事に目を向けると、南雲は小さく頷いた。美しい仕立ての襟元をつまみ、二つに折りたたむような格好で背中側を上に向ける。とたんにどす黒い血痕の塊《かたまり》が露呈し、はっと息を呑んだ小春は思わず後ずさっていた。

桐ヶ谷はシミが広がる後ろ身頃に顔を近づけた。かなりの量の血液が生地に染み込み、ごわついて柄も見えないほどだ。血痕は右側に集中しており、肩甲骨のあたりまでべったりと付着していた。

「被害者は頭を殴打されていたんですか？」

桐ヶ谷はだれにともなく言い、刑事の答えを待たずに先を続けた。

「発見時は側頭骨が完全に骨折、陥没していた」

ぼそぼそとつぶやくような声が聞こえて後ろを振り返ると、ミツが手を合わせて念仏を唱えているところだった。怯えているというより、桐ヶ谷を何かから守ろうと力強い目をまっすぐ前に向けている。公開捜査番組では少女の死因についての言及はなかったが、着衣に残された痕跡を見てはっきりした。少女の最期は考えていた以上にむごたらしい。

桐ヶ谷は咄嗟に目頭を指で押さえたが、それよりも涙がこぼれ落ちるほうが早かった。本当になぜ、彼女はたったひとりで見知らぬ古びた団地にいたのだろう。桐ヶ谷は手の甲で目許をぬぐい、洟《はな》をすすり上げた。

「こ、この少女は最大で二十四時間は生きていたはずです。ひどい外傷ではありましたが、直接的な死因は低体温による凍死。違いますか？」

桐ヶ谷は南雲を振り返ると、刑事は腕組みしたまま低い声を出した。

「なぜそう思われたんです？」

「被害者は側頭部を殴られて倒れた。この時点で急性硬膜外血腫《こうまくがいけっしゅ》を起こしていたはずです。その出血が床に広がって着衣に染み込んだ。ここですよ」

桐ヶ谷は背中の右側に付着する広範囲の血痕を指差した。

「派手な血飛沫《ちしぶき》の痕跡が着衣にはありません。殴られたのは一回で、そのまま昏倒《こんとう》して緩やかに血が床に流れ出ていた。硬膜下血腫ならここまでの出血量はないし、脳挫傷《のうざしょう》ならば、殴打された場所のまったく反対側に血腫が現れる。この力の加わり方から見て、コントラクー損傷が出たはずですが、出血を見る限りそれでもない」

「ずいぶんと詳しいですね」

「解剖学的な見解ですよ。人を死に至らしめる外傷の把握です。被害者少女は頭蓋骨と硬膜の間に血腫ができて脳を圧迫していたんでしょう。その時点ですでに意識はなかったはずですが、心停止するまでには相当の時間がかかっている。不幸にも、事件当日の寒さが出血量を抑える役目を果たしていたのかもしれない」

　死因については外していない自信がある。南雲の隣では部下の畑山が黒いファイルを手荒にめくっており、該当項目を見たようで大きく目をみひらいた。桐ヶ谷には少女の死にゆく姿が見えるようだった。彼女は十二月の凍えるような寒い団地の一室で、長い時間をかけてたったひとりで静かに息を引き取ったのだ。

　桐ヶ谷は再びにじんできた涙を指でぬぐった。南雲はその様子を黙って観察していたが、部下から手渡されたファイルに素早く目を走らせた。

「桐ヶ谷さん、あなたはいったい何者ですか？　確か服飾ブローカーという肩書きでしたが、法医学者さながらの見解を示している。しかも被害者の着衣を見ただけでね。これを上に報告すれば、ますます怪しい人物として認知されるでしょう」

「警察がどう思おうが勝手ですが、着衣から見えた事実を話したまでです」

　桐ヶ谷はきっぱりとそう言い、アトミック柄の遺留品を表側に置き直した。今度は仕立ての部分を検分していく。一見してわかったのは、このワンピースは一度解体されているということだ。桐ヶ谷は袖つけやウェスト部分の縫い目を裏側からも確認した。

「おそらくサイズを直したんだな。肩線と袖丈と着丈、そして胴まわりを詰めて縫い直している。だからその部分だけ稚拙《ちせつ》に見えたんだ」

「襟はそのままということ？」

見れば、小春は手帳に桐ヶ谷の言葉を書き留めていた。汗かきの畑山刑事も、熱心にペンを走らせている。

「襟ぐりと後ろのファスナー開きは、手が込んでいる仕立てだからそのままにしたんだと思う。ほどいたらもう二度と直せないだろうからね」

「なるほどねえ。これを直した人は、洋裁の心得がまるっきりなかったようよ。まるで紙の工作みたいに、躊躇なく布地を切り込んでしまっているわ」

丸い縁の老眼鏡をかけたミツが、袖ぐりをなぞるように指差した。

身頃と袖山の寸法がまったく合っていないため、ひどい縫い攣《つ》れが起きている。しかし、それを目立たなくしようと繰り返しアイロンで潰したような努力が窺えた。いろいろとめちゃくちゃだが仕事自体は丁寧だ。一針一針を半返しで縫い進めており、なんとかして古いワンピースを活かそうと腐心した痕跡が見受けられる。

桐ヶ谷は手縫いの縫い目を開き、ペンの先を使って糸をわずかに引き出した。

「ポリエステル糸。三十番手です」

そう言うやいなや、ミツが前に進み出て糸をじっと凝視した。メガネを外したり明かりにかざしたりしてなんとか糸を見極めようとしていたが、頑固な老眼には逆らえないようだ。すると小春がポケットから商売道具らしき拡大鏡を取り出し、さっと老女に手渡した。ミツはワンピースに覆いかぶさるような格好で、細い糸に拡大鏡を載せた。

「この厭《いや》らしい光沢は、確かにポリエステルのフィラメントね。おそらくミヌエット印の糸でしょう。これは新しい紡績《ぼうせき》屋よ。確か創業は二〇〇六年だったかしら」

「そんなことまでわかるんですか？　いやはや、信じられないな」

南雲は驚きの連続らしく、真剣に糸に見入っているミツに問いかけた。

「間違いないと思う。ミヌエットの糸は撚《よ》りのかけ方が独特なのよ。最新の機械で作ってるからだと思うけど、絹糸を思わせる輝きが出るの。それが最大の売りなんだけど、わたしは下品な光沢だと常々思っていたわ」

「二〇〇六年創業ということは、それ以降にワンピースが直されたわけですよね。このメーカーの糸はそのへんで買えるものですか？」

桐ヶ谷が問うと、ミツは首を横に振った。

「この会社は小売りじゃなくて縫製工場に卸すことが主流よ。うちでサンプル品を頼んだことがあるんだけど、びっくりするほど値段が高いの。ポリエステル糸なんて本来安いものなのに、ミヌエットは三倍近い値段でねえ。糸は色数をそろえる必要があるし、ちょっと現実的ではなかったわ。よそのお店も同じだと思う」

口滑《なめ》らかに説明するミツの目は、実に活き活きと輝いていた。ほとんど客が来ない店で、日がな一日通りを眺めているときの表情とは明らかに違う。初めこそ悪い念を祓うと力説していたミツだが、完全に殺人事件を探る顔つきになっていた。

桐ヶ谷は真剣に糸を見つめているミツを横目に、新たな事実を頭の中で繰り返した。この糸が本当に小売りされていないとすれば、入手ルートは比較的簡単に追えるのではないだろうか。少なくとも、メーカーに問い合わせれば卸している店や工場が判明する。桐ヶ谷と同じことを考えているらしい南雲は、部下の畑山に何事かを耳打ちしていた。

次に美しい襟周りの縫製を見ていき、桐ヶ谷はその緻密な設計にあたらめて舌を巻いた。もともとの仕立てには六十番手の絹糸が使われ、運針数や上下の糸調子が完璧に整えられている。おそらく縫製に使用されたのはシンガーの足踏みミシン。縫い目に傾斜が少なく、糸継ぎの位置ひとつ取っても作り手の腕のよさが窺えた。しかし、いかんせん絹糸の成分であるフィブロインは経年劣化が激しく、縫い目を少し開いただけでブツブツと切れてしまう。これらのことからも、ワンピースは昭和二、三十年代に仕立てられたものに違いなかった。

桐ヶ谷は、一着のワンピースにかかわった人間を思い浮かべながら言った。

「昨日、ミツさんが話していたことが当たっているのかもしれません。孫が祖母のお古のワンピースを着ていたという説。そしてサイズを直したのは少女の母親なのかな。見様見真似で、娘のために一生懸命繕った」

雑な縫い目から情景が浮かび、また鼻の奥がつんとした。するとワンピースに見入っていた小春が、わずかに首を傾げた。

「それはどうなのかな。そこまで手をかけて大事にしていた娘が行方不明になったら、当然家族は必死になって捜すよね。でも、この子は十年も身元がわからないまま。このワンピースと今の状況は合致していない」

本当にそこが問題だった。桐ヶ谷はなんらかの答えを求めて南雲の顔を見たが、刑事は黙って三人のやり取りを聞いているだけだ。当初から家族が少女を殺して遺棄したのでは……という疑念はあった。しかし、当然ながら警察はそのあたりを重点的に捜査しているだろうし、結局は被害者の身元がわからない限り、次の段階には進めないのだった。

ここで堂々巡りをしていてもしようがない。桐ヶ谷は、大きく息を吸い込んで気分を変えた。ワンピースに付着している血液や体液に臭いはなく、防虫剤らしきケミカルな匂いが会議室に漂っている。桐ヶ谷は再度着衣に目を落とし、今度はアトミックと呼ばれる柄に目を据えた。映像で見るよりも格段に派手で、いくらなんでも服地として使えるようなものではない。ミツが語った貧困層の象徴という言葉の意味がなんとなくわかるような気がした。定価では売りようがない。

桐ヶ谷は打ち込みの甘い綿の生地に触れ、奇抜なプリントに寸刻みで目を這わせていった。そこであることに気づいてはっとする。

「いや待てよ。この生地はアメリカ製じゃなくて国産だな」

「え？　ホントに？」

隣にいる小春も生地に顔を近づけたが、すぐさま桐ヶ谷の見立てを否定した。

「いや、この色柄は完全にアメリカのものだよ。日本製でこんなのは見たことがない」

「色柄だけ見ればそうだけど、このプリントはやけにクオリティが高い。九色も色を使ってるのに、一ミリも版ズレがないんだよ。多色プリントの場合、アメリカの生地は高確率で版ズレを起こしているはず。きみもわかってると思うけど」

桐ヶ谷が小春を見やると、彼女は形のいい眉根を寄せて少し考え込んだ。

「……そう言われれば確かにアメリカ製のプリントは出来が悪い。むしろアンティークでは、版ズレがあったほうが味があると喜ばれたりするんだけど」

するとメモに終始していた畑山が、鼻の頭に汗を光らせながらこもった声を差し挟んだ。

「すみません。どういうことなのか詳しくお願いします。版ズレというあたり」

「まず、このプリントは地型《じがた》と呼ばれるものです。シルクスクリーンに柄を焼きつけて版を起こしたもので、総柄プリントというのは同じ柄を延々と連続させて作るんですよ。できるだけ自然に見えるように、柄と柄の境目には『送り』がつけられる。ちょうどこの部分ですね」

桐ヶ谷は、柄行きに沿って二ミリほど白抜きしてある部分を指でたどった。

「下手なプリントは送りの位置があからさまで、白抜きの幅が大きくなる。これはズレても目立たなくする保険みたいなものです。だから見た目的に白抜き部分が多くて繊細さに欠ける柄が出来上がるというわけで」

畑山は頷きながら手帳にペンを滑らせた。

「遺留品のワンピースは地型の手捺染《てなっせん》です。九色刷りということは九回版を変えて同じ場所に別の色を載せていくわけですが、この工程で版ズレが生じるんですよ。なんせ手作業だし生地は伸びるし縮みもする。でも、これは二ミリほどの送りしかないにもかかわらず、まったくズレがありません。このレベルの多色刷りは、当時のアメリカの技術ではできないはずです」

「すみません、また質問です」

畑山が手の甲で顔の汗を拭い、軽く右手を上げた。

「以前、聞き込みでプリント工場へ行ったことがあります。何十メートルもある生地にプリントしている最中でしたが、何かローラーのようなもので刷っていましたよ。すべて機械で自動でした」

「それはロータリーという手法でまた別のプリントですね。ローラーで刷るには色数の制限があって、細かい柄には向かないんですよ。ロット、いわゆる生産数が多くないとできないのもロータリーです」

「なるほど」

若手の刑事は小刻みに頷いた。

「それを考えても、地型で手捺染されたこの生地は小ロットで作られたものです。おそらく数反しか作られていない」

「大量生産されてないのなら、出どころが容易にわかるというわけだね」

腕組みしていた南雲が低い声を出した。その通りだが、なにせ六十年以上も前のものだし、生地の情報が被害者に直接つながるかどうかもわからない。

桐ヶ谷がまだビニールから出されていない遺留品へ目を向けると、一足のサンダルが目に入って首を傾げたくなった。

「まさか、被害者はそのサンダルを履いていたんですか?」

「そうそう。十二月の雪も散らついているような陽気に、素足でサンダルを履いていたよ」

「いや、サンダルというよりつっかけですよね。ちょっと近所へ行くときに履くような」

桐ヶ谷はむっつりとしている南雲と目を合わせた。警部はビニール袋から黒っぽいサンダルを出してワンピースの横に置いた。

「中国製の量産品。五、六百円で買えるもので、日本じゅうで売られているよ」

「こんなものを履いて、どこか遠くの土地から来たとは考えにくいじゃないですか。冬場につっかけで長距離を移動するわけがないいんだし」

「そこもおかしな点だよ。だけど阿佐ヶ谷の団地近辺で被害者の目撃証言はなし。現場近くに住んでいた形跡もないからね」

もちろん周囲の防犯カメラなども調べ尽くしているのだろう。もしかして警察は、少女の痕跡を何ひとつ摑めていないのかもしれない。だからこそ、桐ヶ谷に遺留品を見せるという異例の運びとなったのだ。

桐ヶ谷が安物のサンダルを見つめていると、畑山は別のビニール袋から今度はラクダ色の塊を取り出した。ニットカーディガンらしいが、これも公開捜査の番組では紹介されなかった遺留品だ。

畑山がいそいそとカーディガンを広げていると、身代わり形代を手に持っているミツが引き寄せられるように前へ進み出た。

「あらあら、また珍しいものが出てきたこと」

ミツは紙でできた人形を机に置いて、毛玉だらけのカーディガンにそっと触れた。

「毛糸が痩せてかわいそうなほどね。こんなものは、わたしが子どものころにしか見たことがないわ」

「これも特殊なものなんですか?」

南雲は長机に近づいた。

「特殊ではないけど、現代では滅多に見ない。これはセーターか何かをほどいて編み直したものよ。たぶん、三、四回は再製されている。酷使された毛糸が細くなって糸のようだもの。わたしの若いころは、セーターをほどいて別の何かを編むのは一般的だった。編み物ができる女性が多かったというのもあるけど、やっぱり今みたいに豊かではなかったからね。毛糸も高かったたし」

「じゃあ、これもだれかのお古というわけだね……」

頰骨の張った警部は、白いものの混じる薄い髪をかき上げた。

「事件発生当時も手編みということはわかっていたが、何回も編み直されているとすれば初めての情報ですよ。それほど貧困だったのか、それとも単なる趣味なのか」

「踏み込んだことを聞いてもいいですか」

桐ヶ谷は静かに言った。さらに少女の人物像に迫るためには、どうしても聞いておかなければならないことがある。

「被害者の少女は性的暴行を受けていたんでしょうか」

「それには答えられないねえ。ただ、現在まで性犯罪を見据えた捜査はしていないよ」

南雲は、遠まわしに否《いな》と伝えてきた。ならば、貧困がゆえに団地の空き室で子どもが身を売っていた……といういたたまれない線は消える。しかし古着やニットを直してまで着ていたこと、そして少女の骨格や筋肉から予測できる栄養状態の悪さを考えれば、生活の貧しさは間違いないと思われた。

桐ヶ谷は高ぶる気持ちを抑えるように目を閉じた。自分は警察ではない。少女が殺害された理由について思い悩んでみてもしようがないだろう。それよりも、今まで警察が目を向けなかった事実を拾い集めることが先だった。

桐ヶ谷は目を開け、遺留品が並べられている机に一歩近づいた。もうひとつのビニール袋には、下着やTシャツが入っている。これも使い古したような痕跡が見え、またもや気が滅入ってきた。これらの遺留品は桐ヶ谷の想像しうる貧しさというものを飛び越えており、どこか現実味が乏しくさえ感じる。

やるせない思いをなかなか消化できずにもてあましているとき、隣でワンピースを熱心に検分していた小春が顔を上げた。

「なんだか想定外のことばっか見つかるよ。このワンピースの生地は新しい。古着ではないね。やっとわかった」

今までの見解をすべて覆すような発言をし、刑事と桐ヶ谷は口をつぐんだ。

「南雲さんはプレスが効いていたから、クリーニング店を捜査したと言ったよね？」

「ああ、そうだね」

「その理由がわかった。このワンピースは、長年新品のまま保管されていたからきれいな状態だったんだよ。生地の目がそろってるし、いわゆるデッドストックだね。作られた年代は古いけど、実際に着用されたのは最近のことだと思う」

日々古着を扱う仕事をしていればこその意見だ。そして小春は急にラクダ色のカーディガンを引き寄せた。何やら真剣なまなざしで拡大鏡を手に取り、前開きについている釦に焦点を合わせている。しばらく固まったように動きを止めていたが、やがて顔を撥ね上げて興奮したように声を上ずらせた。

「信じられない。この釦はベークライトだよ！」

「ベークライト？」

南雲が繰り返すと、小春はさらさらの髪を揺らしながら大きく頷いた。

「ベークライトっていぅ材質の釦とか小物は、ヴィンテージ界隈《かいわい》で価値が高騰してる貴重品なの。この釦なら、おそらくひとつ一万五千円以上で取引されるはず。ホントに驚いた。状態がいいし、言い値で買い取るコレクターが大勢いるはずだね」

「ちょっと待った。一万五千？　このちゃちなプラスチックの釦一個が？」

警部は怪訝な顔をしたが、小春は首を横に振った。

「プラスチックじゃなくてベークライト。一九〇〇年の初めにアメリカで発明されたフェノール樹脂で、その後二十年の間に製造された初期ものの価値が高いんだよ。絶対数がとにかく少なくてね。このカーディガンについてる釦は間違いなく初期もので、しかも細工からして日本製ではないかな」

小春の白い顔にはわずかに赤みが差し、思いがけずお宝に出くわした高揚がこちらにも伝わってくるほどだ。桐ヶ谷も屈んでカーディガンにつけられている釦に目を向けた。直径は三センチほどだろうか。なんともいえない深みのある珊瑚《さんご》色で、釦の中央には繊細な花の細工が施されている。確かにプラスチックとは異なる質感で風格が漂い、コレクターが追い求めてやまないような存在感があった。ミツも釦に触れて感慨深いため息を漏らしている。

「ベークライト釦はうちでも売ってたけど、それは材質が変わってからのものだからねえ。本当にステキ。きっと、別のお洋服についていた釦をカーディガンにつけ直したのね。これもわたしが娘時代によくやったことだわ」

少女の周りだけ、時代が退行しているようだった。自分の親の世代でもここまでのことはしない。

桐ヶ谷は再度ワンピースに視線を戻し、中腰になってほかに見落としはないかと目を光らせた。生地に触れ、裏返し、針目のひとつひとつに隠されているものはないかと探っていく。途中、畑山にペンライトを借りて生地の表面を照らしていたとき、いくつかの違和感に気がついた。後ろ身頃《みごろ》の肩甲骨の部分がほかよりも毛羽立ち、目に見えないほど細かい毛玉がついている。

桐ヶ谷が生地に何度も触れて指先で丹念に探っていると、南雲が焦《じ》れたような声を出した。

「何か見つけましたかね」

依然として生地に触れながら、桐ヶ谷は確信をもって口を開いた。

「背中のあたり、肩甲骨の少し下ですね。この部分の生地だけほかよりも摩耗《まもう》が激しい。顕微鏡か何かで見れば明らかだと思いますが、これは髪の毛先が当たってできた生地の傷です」

「髪の毛？　それが何か気になるの？」

「ええ。こういう摩耗痕は以前にも見たことがある。海外のスラムですが、自分で髪を切っているような人たちの衣類は、決まって髪が当たる場所だけ生地が薄くなっていくんですよ。つまり、切られた髪の断面が生地を傷つけていく。美容師は髪に対して斜めにハサミを入れる技術がありますが、素人の場合はどうしても垂直になってしまう。その微妙な違いが衣類に現れるというわけですが、これを僕はニーディサインと呼んでいます。あとこれ」

桐ヶ谷はワンピースの脇線部分を上にして机に置いた。

「この部分に重度のピリングが起きている。激しくこすったり摑んだり引っ張ったり、そういう行動を日常的に続けないとここまでの摩耗にはなりません」

「ああ、これは見ただけでわかるね。髪の毛のほうとは違って」

南雲が衣服に顔を近づけた。

「摩耗の位置的に、ちょうど手が当たる部分ですね。両脇に同じ痕が見られます」

「なら爪とか手がこすれてできた痕でしょう」

「それは間違いないですが、普通の生活でできる摩耗の域を越えている。繰り返しこのワンピースを着ていたとすれば、袖下や臀部《でんぶ》などにも同じレベルの痕ができなければおかしいんですよ。でもその箇所には摩耗がほとんどありません」

桐ヶ谷は袖下に顔を近づけて再度確認した。生地自体が古びている以外に目立った傷はない。それにくらべて、スカートの膝上あたりの二ヵ所はダメージが集中していた。まるで両手をぴんと伸ばし、膝の上あたりの生地を激しく掻きむしっているようなありさまだ。しかも一回や二回ではなく、頻繁《ひんぱん》に引っ掻いていたような継続した痕跡に見える。

「これは明らかに故意に傷つけられた痕ですよ。しかも繰り返している」

「となると癖かね……だったにしろ妙な癖だな」

南雲が丸い二重顎に手をやった。癖だとすれば病的な域で、数十分置きに生地をこするという不可解な動きをしていたことになる。

「生地に残された二つのダメージは古くはないですから、おそらく被害者少女がつけたと思われます。あとはスカートの前側にある摩擦痕。これは膝の下あたりなので転んだときにできたものでしょう。科学捜査で血痕なども検出されているとは思いますが、これも比較的新しいものです」

二人の刑事はわずかに頷き、南雲は苦々しく口にした。

「着衣に残された転んだと思われる痕跡は、被害者が抵抗したことを表している唯一の物証だと僕は見ているよ。今のところほかに争った形跡はないからね」

南雲は断片的に情報を与えて、こちらの腹を探ろうとしているようだった。

桐ヶ谷と小春、そしてミツが語った内容は警察にとっては初耳だろうし、それが被害者の身元や犯人につながる可能性もゼロではない。ただ、今の段階では掴みどころのない情報の寄せ集めに過ぎず、提供されたこれらをどう扱うべきかという戸惑いも見えていた。

「南雲さん」

桐ヶ谷は警部の顔をじっと見た。

「失礼を承知で言いますが、今僕たちが話した事実や推測は、警察にとってまったく使い道のわからないネタだと思います。報告書の最後に注釈としてつけ加えられる程度のものではないですか」

「ほう、だから？」

南雲は笑みを見せたが、極悪人も尻込みしそうなほど剣呑《けんのん》な気配を醸し出した。

「協力しましょう、もっと深く。規則の壁があるのは理解していますが、警察から僕たちに近づいてくれればきっと事件は解決します。もちろん僕たちも近づきたいですが、全力で拒否されるんで」

「まったくよねえ。市民の力は侮《あなど》れないものよ。科学とか専門とかそういう小難しいことじゃなくて、いろんな人からいろんな知恵と経験をちょっとずつ集めればいいだけなのにね。無駄なことなんてひとつもないんだから」

ミツはそう言いながらせっせと盛り塩を回収してまわり、身代わり形代にふうっと息を吹きかけてから丁寧にハンカチに挟んだ。

4

警察で少女の遺留品を見たせいだろうが、頭が興奮状態に陥りおかしな夢ばかりを繰り返し見ていた。これは夢だという自覚はあっても、その不穏な世界にどっぷりと沈んでなかなか浮かび上がることができない。

痩せて顔色の優れない少女が毒々しい色味のワンピースをまとい、素足につっかけを履いて雪の降りしきる夜道を歩いている。とても寒そうにカーディガンの前をかき合わせており、自分で切ったとおぼしき不格好な髪が強風になぶられていた。そして少女は外灯がひとつも点いていない漆黒《しっこく》の団地にふらりと足を向け、二〇一号室のドアの前に立って呼び鈴を押した。桐ヶ谷の心拍数が急激に上がっていく。やがてきしみを上げながらドアが開かれ、虚《うつ》ろな少女は吸い込まれるように中へと消えていった。錆の浮いたドアがゆっくりと閉まりかけた瞬間、ドアの隙間に蒼白く歪んだ顔がぼうっと浮かんでいるのが見え、桐ヶ谷はひっと息を吸い込んで両目を大きくみひらいた。

なんて気持ちの悪い夢だ……。

桐ヶ谷は体を起こしたとたんに咳き込み、ひとしきりベッドの上でうずくまった。首筋にまでびっしょりと汗がにじみ、重苦しい疲労感が体を覆っている。桐ヶ谷は頭を下げたまま何度か深呼吸をした。

桐ヶ谷は汗で冷たくなったTシャツを脱ぎ捨て、椅子にかけておいたオックスフォードのシャツを素肌に羽織った。しばらくぼうっとしてから再び布団に潜り込んだが、夢の中に出てきた不気味な顔がちらついて眠れる気がしない。

「ぼっこ」

桐ヶ谷は、薄暗い部屋で猫の名を呼んだ。この際、だれでもいいから体温を近くに感じたい。しかしこういうときに限って猫は現れず、宙に放った自分の声すら恐ろしく感じて桐ヶ谷は勢いよく半身を起こした。

立ち上がって洗面所へ行き、汗で湿ったTシャツを洗濯機に放り込む。顔を洗って歯をみがき、ジャージにシャツというひどい格好のまま店に向かった。するとショーウィンドウの前に猫が座っているシルエットが見え、桐ヶ谷は安堵《あんど》のあまり苦笑いを浮かべた。こちらの存在を察知したとたんに、半ノラ猫のぼっこがエサをねだって盛大なだみ声を上げている。桐ヶ谷が鍵をまわしてドアを開けると、猫は足許をすり抜けるようにして素早く中に入ってきた。

「おまえ、本名はマリコなんだってな」

桐ヶ谷はもつれた長い髪を無造作に束ね、成猫用のドライフードを器に入れた。隻眼の猫の前に置こうとしたとたんに伸び上がり、早くしろと言わんばかりに器に顔を突っ込んでくる。たった一匹の猫がいるだけで、不安定だった気持ちが驚くほど凪《な》いでいくのがわかった。

日の出を迎えて窓からは朝日が差し込み、猫が硬いフードを嚙み砕《くだ》く音だけが屋内に響いている。桐ヶ谷は一心に咀嚼《そしゃく》している猫の脇に水を入れた器を置き、昨夜のうちに準備しておいた塑像《そぞう》造りの材料一式を裁断台に載せた。杉並署で少女の遺留品に触った感触が、まだ指先にはっきりと残っている。この感覚がなくなる前に、少女を立体造形物として残すことに決めた。もっと少女に近づかなければならない。

桐ヶ谷は頭にタオルを巻きつけ、愛用しているヘラなどの道具を布の上に並べていった。続けて水を張ったボウルにシュロ縄を浸し、ようやく座面の硬い木の椅子に腰を下ろした。スケッチブックを開いて少女の似顔絵を見つめ、昨日、実際に遺留品を見て感じ取った気配を頭の中で融合させていく。イメージを極限まで膨らませたところで、粘土で造形する頭部に合わせて芯棒を組んでいった。

桐ヶ谷は水に浸しておいたシュロ縄を取り出し、木の芯棒にきつく巻きつけていく。そして、信楽《しがらき》産の粘土に伊部《いんべ》産を混ぜて寝かせたものを引き寄せる。

包んである新聞紙を開き、指に少し取って粘土の状態を確認した。いつもながら抜群の滑らかさがあり、適度な粘りもすばらしい。そのとき、エサを食べ終えたらしいぼっこが裁断台に飛び乗ってきたが、広げられている粘土や細々しい道具などを見ても手を出すことなく、傍《かたわ》らにゆっくりと香箱《こうばこ》座りをした。

猫の視線を感じながら、芯棒を回転機にセットして練った粘土を粗《あら》づけしていった。時折りスケッチブックへ目をやり、少女の人となりに思いを馳せながら肉づけを繰り返す。

栄養不良で痩せてはいても、年齢が若ければ顔だけはふっくらとした印象を保っているものだ。桐ヶ谷は当初、少女が虐待を受けていた線を考えていたのだが、遺留品を見てそうではないと考えを改めた。古い衣服を直して着ることを徹底しており、困窮していた節はあるが虐待とは違う。少女の家族は古着を直すことに楽しみを見出していたと思えるのだが、それは単なる希望だろうか。

桐ヶ谷は、頭の中で少女を立ち上がらせていった。

身元がわからない一面だけを見ても、彼女が孤独だったことがわかる。おそらく親しい友人はおらず、同級生の記憶の端にも残らないほど影の薄い少女。いじめを受けることもなかった替わりに、まるで空気のごとくいない者として扱われていたのではないか。同級生、しかも教師ですらその存在を黙殺することが常態化しており、だれひとりとして気にかける者はいなかった。

教室の隅の席にぽつんと座り、クラスを無言のまま傍観している少女の姿が頭に浮かんだ。

芯棒にソフトボール大の粘土を粗づけし、台をたびたび回転させながら余計な部分を平線《へいせん》搔きべらで落としていった。こめかみを流れる汗を肩口になすりつけ、桐ヶ谷は少女の目の造形に入った。

離れ気味の眼孔の位置に当たりをつけて眼球に見立てた塊を置いてみる。しかしどこかが違う。桐ヶ谷は数ミリ単位で細かく位置を変え、眼球の直径もいじって像が醸し出す印象を探っていった。けれども、なかなか納得できる仕上がりにはならなかった。

頭の中の少女とまったく目が合わないのだ。彼女の前にまわり込んでも、巧妙に視線をかわされてしまう。これが造形できないいちばんの理由だが、少女の人物像に迫れていないことを意味しているのはわかっていた。まだほかにも見逃している事実があり、おそらくその部分こそが少女を形作る核だろう。

桐ヶ谷は真剣に少女と向き合い、遺留品と似顔絵を思い浮かべた。

家ではいつもたったひとりでシリアルを食べていたのだろうか。日々家族と食事を楽しんでいたような骨格はしておらず、彼女はただただ義務としての食物摂取を繰り返していた。桐ヶ谷にはそう見える。

いったいなぜ？

ネグレクトという言葉は簡単に浮かぶのだが、遺留品がそれを裏付けてはいない。彼女が身につけていたものは、どれも古いが汚れてはいなかった。貧しくはあっても荒《すさ》んだ生活ではなかったはずだ。

それから長い時間を過度に集中して少女の内面を探った。が、どれほど没頭しようと新たに見えてくるものは皆無だった。

桐ヶ谷は粘土まみれの手を新聞紙で大雑把《おおざっぱ》にぬぐい、立ち上がって台所へ足を向けた。手早くインスタントコーヒーを淹れ、マグカップを持って店に舞い戻ってくる。しかし、湯気の立つコーヒーには口をつけずに粘土へ手を伸ばし、また黙々と作業にのめり込んでいった。

すでに時間の感覚はなくなっているが、依然として少女の目の位置が決まらないところで止まっている。いったい何がそれほどブレーキをかけているのか。頭の中の少女はあらぬほうを向いており、桐ヶ谷には目もくれなかった。

そこで集中の糸が切れ、手に持っていた鉄べらを机に投げ出した。それを待ち構えていた猫がへらを床へ弾き飛ばし、桐ヶ谷は深いため息をついた。

「なかなかいいタイミングだったよ。もう今日はやれる気がしない」

そう言ったとき、今度は店のドアが急に開いて騒々しい足音が聞こえた。ぼっこが反射的に身を翻して住居のほうへ走り去っている。

「なんだこの散らかりようは」

逆光のなかにいる男は、丸められて転がっている無数の新聞紙を蹴《け》り飛ばした。黒い半袖Tシャツの袖を、肩口までまくり上げている姿がまるで真夏の装いだ。理容師の磯山は大股で歩き、裁断台の脇で立ち止まった。

「しかもあんたは死にそうな顔してんじゃねえか。ちゃんとメシ食ってんのか？」

そう言いながら、机に紙袋をどさりと置いた。

「田中《たなか》パンだ。焼き立てらしいぞ」

「田中パン？」

桐ヶ谷が寝ぼけたような声を出すと、磯山は紙袋に印刷されている文字を読み上げた。

「ああ、今は田中じゃなくて『ベーカリー・ビバリーヒルズ』だったな。わけわからんがせがれが改名したんだと」

桐ヶ谷は頭に巻いていたタオルを外して後れ毛を撫でつけた。が、手が粘土だらけだったことに気づいてもはや笑うしかなかった。乾燥した土が頭からぱらぱらと落ちてくる。

「なんだか知らんが粘土遊びをやってたわけか。こんな辛気臭い店にこもりっきりで。外は真夏みてえな陽気だぞ。たぶん三十度近くある。若いもんは海にでも行け」

「なんで海……。パン、ごちそうさまです。いつもすみません」

「そんなことはかまわんが、本当に大丈夫かい？　顔色も人相も悪いぞ」

桐ヶ谷は苦笑しながら壁の時計を見た。すでに午後一時半をまわっている。まだ午前中ぐらいの感覚でいたのに、恐ろしいほどの速度で時間は流れたらしい。

磯山は眉間にシワを寄せたまま桐ヶ谷の顔をじろじろと無遠慮に見まわし、裁断台の上に視線を移した。とたんにぎくりとして口許を歪め、半歩ほど後ずさっている。目を丸くして粘土の塊をしばらく見つめていたが、わずかに身震いしてかすれた声を出した。

「おい、まさかそれは死んだ子どもか？　こないだ話してた殺人事件の被害者の」

「ええ。似顔絵から立体造形に起こそうと思って」

「なんでだよ」

磯山は見たくもないと言わんばかりに顔を背けた。

「どういう理由で死人の頭を作ろうと思うんだ」

「どうしても彼女に近づかなければならないんですよ。被害者のためというより、もう自分のためかもしれない」

磯山は口の端をぴくぴくと引きつらせて、くどいほど大きな目をこすった。

「なあ、なんだってそれほど入れ込んでんだよ。頭は大丈夫か？」

そう言った男は言葉を切り、急に顔の前に手をかざして目を塞ぐような格好をした。

「いや、ちょっとそのスケッチブックのほうも閉じてくれや。死人と目が合っちまう。とても見てられねえよ」

「目が合うって、磯山さんもミツさんと同じ感覚なんですね。寺嶋手芸店の」

「違う」

　磯山は即座に否定した。

「あのばあさんは半分イカれてるだろ。昔、ばあさんがうちの店に厄除けの札を勝手に貼っていきやがってな。この場所は鬼門だとかなんとか言って」

　桐ヶ谷は笑った。なかなか自由奔放な老女だ。

「あのばあさんは旦那が死んでからますますおかしくなってんだよ。ところかまわず塩を盛ってみたり、気色の悪い紙人形を持ち歩いてみたり」

「それはそうですが、言葉には説得力がありますよ。経験に裏打ちされた知識も豊富だし勉強になります。おかしくなってはいませんって」

　磯山は鼻を鳴らして腕組みをした。

「まあ、いい。寺嶋のばあさんは置いといてだ。あんたは死人の絵を描いて、それどころか粘土で頭まで作ろうとしてる。さすがに常軌《じょうき》を逸してるぞ」

「ああ、そうだ。磯山さん。お礼が遅くなってしまいましたね。その説はどうもありがとうございました」

　桐ヶ谷は思い出して頭を下げた。

「磯山さんが警察ＯＢの方に働きかけてくださったおかげで、担当刑事とすんなり面談ができたんですよ。これほど早く実現するとは驚きました。妹さんの再婚相手ですが、かなりの力をもっているようですね」

磯山は鼻の上にシワを寄せて不快感を表した。

「退職した人間が権力を握ってる組織なんぞ、ろくなもんじゃねえな。警察はもう終わってるってことだ。会ってみてわかったはずだぞ。担当のデカも能なしだっただろ？」

「そんなことはありませんよ。事件をあらゆる角度から捜査し尽くしているというのは感じました。もちろん、警察は現場に遺された物証も数多く握っている。犯人の髪の毛とか指紋とか」

「そんなたいそうなもんがあれば、十年も未解決にはならんだろ」

磯山はあくまでも警察捜査を否定したが、桐ヶ谷は首を横に振った。

「犯人に犯罪歴がなかった場合、指紋もDNAも登録はされていませんからね。いくら決定的な物証があっても照合できないんじゃ話になりません。まずは容疑者を絞り込まない限り前進はできないんですよ。そこで十年間ストップしている」

「犯人はそうだったとしても、被害者の身元だって一切わからんわけだろ？　警察はそれについてなんて言ってんだ？」

「有力な目撃情報がない。それに尽きるようですよ。そこは僕もよくわからないところです。被害者を見た者がひとりもいないという状況が不可解だし、しかも阿佐ヶ谷の団地の一室にいた意味もわからない」

磯山は低いうなり声を上げて首を傾げ、桐ヶ谷は裁断台の上の粘土細工へ目をやった。

何者かが少女を拐《かどわ》かし、居住者の少ない団地の一室へ連れ込んだ悲惨な事件だろうと当初は考えていた。しかし、刑事の話を聞く限りそれでは筋が通らない。暴行目的で少女を狙った事件でないなら、状況がますます複雑化するからだ。

桐ヶ谷がもっとも解せないのは、少女が素足にサンダルをつっかけていたという事実だろうか。決意の末の家出だとするなら身支度ぐらいは整えるだろうし、十二月の寒空に防寒着すら身につけていなかったのは相当の違和感だ。そこから考えられるのは車で移動した可能性だ。少女はみずからの意思で犯人と行動をともにしており、土地勘のある犯人が彼女を団地へ連れ込んだ。

しかし、いったいなんのために？

桐ヶ谷は目が空洞になっている粘土の像を凝視した。少女を殺すためだけに、団地の空き部屋へ連れ込んだのか。桐ヶ谷は頭を高速で巡らせたが、すぐにそれはないと考えを引き揚げた。いくらなんでも目撃されるリスクを顧みない愚かな行動以外の何物でもない。そうやって事実を積み上げていけば、ひとつの答えにたどり着かないだろうか。犯人と少女は顔見知りで、阿佐ヶ谷の団地へ行かなければならない理由があったのだと。

桐ヶ谷はその先へ想像の触手を伸ばしていたが、途中で思考をぱっと手放した。すると黙って様子を窺っていた磯山が、太い眉の片方だけを動かした。

「なあ、あんたはいったい何がしたいんだ」

神妙な磯山の言葉を、桐ヶ谷はひとしきり考えた。もちろん事件解決を望んでいる。が、心の奥底で願っているのは別のことだ。死んでいった少女の体温や重みを感じたい。生きていた時間の断片に触れ、その短い軌跡の理解者になりたいのだ。これは、過去に救えなかった子どもたちへの弔《とむら》いなのかもしれなかった。

桐ヶ谷は、乾いた粘土がこびりついている手を新聞紙になすりつけた。

「いずれきっと僕は少女の名前を取り戻すと思います。もう義務ですね」

「なんで義務だよ」

「衣服を通して、少女の置かれていた状況が見えるんですよ。とてもはっきりと。これを見て見ぬふりするなら、僕が今ここにいることの意味はありませんから」

磯山はいささかうんざりしたように通りへ目をやり、そのままの体勢で口を開いた。

「俺が言えることはひとつだ。あんたは錯覚してる。死んだ子どもが気の毒なのは確かだが、それ以上に未解決の殺人って要素に惹かれてんだよ。違うか？」

「それもあるかもしれませんね。確かに」

「言葉は悪いが、犯罪ってのは平凡な毎日に飛び込んでくる興奮剤みたいなもんだからな。若いときは根拠のない万能感をもってっから、自分ならなんとかできると思っちまうんだよ」

「それは磯山さんの経験で？」

「ああ、そうだ」

男は断言してスポーツ刈りの頭に手をやり、振り返って桐ヶ谷と目を合わせた。

「余計なことに首を突っ込んでもいいことはない。古着屋の小春も同じだし、小娘ならなおさらおとなしくしてろと言いたいね。世の中には遊び半分でやっていいことと悪いことがある。これは忠告だぞ。自分の守備範囲で人生をまっとうすんのが褒められた生き方だからな」

磯山は桐ヶ谷に向けて手を上げ、店のドアを開けて大股で出ていった。

いつにも増して説教臭さが際立っているが、この調子で商店街の新参者に詰め寄っている場面が目に浮かぶというものだ。磯山はよくも悪くも直情型であり、自身もそれを自覚したうえで誇りをもっている。そして男尊女卑を隠しもしないが、それは弱い者を守ろうという気概からくるものなのはわかっていた。

住居へ続く暖簾のほうへ目をやれば、仮面のような柄の猫がじっとこちらを見つめていた。

「今自分が事件から手を引けば、迷宮入りは確定する」

猫を眺めながらぼそりと言うと、ぼっこはそれに応えるように短く鳴いた。

桐ヶ谷は乾きはじめている粘土を素早く新聞紙でくるんでいった。

第三章　職人たちの記憶

1

　パソコンのモニターの中には、目の落ち窪《くぼ》んだ小さな老人がちんまりと収まっていた。頭には綿毛のような毛が申し訳程度に生え、老人特有の茶色いシミが顔のそこかしこに沈着している。傾斜のついたベッドにもたれて鼻には酸素を供給するカニューラが着けられ、不機嫌そうに終始指を動かしていた。

　病院ではなく自宅の寝室だろうか。ＣＯＰＤを発症して今では酸素吸入が欠かせなくなったと聞いてはいたが、弱るどころか以前よりも頑固さに磨きがかかっているように見えた。

　斑目《まだらめ》雄三《ゆうぞう》はモニターをまっすぐ見つめ、息の漏れる聞き取りづらい声を出した。

「パソコンだのメールだの、こういう楽をする道具は人を駄目にするな。ますます動かなくなるし体力も落ちるだろ。そのうえ頭も使わなくなる」

「驚きましたよ。斑目社長がパソコンでテレビ電話をしたいなんておっしゃるから、この手のものに興味をもたれたのかなと思いまして」

桐ヶ谷が画面に映る老人に話しかけると、斑目は骨と皮ばかりになった手をひと振りした。

「孫が全部用意したんだ。家にいながらにして、世界じゅうの人間とつながれるとか言ってな。うちの工場も海外とやり取りできるようにシステムとやらを構築して、まるで映画の世界みたいになっとるよ」

「そのほうが意思疎通が図れますからね。先日紹介したフランスのメゾンが、斑目デザインを絶賛していましたよ。フロッキープリントの出来が神懸っていると」

「何を言ってるんだ」

老人は若干誇らしげににやりとした。

「単に先方の技術が低すぎるだけだ。ファッションの本場だかなんだか知らんが、細々とした注文が多い割にものを見る目がない。高飛車で当然のようにこっちを下に見てな。だから西洋人は好かん。名のあるブランドだからみんな騙されているが、俺に言わせればあんなもんは三流だ」

斑目は一気に捲し立て、少し咳き込んでから湯呑みを手に取った。わずかに震える手で口許に運んでいる。

この老人の先はそう長くはないだろう。桐ヶ谷は、斑目を見た瞬間から死の影をはっきりと感じ取っていた。いちばん症状の重い慢性閉塞性肺疾患のほかにも、命を脅かす病を複数抱えているはずだった。常に酸素が足りていないために唇が白く、臓器が悲鳴を上げているのがありありとわかる。九十一歳の今は現役を退いているが、ほんの数年前まで工場に出ずっぱりで采配をふっていた男だ。一代でプリント工場を起ち上げ、その高い技術力で日本の繊維業界を牽引《けんいん》している。

斑目は湯呑みをサイドテーブルに置き、画面に向き直った。たったそれだけの動作でも息が上がり、肩を上下に動かしている。

「斑目さん。無理に話していただかなくても結構ですよ。僕がメールしたのは仕事とは無関係のことなので、後日文書でいただいてもかまいませんので」

「うるさい」

老人は語尾にかぶせて遮《さえぎ》り、再び咳き込んでからモニターに向き直った。

「話すつもりがあるからテレビ電話なんぞをやっている。あんたは気遣いのつもりかもしれんが大きな世話だ。自分の体は自分がいちばんわかってるからな」

ぐうの音《ね》も出ない正論に、桐ヶ谷は頭を掻いて苦笑いを漏らした。

自分が知る限り、高い技術力でほかを圧倒しているプリント工場は日本に三つだけ。名古屋《なごや》と和歌山《わかやま》、そして斑目が創業した千葉《ちば》の市川《いちかわ》にある捺染《なっせん》工場だ。フランスの老舗《しにせ》ブランドと斑目デザインを引き合わせたのは桐ヶ谷だが、とにかくこの老人が頑固で交渉が難航したことを昨日のことのように思い出す。

斑目は絵に描いたような沸点の低い職人であり、桐ヶ谷を端から相手にはしていなかった。以前、商社絡みでひどい目に遭《あ》った経験も手伝って、ブローカーを名乗る桐ヶ谷を口先だけの詐欺師と認定したからだ。が、どれほど疎《うと》まれても最後まで斑目を諦めなかったのは、ひとえに廃業させるのが惜しい会社だったからにほかならない。時代に取り残された小さなプリント工場が、高い技術もろとも消えてしまうのは繊維服飾業界にとって痛手だった。

老人は努めてゆっくりと呼吸し、落ち着きを取り戻して窪んだ目を光らせた。

「俺はまだあんたを全面的に信用してはいない。いつ本性を現すか見極めてる」

「ご期待に添えなくて申し訳ないですが、僕にはもう別の顔はありませんよ」

「どうだかな」

老人は投げやりに言って先を続けた。

「ただ、結果的に助けられたのも事実だ。あんたがもってきた仕事を受けていなければ、今ごろうちは潰れていたよ。まあ、今でも借金地獄ではあるが」

「繊維業界はどこも厳しい状況です。率直に言って、今後もほぼ回復する見込みはありません。時代が変わってしまったのでね」

「その通りだ。価格競争の激化で、作れば作るだけ赤字なんてとこもザラだよ」

「僕はそういう焼け野原みたいなところで、極上の技術が滅んでいくのを見ていたくないんですよ。世界は広いですから、斑目さんが作り上げてきたものを欲しがる企業はいくらでもあります。お互いに知らないだけで、実は猛烈に引き合っている。そこを僕はつなぐというわけで」

斑目はふんっと鼻を鳴らしたが、まんざらでもない様子だった。

「その口車に乗せられて、会社を大改造する羽目になった。完全アイテー化とかなんとか、また方々から金を借りてひどいありさまだよ。だが、今の仕事はおもしろい。昔俺が納屋《なや》でプリント工場を興したときみたいに、毎日が驚きと興奮の連続でな」

「その言葉が聞けてほっとしました」

桐ヶ谷は心からそう思った。自社の終焉《しゅうえん》という落胆と絶望の中でこの老人を逝《い》かせたくはない。余命があとわずかだとしても、最後の一日まで充実していてほしかった。

斑目は再び咳き込んだが、今話さねばならないと言わんばかりにかすれ声を出した。

「極限まで手を抜いて、いかにして安物を作るか……。ここ何十年もそんな馬鹿げたことばかり考えてたよ。なんのために今までやってきたのかわからん。まあ、西洋人相手の仕事も難儀だが、少なくとも連中は買い叩くことをせんからな。今、十八版のスクリーンをやってるんだぞ。しかもジョーゼットだ。世界でもうちでしかできんだろう」

斑目には痛々しいほど病が巣くっているが、出会った当初とは比較にならないほど活力がみなぎっているのは明らかだ。桐ヶ谷は本題に入ることにした。

「斑目社長。手紙にしようか迷ったんですが、せっかくアドレスをいただいていたのでメールしてみました。画像を見ることはできましたか？」

「俺が操作するわけじゃないからな。孫が紙に印刷してもってきてくれたよ」

そう言って斑目は、コピーされていると思われる数枚の紙を取り上げた。

「見づらい画像だと思いますが、その服地のプリントに見覚えはないかと思いまして。漠然としていてすみません」

「フランスの取引先はもっと漠然としてる。意味不明な写真をしょっちゅう送ってくるぞ。イメージとかぬかして靴底の写真を送ってきたときには叩き返してやったけどな」

老人は軽口を叩いて四角い縁の老眼鏡をかけ、アトミック柄をコピーした紙に目を細めた。時折り咳をしては鼻につけられているチューブを鬱陶しげに払い、時間をかけて見入っている。酸素を吸入しているシューシューという音がパソコンを通じてイヤホンに届き、病床の臭いまで感じたような気がして桐ヶ谷は鼻をこすった。

画像を見つめていた老人はやがて顔を上げ、湯呑みに口をつけてわずかに呟き込んだ。

「見たことはある」

唐突な言葉に、桐ヶ谷は思わず身を乗り出した。

「これは『バクハツ』だろ」

「ええ、そうです。当時はそう呼ばれていたんですよね」

桐ヶ谷はパソコンの音量を上げ、老人の言葉を聞き漏らすまいとイヤホンを耳に押しつけた。

「俺がまだ若かったころだ。外国からこういうおかしな柄が入ってきた時期があって、取引していた機屋がうちに持ち込んできたんだよ。似たような柄を起こしてくれって」

斑目はコピー用紙を花模様の毛布の上に置き、老眼鏡を外した。

「たぶん、六十年ぐらい前の話だぞ。バクハツは色が毒々しいし柄も奇妙だろ？　こんなもんを作ったって売れるわけがない。服地向きではないし、そもそも日本人向きじゃないからな」

「でも、そのバクハツ柄は流行だったんですよね？」

「流行るわけがあるまい。ひまわりとか蝶とか風車とか、外国で流行ってから日本に入ってきた生地はいくつもあったが、それはほとんど国内向けに色柄を直してる。輸入生地はともかく、国産で作り直す場合は売れるように手を入れるんだよ。これは常識だ」

桐ヶ谷はノートを開いて頷きながらメモを取った。老人は再びコピーを取り上げて目を這わせた。

「じゃあ、あんたが欲しがってる言葉をくれてやるぞ。これはうちの下請けに版下を作らせたプリントだ。間違いない」

「はい？」と桐ヶ谷は顔を撥ね上げた。「待ってください。斑目さんがそれを作ったとおっしゃってます？」

「いかにもそうだ」

「ほ、本当ですか！」

桐ヶ谷は声を上ずらせた。この事件について、初めての確実な情報かもしれない。斑目は少しだけ考えるような間を置いた。

「下請けとは言っても従兄弟《いとこ》の工場で、当時はロットが少ないもんをそっちへまわしてた。俺の従兄弟は手先が器用でな。スクリーンに焼きつけるポジ作りが抜群にうまかったよ。今はパソコンで簡単にできるが、昔はカッターナイフで柄を細かく切り抜いて版を作ったんだ。どれほどの多色刷りでも、毛抜き合わせの型彫りができる一流の職人だった」

確かに、被害者の少女が着ていたワンピースの生地は、寸分のズレもなくすばらしい出来映えだった。考えてみれば現在はデータ化によって狂いのない版下を楽に作れるが、当時はすべて手作業で切り貼りされていたのだ。五〇年代に複雑な総柄を作れる技術をもつ工場は、日本に三ヵ所しかないという桐ヶ谷の予測は正解だった。

桐ヶ谷は喜びを噛み締めながら、熱い視線を老人に向けた。

「うちの会社は、今まで作った版下を全部取ってある。生地サンプルもな。だが、あんたも知ってる通りうちは四十年前に隣の火事に巻き込まれて全焼してる。そのとき財産をすべてなくしてるわけだ。従兄弟も当時の工員も全員死んでるし、このバクハツを知る者は俺しかいないだろうな」

「機屋はどうです？　バクハツ柄を発注してきた会社です」

桐ヶ谷はすかさず問うたが、老人は小さくしぼんだような頭を横に振った。

「その機屋はとうの昔に潰れてるよ。あんたが生まれる前の話だ。輸入生地の焼き直しばっかりやってた機屋で、まあキワモノ屋だった。時代が早すぎたのかもしれんな」

「会社名を教えてください」

桐ヶ谷が間髪を容れずに問うと、老人はひと息で口にした。有限会社川島《かわしま》繊維。当然だが聞いたことがない会社だった。

「小岩《こいわ》にあった機屋で、綿のプリント生地しかやってなかったと思う。しかも小ロットで発注をかけるもんだからプリント屋からは鬱陶しがられてたよ。手間ばっかりで儲けがないからな」

小岩か……。桐ヶ谷は、斑目が語っただいたいの住所をタブレットで検索した。小岩駅から十五分ぐらいの場所で、住宅が建ち並ぶ一角に会社はあったらしい。桐ヶ谷は考えながら質問を続けた。

「この川島繊維という会社は、手芸用品店みたいな小売にも生地を卸していたんでしょうか」

「いやいや、このバクハツの発注数は確かたったの二反だったぞ。川島はいつもこの程度しか発注してこないうえに、やたら手が込んだプリントばっかりなんだよ」

「二反というと、計百メートルぐらいですかね」

「違う。一反二十メートル巻程度で合計四十メートルだな。信じられんだろ？　ほとんど型代だけの仕事だった。でもまあ、突拍子もないおもしろい仕事を持ち込む会社ではあったよ。世間の顔色を見て売れ筋を作ろうって気がない」

消費が活発におこなわれていた時代ならではの話だった。何よりこの生地が四十メートルしか作られていないのなら、売られた場所を特定できるのではないだろうか。ロールではなく数メートルずつ切り分けて卸したとしても、小売した店はそう多くはないはずだ。

桐ヶ谷は、老人の正確な記憶力に感心していた。以前もとあるプリントにおいて、色を調合する比率を細かく記憶していたことに舌を巻いたものだ。九十を過ぎて病に冒されても、仕事に人生を捧げてきた男には抜け目がない。斑目の言葉は信用できた。

「斑目社長。この生地がどの辺りで売られていたのかの見当はつきませんか？」

桐ヶ谷の問いかけに、老人はもちろん知っているとばかりに訳知り顔をした。

「このバクハツはな。そこらの店では売られていない。川島はおかしなプリント生地ばかり作って、工場の前の露店で直売してたんだ。結局、売れないもんは小売だって買い取らんから、ご近所さん相手に在庫を捌《さば》いてたってわけだよ」

ご近所さん相手に在庫を捌いていた？

桐ヶ谷は背筋がぞくりとした。ならば、単純に考えて被害者少女の身内が小岩に住んでいた可能性もあるのではないだろうか。機屋直売の生地を安く買い、当時流行っていたデザインのワンピースを仕立てた。そして世代をまたぎ、サイズを直しながら孫へ受け継がれていた？

桐ヶ谷が腕組みして考え込んでいると、モニターの中の老人がかすれ声を出した。

「で、そろそろ何をやってんのか教えてくれ。あんたがこのバクハツを調べてんのは、仕事絡みじゃないんだろ？」

「ええ。ちょっと事情がありまして」

桐ヶ谷は老人の体調を窺いながら、ワンピースについて知り得たことを語って聞かせた。十年前、阿佐ヶ谷の団地で少女が殺害されたこと。未だに身元がわかっていないこと。死亡した少女が着ていたのが、斑目デザインがプリントした生地の可能性が高いこと。

老人は鼻のチューブを直しながら桐ヶ谷の話に耳を傾け、ひとしきり咳き込んだ。

「そんな事件があったとは知らなかった。それにしてもあんたは職を変えたのか？　職人を斡旋するブローカーだと言ってたはずだが、今やってることは私立探偵の真似事だろ」

「今でも服飾関連のブローカーですよ。その仕事をしていたおかげで、被害者の遺留品が目に留まったというわけで」

「普通はな。たとえ目に留まったとしてもそこまでだ。おまわりでもあるまいし、素人が本腰入れて事件を探ろうとはせんよ」

桐ヶ谷を無遠慮に見まわしていた斑目は、はだけていた寝間着の襟許を直してベッドに座り直した。

「でもまあ、あんたが目をつけたからこそ、こうやって俺のとこまで話がまわってきたのは確かだ。正しい道のりだよ。警察だけでは思いつきもしなかっただろう。まずプリント生地から工場を予測することが素人にはできない。ちなみにバクハツは商売女に好まれたんだぞ」

「その話は聞きました。高円寺の手芸用品店の店主が詳しくて」

「俺らの年代ならみんなわかってる。要は、川島織維はそれを狙ってバクハツの生地を作ったんだよ。昔は小岩界隈にデカい赤線があったから、そこの女たちを相手に反物を小ロットで売り捌いてたんだ。まさに競争相手がいない隙間産業だな。一時期は真っ当な生地屋よりもはぶりがよかったと思う」

老人は当時を回想しているかのように宙を見つめ、しばらく考えてから再び口を開いた。

「赤線が廃止されたのは確か昭和三十三年だ。同じ年に東京タワーができて、日本中でロカビリーが大流行だったよ。忌々しいことにこれもアメリカ産だ。川島が潰《つぶ》れたのもそのあたりだったと思う。最後は夜逃げだよ。型破りで愉快な人間だったが、その後はどうしてたんだかな。今日まですっかり忘れてた」

斑目は笑いながら咳き込み、今度はいささか長引いた。呼吸がひどく苦しそうで鎖骨《さこつ》のあたりが引っ込んで見える。これはもう切り上げたほうがいいかもしれない。桐ヶ谷がパソコンの前であたふたしていると、老人は落ち着けと言わんばかりに鋭い目を向けてきた。

「肺をやられるってのは厄介だな。俺は五十年以上も日に五箱の煙草《たばこ》を吸ってたんだ。もう煙が空気みたいなもんでよ。完全に中毒だが、そのツケが最後にどっときたんだから自業自得だ」

老人は震える手で湯呑みを取り上げ、口許に運んだ。そして窓のほうを見ながら感慨深い声を出す。

「しかし、うちでプリントしたバクハツを着て殺された娘か……。名前も住処もわからんとはな。昔も商売女が殺される物騒な事件がよくあったが、なんだかそれを思い出すよ。地方から出てきた娘がほとんどで、それこそ本名も生まれも家族もわからんままだ。東京のうらぶれた場所で何人もひっそりと死んでな」

斑目はたるんだ瞼で目を細めた。

「阿佐ヶ谷で死んだ娘はなんでそんな場所にいたんだか。しかもこんな古い服を着て」

「少しずつですが、物事が動き出しているような気がします。とは言っても、依然として謎ばかりですが」

「まあ真相にたどり着いたら教えてくれ。またテレビ電話でな。ただ、時間はないぞ。俺の寿命はもうすぐ底を突きそうだ」

老人は空気が抜けるような笑い声を漏らした。まだ大丈夫ですよと言うのは簡単だったが、桐ヶ谷は黙ってひとつだけ頷いた。


斑目との通信を切ってすぐ、桐ヶ谷は杉並警察署へ電話をかけた。南雲警部を呼び出してほしい旨を伝えたが、電話口の職員に席を外していると告げられ急《せ》き立てられるように通話は終了した。先日の面会では中身のある話もできたと思うし、二人の刑事も情報を前向きに捉えていたはずだ。しかしこれらは桐ヶ谷の思い過ごしだったのだろうか。

桐ヶ谷は自分でも驚くほど気落ちしていた。何も特別扱いをしろと言っているわけではなく、警察と自分に協力態勢があれば捜査は間違いなく進展するはずなのだ。しかし一方では、法執行機関が一個人に捜査情報を与える危険性もじゅうぶんに理解していた。事件捜査の先には公判があり、もし変則的な捜査を理由に証拠能力を問われる事態になれば犯罪者を裁くことができなくなる。

桐ヶ谷は悶々《もんもん》としながら裁断台の上を片付けはじめた。歯がゆさが募るばかりだけれども、今は自分の領分をわきまえる必要がある。先走ってはいけない。

桐ヶ谷は大きく息を吸い込み、中途半端になっていた少女像の造形を再開しようと気持ちをむりやり切り替えにかかった。

そのとき、低くかすれた鳴き声が聞こえて通りのほうへ目を向けた。いつものごとく、店のドアの前で半ノラ猫のぼっこが中に入れろと睨みを利かせている。桐ヶ谷はしばらく様子を窺っていたが、動く気配がないのを見てやむを得ずドアを開けた。

「勝手口がいつも開いてるんだから、そこから好きに入ってこいよ。昨日も夜中に店の前でわめいてたよな」

ぼっこは足許をすり抜けて一直線に裁断台へ飛び乗り、いつもの場所で体を丸めて大あくびをした。

「近所迷惑だし、保健所を呼ばれたらどうするんだよ」

桐ヶ谷はぶつぶつとぼやいて粘土を包んだ新聞紙を取り上げた。ノラ猫としての捕獲を阻止するために首輪をつけようと奮闘した時期もあったのだが、激しい抵抗を受けて断念している。地域の猫として受け入れられているとは思うものの、居候《いそうろう》歴が長くなるにつれて心配も膨らんでいた。

半ばうんざりして作りかけの像へ手を伸ばしたとき、今度は裁断台の上でスマートフォンが着信音を鳴らした。画面には非通知と表示されている。桐ヶ谷は電話を取り上げ通話ボタンを押した。

「もしもし」

そう言い終わらないうちに割れるほど大きな声がつんざき、桐ヶ谷は思わずスマートフォンを耳から離した。

「どうも、どうも。桐ヶ谷さん、電話をいただいたみたいで」

杉並署の南雲だった。あいかわらず勢いがあって明るい調子ではあるが、初日に見た表情のない目を思い出すたび落ち着かない気持ちになった。

「ごめんなさいね、外に出てたもんだから」

「いいえ、こちらこそお仕事中にすみませんでした。阿佐ヶ谷の事件について、ちょっとわかったことがあるのでお電話したんですよ」

「わかったこと？　そうですか。ちょっと待ってね」

南雲はごそごそと何かを取り出す音を響かせ、部下である畑山に何やら声をかけている。そして電話口を塞いで何事かを喋っていたが、唐突にまた明るい声を出した。

「はい、はい。お待たせしました。それで、何がわかったんですかね」

「先日お話しした遺留品の生地についてです。アトミックというプリントについて」

南雲は電話をスピーカーモードにしているようで、自分の声がこもったように反響しながら耳に届いた。

「あのとき実物を見て国産だとわかったんですが、あのレベルのプリントを刷ることができる工場は僕が知る限り日本に三社しかないんですよ」

「ほう、ほう。確かですか？」

「ええ、確かです。今朝、そのひとつのプリント工場に問い合わせてみたんですが、だいたい六十年ぐらい前に、そこで作られたものだとわかりました。千葉の市川にある斑目デザインという会社です」

「それは、それは」

南雲は声を上げた。

それから桐ヶ谷は、斑目老人から聞いた話を端的に語った。版下や記録は火災で焼失していること、川島繊維から発注を受けたこと、そして小岩で直売されていたことだ。南雲は黙って聞いていたが、桐ヶ谷の話の終わりと同時に声を出した。

「なるほどねえ。了解しましたよ。情報の提供を心より感謝します。じゃあね、またね」

「ああ、ちょっと待ってください！」

いきなり通話を終了しようとしている刑事を引き留めようとしたが、すでに回線が切れて無音になっていた。ひとり取り残された桐ヶ谷はしばらくスマートフォンを見つめた。

「なんなんだよ……」

ひとりごちながら電話を裁断台に置き、だらしなく仰向けになって熟睡しているノラ猫を眺めた。

南雲という刑事は何を考えているのかさっぱりわからない。仕種や表情が大げさなだけで実際の反応は薄く、手応えというものがまるで感じられなかった。要するに、おまえと協力し合うつもりはないと言っているのだろう。情報があればなんであれ吸い上げるが、それを活かすも殺すも警察が決める。結局、先日からなんの変化もないということだった。

桐ヶ谷は苛立ちを抑えながら作りかけの少女像と向き合った。が、いくら熱心に語りかけても単なる粘土の域を超える気配がなく、意識を集中しても作業に没頭することが叶わなかった。こうなるともう駄目だ。何をしても斑目から聞いた話が頭の中で繰り返され、その合間に少女の影らしきものが見え隠れして桐ヶ谷の心を揺さぶった。

作業を断念して木べらを置き、未だ輪郭しか造られていない粘土像にビニール袋をかぶせた。そして作業台に突っ伏し、目を閉じて現在の立ち位置を考えてみる。

自分は今、被害者少女の背中が見えるところにいると直感的に思っていた。ただ、見えているとはいえまだぼんやりとして遠い。しかし少女が死亡してからの十年で、もっとも接近しているのは間違いないだろう。しかも、さらに距離を詰められる材料がそろっている。警察にいくら情報を提供しても、桐ヶ谷や小春の視点がなければ捜査の方向性は定まらないはずだった。

桐ヶ谷は体を起こして洗面所へ向かい、顔を洗って気分を変えた。作業台に戻って再びスマートフォンを取り上げる。片手で操作して登録番号を押すと、三回目の呼び出しで回線がつながった。

「なんかわかった?」

電話口の小春は開口一番そう言い、こちらが話す間もなく早口で続けた。

「わたしはベークライト釦のほうを当たってるんだけど、これはなかなか手強いね。コレクターに聞いても教えてくれないんだよ。腹立たしいぐらいに」

「コレクター?　釦について何か知ってそうなの?」

「それも含めてわかんないわけ。連中は所有してるコレクションとか入手先を人に明かさないんだよ。秘密主義の集団でさ」

桐ヶ谷は、作業台の上の粘土などを脇に寄せながら疑問を口にした。

「コレクターって人種は、大なり小なり集めたものの価値で優位性を競うものだよね。アンティーク界隈はそうじゃないの？　蒐集品《しゅうしゅう》をひとりで眺めて満足してるのかもしれないけど」

「ベークライト関連はちょっと特殊なんだよ。ある時期、盗賊みたいなコレクターがまぎれ込んで騒ぎになったことがあってさ」

「盗賊って、コレクションを盗むわけ？」

そうだよ、と小春は断言した。

「初期物のベークライトに的を絞って、コレクターの隙を突いて盗み出す。偽物とすり替えたり、家に侵入して逮捕された人間もいるよ。とにかくみんな疑心暗鬼。仲間内で盗人《ぬすっと》の容疑をかけたりかけられたり、暴力沙汰になったこともあるんだよね」

電話を耳に当てながらタブレットで検索すると、いちばん上にそれらしき記事が載っていた。アンティークのコレクションをめぐり、傷害事件に発展したとある。

「それだけ希少ということか」

「そうだよ。初期物はまず手に入らないから」

「そういうことなら、なおさらこっちの話に食いついてきそうじゃないの？　実際ホンモノを見てるわけだし」

桐ヶ谷がそう言うと、小春は焦れたように語尾をかぶせてきた。

「もちろんこっちの話は聞きたいだろうけど、連中はとにかく自分の手札を明かしたくないんだよ。知り合いで幅広く骨董蒐集している人がいてね。家具とかアクセサリーなんかのジャンク品が主だけど、その人も釦のコレクションだけそっくり盗まれたことがあるって言ってたよ。しかも、釦の中でも初期のベークライトだけを選んで盗《と》ってった」

小春は息継ぎをするように言葉を切った。

「すぐ被害届を出したみたいだけど、とうとう盗人は捕まらなかった。でもその翌年に、なんとアメリカ人コレクターが盗まれた釦を所有してるのを発見したから大揉《も》めだよ。名前も知らない日本人から高値で買ったって言ってるみたいだけど、事実がどこにあるのかわかんないね」

「転売目的の盗みか、それとも組織的な窃盗集団なのか……」

「そのあたりはずっと謎のまんま。ただ、盗人がかなりの目利きであることは間違いない。どれだけ数があっても、価値が高い初期物だけを見抜いて盗み出すみたいだから」

「まるで怪盗だな。おもしろい」

桐ヶ谷が笑うと、小春はむきになって食ってかかった。

「笑いごとじゃないって。このままでは、歴史的にも価値のあるベークライトが一切表には出ないまま姿を消すことになるんだよ。あるコレクターなんて、奪われるのが怖くて銀行の貸し金庫に何十年も保管したままなんだってさ。死んだら全部墓に入れてくれなんてバカなこと言ってるし」

桐ヶ谷はまた笑った。もうなんのためにコレクションしているのだかわからない。

「そうなったら今度は墓荒らしが流行るかもな。そして盗人を警戒したコレクターは、王家の墓並みにトラップとか隠し部屋を作るようになる。それはそれでロマンを感じるよ」

「まあ、それをやるなら本気の罠《わな》を仕掛けてほしいよね。壁から毒矢が飛んでくるようなやつ」

小春は惰性的にそう答えた。

「警察で見た遺留品の釦は、まず間違いなくベークライトの初期物だよ。そこから女の子の身元がわかるとは思ってないけど、わたしはちょっと調べてみたいな。何が出るのか見てみたい」

彼女も桐ヶ谷と同じように、微《かす》かに見える少女の背中を見失わないよう躍起になっているようだった。

「調べるとは言ってもどうやって？　コレクター筋は脈なしみたいだし」

「そこは交渉したよ。先方が欲しがってるものをわたしが用意する代わりに情報を提供してもらう。かなりの変人なんだけど、知識は間違いないんだよ。桐ヶ谷さん、これから付き合ってくれない？　場所は錦糸町《きんしちょう》なんだけど」

あくまでもイメージだが、アンティークコレクターからはかけ離れた場所に思える。桐ヶ谷は待ち合わせ時間を聞き、通話を終了するなり催促するような目を向けてきたノラ猫にエサを用意した。

2

錦糸町駅からおよそ十五分ほど歩くと、プレハブの倉庫が乱立する一角が現れた。この辺りは工場地帯でもないようだが民家が数えるほどしかなく、なぜかそこかしこに簡素な小屋が建っている。レンタル倉庫でもなさそうで、赤字で書かれた「私有地につき通り抜け厳禁」の立て札が異様だった。なにせ数メートル置きに設置され、風雨を受けて朽《く》ちかけているからだ。これだけでも不気味なのに、細い道を挟んだ左側には広大な墓場まで姿を現した。

桐ヶ谷は伸び上がり、びっしりと苔《こけ》むした古いブロック塀の向こう側を覗き込んだ。かなりの奥行きがある墓地は、風化して文字も読み取れないような墓石が無秩序に並んでいる。もう長いこと墓参する者がいないのは、伸び放題の雑草を見ただけでも明らかだった。よくわからない虫の鳴き声と、卒塔婆《そとば》が揺れるカタカタという音が辺りに響いている。

桐ヶ谷はぞくりとして首を引っ込めた。昼間でも通りたくはない道だが、角を曲がったとたんにこれらを上まわる物体が目に入り、思わずうめき声を上げた。

「まさか、そこではないよな……」

桐ヶ谷は半ば祈るような気持ちで横を歩く小春を見たが、無情にも彼女はその家の前でぴたりと足を止めた。桐ヶ谷は顔を引きつらせながら、異常な存在感を放つ二階建ての家屋を見上げた。

まぎれもなくゴミ屋敷であり、ただでさえ幅のない道があふれ出した物によって圧迫されている。アルミ製の門扉から玄関へのアプローチは人ひとりが通れるほどしかなく、堆《うずたか》く積み上げられたプラスチック製の衣装ケースや木箱が今にも崩れ落ちそうだった。何より家をすっぽりと覆うような格好で厚手のシートが張られ、敷地全体がまるで巨大なテントと化している。これでは一年を通して家に日光は入らない。

見るものすべてが常軌を逸している。桐ヶ谷は、その物量に圧倒されてよろめいた。

「いや、ちょっと待って。ある意味蒐集家だろうけど、これは意味が違いすぎる」

たまらず口を衝《つ》いて出た。しかし小春は意にも介さず、いつもと変わらぬ淡々とした様子だった。

「この辺りの倉庫は全部コレクションが収められてるんだよ」

「全部？　五十以上はあったよな？」

「そう、そう。前よりコレクションが増えてるっぽいね」

「増えてるっぽいねって、雨晒《あまざら》しにしてる時点でコレクションとは言えないだろ」

人の来訪を瞬時に察したヤブ蚊《か》どもが、耳障りな羽音を立てながら体にまとわりついてくる。

桐ヶ谷は舌打ちしながら手で払い、小春の顔にとまりかけた害虫を勢いよく握り潰した。

「まさかとは思うけど、ここに置いてあった釦が盗まれたんじゃないだろうな？　さっき話してたベークライトの」

「大当たり」

「そんなもん、盗んでくださいと言わんばかりだろう！」

桐ヶ谷は力みながら頭を掻きむしった。もはや平静ではいられない。

「むしろ盗まれたことにすら気づけない惨状だよ！　行政指導が入ってもおかしくないし、このありさまじゃどこに何があるかもわからない。だいたいきみは平気なの？　アンティーク愛好家からすればこんな扱いは許せないはずだよ」

「まあまあ、ちょっと落ち着きなよ。ほら、お茶でも飲んで」

小春が飲みかけのペットボトルを差し出してきたが、桐ヶ谷は即座に押し戻した。落ち着いていられるわけがない。骨董に対して特別な思い入れがあるわけではないが、このぞんざいな扱いは不愉快極まりないし、もともとの持ち主が不憫《ふびん》でならなかった。

小春は麻の帽子を脱いでヤブ蚊を手荒に払い、自然光では赤茶色に見える目を合わせてきた。

「いいかい？　ここにある物は完璧に密閉されていて、中に雨水が入ることはない。紫外線もカットしてあるし保存状態は見た目ほど悪くないよ。それに持ち主はどこに何があるかをきちんと把握してる。防犯意識も高いし、何よりアンティークを愛してるよ」

　そう言って小春は、敷地のあちこちを指差した。大量の物にまぎれて無数の防犯カメラが設置されている。

「ともかく話を聞いてみなけりゃわからない。さっさと行こう」

　小春はもはや閉めることすらできない門を通り過ぎ、穴蔵のような玄関へ突き進んだ。桐ヶ谷は取り立てて潔癖ではないけれども、ぬかるんだ小径を見ているだけでも全身が粟立《あわだ》っていた。体を縮めて玄関までのアプローチを抜け、まったく顔色を変えない小春の後ろに張りついた。ヤブ蚊の量が尋常ではなく、今すぐここ一帯に殺虫剤をぶちまけたい気分だ。彼女は呼び鈴を押して突っ立っていたが、桐ヶ谷は襲いくるヤブ蚊を片っ端から始末していた。

「桐ヶ谷さんってなんかおもしろいよね。サムライっぽいのにサムライ感ゼロだしさ」

　小春は愉快そうに微笑んでいるが、こんな場所で笑える神経がわからない。

　ひとり殺気立ちながらじりじりと家主を待っているとき、ようやっとすすけた茶色いドアが開かれた。顔を出したのは意外にも若い女だが、それよりもその風貌に驚いて桐ヶ谷は動きを止めた。家の外観から節操なく肥え太っただらしのない人間を想像していたのだが、家主は均整の取れた体つきですこぶる健康そうだ。そんなことより、この見た目は不意打ちだった。桐ヶ谷は完全に目を奪われた。

　向こう側が透けて見えるのではないかというほど肌が白く、彼女はほとんど無彩色だけで構成されている。小春もかなりの色白だと思っていたが、まったくの質の違いを見せつけていた。一重の細い目を縁取る睫毛《まつげ》は綿毛のように繊細で、現実離れという言葉しか浮かばない。彼女は眼《がん》皮膚白皮症《ひふはくひしょう》、いわゆるアルビノの女性で、ゴミ溜めのようなこんな場所でも一瞬にして浄化できるような神々《こうごう》しい雰囲気があった。

女は馬鹿丁寧なお辞儀をしたが、小春が急き立てるような声を張り上げた。

「挨拶なんていいから早く！　家に蚊が入っちゃうでしょ！　息止めながら入りな！」

桐ヶ谷の腕を引っ摑み、小春が強引に玄関へ押し込んでくる。三人は慌ただしく屋内に入り、狭苦しい三和土《たたき》でひと息ついた。すると小春が小柄な女の肩に手を置き、いかにも下心がありそうな満面の笑みを浮かべた。

「夕実《ゆみ》ちゃん、久しぶりだね。あのさ。今わたしがやってるオンラインゲームなんだけど、キャラを夕実ちゃんみたいにしてるんだよ。銀色のロングヘアでグレーの瞳。神属性のヒーラーでね。一回でいいから実況動画で顔出ししてくんないかな。キャラと実物がそっくりってことになれば、登録者数激増で投げ銭がすごいことになると思うんだ」

「わたしにメリットがひとつもありません」

夕実と呼ばれた女は抑揚なく即答し、率直な拒否を示している。

それにしても、小春はだれにでもこんなことをやっているのか……。久しぶりに会った人間にいきなりする話ではないし、着いた早々、挨拶も何もあったものではない。しかし往生際《おうじょうぎわ》の悪い小春は、何か閃《ひらめ》いたとばかりに手をぽんと叩いた。

「あ、そうだ。こういうのはどうかな。桐ヶ谷さんと夕実ちゃんがコラボするって案なんだけど」

「いいからさっさと奥行って」

桐ヶ谷は三和土で捲し立てている小春をせっついた。

家の中は暗さがどうかしているほどで、桐ヶ谷は壁が見えないほど物に埋め尽くされた玄関周りに目を凝《こ》らした。シートで日光が完全に遮断されているため、屋内は昼なのか夜なのかもわからないありさまだ。こんな場所で暮らしていれば心身ともに不調が出るはずだが、家主はいたって飄々としていた。

彼女は暗い玄関の電気も点けず「どうぞ」とぽつりと言ったきり、客を誘導するでもなくひとりで奥へ引っ込んでいる。足許が見えないほど暗く、電気を点けようにも壁にあるはずのスイッチは大量の物で塞がれていた。戸惑いに支配されている桐ヶ谷を横目に、小春が靴を脱ぎながら振り返った。

「彼女は夏川《なつかわ》夕実ちゃんね。家の中は前に来たときよりもきれいだよ。きっとがんばって片付けたと思うから、わたしらは褒めて伸ばそう」

「なんで僕らが伸ばすの」

小春は終始騒がしく喋りながら狭い廊下に体をねじ込んだ。所狭しと段ボールが積まれているため、歩けるスペースが五十センチほどしかない。桐ヶ谷は小春に続いてスニーカーを脱ぎ、真っ暗な狭い廊下を手探りで進んだ。物の多さに当てられて軽く目眩《めまい》を覚えていたが、奥の部屋には別の驚きが待っていた。

桐ヶ谷は室内に目を走らせた。

十畳ほどの空間にはいくつものランプシェードがぶら下がり、ガラス製だったり真鍮であったりとすべての形が異なっている。飴色の柔らかい明かりが室内を照らし出し、なんともいえない落ち着きを醸し出していた。大きな家具は樫材らしきローテーブルに革張りのソファと椅子が二脚、そして壁を覆う古そうな書架だけだ。本の代わりに絵皿などの細々とした雑貨が並べられ、雑然としているのにすっきりして見えるという不可思議な特徴があった。

この部屋にあるものは、見るからに造られた年代も国籍もめちゃくちゃだ。それなのに心地のよい統一感があり、難易度の高い洗練された空間を作り上げている。

「ここはジャンクの間なんだよ。全部アンティークだけど難ありのものばっかり。こういうどっか欠けたものっていいいんだよね。使ってた人の体温が感じられるから」

家主に代わって小春が説明をした。すると夕実が桐ヶ谷の目の前までやってきて、出し抜けに再び深々とお辞儀をした。

「わたしは夏川夕実と申します。よろしくお願いいたします」

「ああ、ご丁寧にどうも。桐ヶ谷です」

慌てて挨拶に応じ、小柄な彼女を見下ろした。色素の乏しい瞳は砂色で、放射状の虹彩がはっきりと浮かび上がって見えるほどだ。表情や角度によっては神秘的でもあり気味悪くもあり、印象が次々に切り替わるさまが造形的に興味深い。

小春と同じく、彼女も情報が多すぎる人間だ。桐ヶ谷は頭のなかを一旦整理した。あらゆるアンティークの蒐集家でありゴミ屋敷と見まごう家の所有者であり、そしてアルビノであり町の一角を私有地として独占している。何より、歳は二十代の前半ぐらいではないだろうか。これだけの物を集めるに至った経緯《いきさつ》が謎に満ちている。

夕実がそそくさと部屋を出て行こうとするのを見て、小春はすぐに呼び止めた。

「お茶を出そうとしてるなら気を遣わないでね」

「いいんですか？」

「うん、ペットボトルを持参してるからね。さ、座って座って」

夕実は人見知りが激しいようで、だれとも目が合わないように巧妙にすり抜けていく。そんな性質を理解している小春は、慣れた調子で猫脚の古そうな椅子に腰かけた。夕実は戸惑いを見せながら向かい側に腰を下ろし、桐ヶ谷も華奢な曲げ木の椅子に座る。そしてあらためて夕実の顔を見た。

小作りな顔には絵筆ですっと線を引いたような細い目があり、それが妖《あや》しさとなって夕実の印象を決定づけている。癖の強い髪は青みの強い白で、一般的な白髪や脱色した色とはわけが違っていた。身長は百五十そこそこと小柄だが、体幹がしっかりとしており見るからに病気ひとつしたことがないのがわかる。彼女の骨格や筋肉が伝えてくるのは、こんな場所での過不足のない暮らし。それに尽きる。

「それにしても、ベークライトを盗んだやつはまだ捕まってないんだよね」

小春がそう切り出すと、夕実は小さく頷いた。

「警察には保管の仕方が悪いと注意を受けました。これでは盗まれてもしょうがないだろうと」

小春は鼻を鳴らしてさも腹立たしげな顔をした。

「盗人がいちばん悪いに決まってんじゃんね。そうやってすぐ被害者の落ち度を指摘するから警察は嫌いなんだよ」

そうは言っても、警察が窘《たしな》めたくなる気持ちは痛いほどわかる。この家の管理状態では何があってもおかしくはないし、むしろ被害がベークライトの釦だけで済んだことは不幸中の幸いだと言えた。

桐ヶ谷がそう考えていると、夕実が真っ向から視線を合わせてすぐさっと逸らした。ほんの一瞬だったが刺さるような鋭い視線だった。

「桐ヶ谷さんは今、こんなゴミ屋敷なら盗まれて当然だと思いましたよね？」

これほど近くにいるのに夕実の声は通らず、いつまでもふわふわと宙に浮いているように頼りない。桐ヶ谷は質問について否定も肯定もせず、いきなり話題を変えた。

「一応、自己紹介をしておきます。小春さんから聞いているとは思いますが、僕は服飾関連のブローカーをしているんですよ」

「はい、聞いています。美術解剖学という分野の学位をもっているとも。ネットで調べてみたんですが、桐ヶ谷さんが著者の論文が出てきてびっくりしました」

「ああ、いくつかは書いてますね」

「正直、ブローカーという職種はよくわかりませんが、言葉の印象はよくありません。世間でも悪徳というイメージが強いし、どこか裏稼業のような響きがあります」

いきなり言い切った夕実には悪びれた風もなく、桐ヶ谷は苦笑いをするしかなかった。

一見すると夕実は人見知りでおとなしそうに見えるが、実際はコミュニケーションに問題を抱える難しいタイプなのかもしれない。初対面の者に対して手加減なしに放言するあたり、確実に周りからは敬遠されるし敵を作る。人とはかかわらずに生きてきたのが目に見えるようだった。

小春が横から口を挟んでざっと桐ヶ谷の仕事を説明したが、夕実は依然として首を傾げたまま言い切った。

「実態のない仕事でお金を撥ねるのは悪だと思います」

「まあ、そういう見方もあるね」

「なんのためにそんなことをやっているんですか？」

「逆になぜきみはそんな質問をするの？」

桐ヶ谷は困り果ててそう反問した。

蒐集癖からもわかるように、彼女はかなり執拗な性格らしい。つまり桐ヶ谷が何者なのかを納得しない限りは、話が先に進まないということだ。

どっと疲労を感じたとき、見かねた小春が間に割って入った。

「夕実ちゃん、この人は悪人じゃないから安心して。ものすごく変わってるけど、それを言ったら夕実ちゃんだってそうなわけだしお互いさまだよね」

変わり者の加減では小春がいちばんだろうと言いかけたが、桐ヶ谷はすんでのところで口をつぐんだ。

「とにかくさ。ベークライトのことを聞きたいんだよ。なんせほかのコレクターはだんまりを決め込んでるし、今んとこ夕実ちゃんしか頼れる人がいなくてね」

「泥棒の件は大丈夫でしょうか。桐ヶ谷さんから情報が漏れるかもしれないし……」

「いや、それはないから」

桐ヶ谷はかぶせて言った。

夕実の猜疑心《さいぎしん》はとどまるところを知らないようで、主に桐ヶ谷を徹底的に疑ってかかっている。いい加減面倒だし別に席を外してもかまわないのだが、小春がここまで一目置いている存在ということには素直に興味があった。

しばらく何事かを考え込んでいた夕実だったが、やがて小さく咳払いをして上目遣いに小春を見やった。

「約束の件は大丈夫ですか?」

「うん、まかせといて。夕実ちゃんは十六世紀から十八世紀に作られたボビンレースが欲しいんでしょ?」

「はい、そうです。でも、出まわっているものは模倣品《もほう》がほとんどだと思います。かなり調べましたが入手は非常に困難ですよ。それよりも、小春さんは間違いなくホンモノを見分けることができるんですか?」

夕実は探るような目を向けるが、小春は口を開けてあっけらかんと笑った。

「十九世紀以降のボビンレースは、過去の焼き直しがほとんど。モチーフが昔のままだから、初期物だと勘違いするコレクターが大量にいるのはそこだよ。売るほうもそれっぽく劣化加工をしてるしね。でも、新しいものは根本的にレースのパターンが拡大しちゃってるから見分けるポイントはそこかな」

「なぜパターンが拡大しているんです?」

夕実は小春をわざわざ試すように質問を投げかけた。

「年代の新しいボビンレースは、昔のものより粗い麻糸を使ってる。だから繊細さに欠けるし、糸の太さのぶんだけ柄が広がっちゃうんだよ。綿のガス糸を使っていたら、まず間違いなく十九世紀以降のものだし見分けるポイントはいくつかあるけどね。この程度のことがわからないようなら、古物商を名乗らないほうがいい」

　すると夕実はぱっと笑顔を弾けさせ、いささか身を乗り出した。

「その通りです。あなたは信頼できます。わたしが欲しいのはブリュッセル・レースで、モチーフと下地部分が別々に作られている非連続糸方式のものなんです。六角形の編み地が入っているものをずっと探しているんですよ。ここ五年で偽物ばかり摑まされていますが」

「夕実ちゃんが探してるタイプはまず持ち主が手放さないから、市場には滅多に出ないんだよねえ。でもまあ、いくつか当たってみるよ。正直言って時間はかかるかもしれない。モノは小さくてもいいんでしょ？」

「はい。作りかけであっても、十八世紀以前のものならかまいません。それと、わたしからの情報はレースと引き換えでお渡しします」

「は？」

　小春は目を剝いた。

「そんなの、入手はいつになるかわかんないんだって。電話でも言ったじゃん。必ず手に入れるから情報は今日ちょうだいよ。わたしと夕実ちゃんの仲なんだしさ」

「それは駄目です。本来、取引とはそういう厳しいものだと思います」

　夕実は色素の薄い目を輝かせ、真っ白い肌を仄かに上気させている。これほど物を蒐集していながらまだ欲するとは、コレクターという人種の貪欲さには恐れ入る。が、手に入ればあとは保管するだけという感覚が桐ヶ谷にはわからなかった。

ともあれ、夕実の情報対価は希少な古いブリュッセル・レースであり、それがなければ口を閉ざすというわけか……。ある意味、やり手だと言えなくもない。

桐ヶ谷は腕組みして椅子にもたれ、世界じゅうを放浪していたときのことを思い出していた。そしてある老婆の顔を思い浮かべながら口を開いた。

「ブリュッセル・レースならすぐ手に入るよ」

夕実は「え？」と声を上げたきり動きを止めた。

「以前、ある職人に会うために、ベルギーの西部にあるフランドルへ行ったことがあった。そこで会った八十過ぎのおばあさんが、十八世紀のブリュッセル・レースを山ほど所有していたよ」

「ちょっと、それは間違いないの？」

小春は桐ヶ谷の腕を摑んで目を合わせてきた。古い服飾付属品や衣類を骨董品という目で見たことはなかったけれども、彼女らの反応を見るにかなりのお宝のようだ。

「そのおばあさんから聞いた話を思い出してね。十八世紀以前のブリュッセル・レースは最高級の極細リネン糸のみで作られていた。だからレースを編む女工は暗幕を張った真っ暗な部屋で働いていたんだ。おまけに夏でもストーブを焚《た》いて常にお湯を沸かして」

「なぜです？」

夕実はかぶりつくように問うてきた。

「麻は紫外線を浴びると変色して劣化する。それを防ぐために、工員は一日中暗くてじめじめした部屋で作業したんだよ。手許の一ヵ所にだけ明かりを落とすことは許されていた。そのせいで視力が落ちたり熱中症になったり、健康被害が多発していたみたいでね」

「それはおかしくもなるよ。初めて聞いた。そう考えると苦役も価値に反映されてるのかもしれないね。古いブリュッセル・レースは宝石類と同じような値段がつくから。昔は富と権力の象徴だった」

小春は神妙な顔で顎に指を当て、桐ヶ谷も同意して頷いた。

「ベルギーで会ったおばあさんの祖先がレース職人で、当時のブリュッセル・レースが屋根裏部屋にしまい込まれてたんだ。ひとつひとつ手が込んでいてすばらしいものばかりだったよ」

「ということは、そのおばあさんに譲ってくれるように交渉すればいいんだね？　ていうか、まだ生きてるよね？」

「生きてるよ。それに、レースは何枚か僕がもらってきてるから」

小春は声にならない声を出し、夕実はもはや固まったように動かない。

「ホントなの？　ホンモノなら博物館に展示されてもおかしくないほどのものなんだよ！」

「まずモノは間違いないと思う。とにかく小春さんが鑑定して。話はそれからだ」

すると夕実は興奮から身震いし、綿菓子のように広がっている白い髪を忙しなくかき上げた。

「し、信じられません！　ずっと探していたものをあなたがもっているだなんて！　すぐにでも飛んで行きたい気持ちです！」

「こういうものは巡り合わせだもんね」

桐ヶ谷は半ば涙ぐんでいる夕実に笑いかけた。そしてすぐに笑顔を引き揚げ、当然のようにつけ加えた。

「でも、レースを渡すには条件がある。今ここできみのもつ情報を渡すこと。それができないなら交渉は決裂だから帰らせてもらう」

夕実はたちまち顔を強張らせ、いきなりおもちゃを取り上げられた子どものように愕然とした。姑息《こそく》な駆け引きだがしようがない。そもそも、彼女のもつ情報とやらが有用かどうかもわからないのだから、この条件を飲めないならそこまでだった。

隣では小春が息を吞んでおり、事態の行く末を見守っている。夕実は膝の上で拳を握りしめ、唇を引き結んで悔しさに苛まれていた。苦悶《くもん》するように白い眉根を寄せて考え込んでいたが、やがてもう降参だとばかりに息を吐き出した。

「……わかりました。あなたを信じます。ただし、もし偽物だった場合は詐欺として裁判を起こします」

いよいよ本格的に面倒になってきた。桐ヶ谷はうんざりしながら小春に目配せをした。

夕実は立ち上がって棚に置かれたタブレットを取り上げ、桐ヶ谷を非難するように見てからまたソファに腰かける。そして画面に指を滑らせて操作し、こちらに向けた。

「これは一昨年、ベークライト釦が盗まれたときの防犯カメラ映像です。警察にも提出しました。その後、なんの音沙汰もありませんが」

夕実は恨みがましくそう言って再生ボタンを押した。

映像は暗視モードのようで、白黒の景色が広がっている。場所はこの家の玄関先だ。積み上げられた物がまるで山のようにそびえて陰になっていた。二分割され、二方向から記録されている。

桐ヶ谷と小春は画面に顔を近づけた。左上の日時は一昨年の十月五日、深夜二時過ぎだ。外灯も電柱もない私道は静まり返り、アスファルトのひび割れから生えている雑草が風で揺れている。前は墓場で周囲は倉庫とゴミ屋敷さながらの家屋。当然ながら夜更けにこんな場所を通る者はおらず、人の気配は皆無だった。

「このあと、泥棒が現れます」

夕実が無感情に言った瞬間、ひとつの画面の右側から人影が現れた。ニット帽を目深にかぶり、マスクをして目許はサングラスで覆われている。人相はまったくわからない。が、体格を見る限り男で、おそらく四十代後半から五十代前半だと思われた。首の脇にある胸鎖乳突筋《きょうさにゅうとっきん》に衰えがあり、首と肩周りに脂肪がつきはじめているのがわかる。これは中年の特徴だ。そしてひどいがに股で弾むような歩き方だった。

「どこにでもあるような作業着姿だね。ホームセンターに売ってるようなやつ」

小春がくぐもった声を出す。社名などの刺繍《ししゅう》もなく、ごく一般的な作業着だった。身長は百七十ぐらいに見えるが、これは姿勢の悪さと骨の変形からくるもので、実際はプラス五センチと見ていいだろう。

夜更けに現れた盗人は脇目もふらずに歩いていたが、次の瞬間、足を滑らせたらしく右肩を下にして豪快に転んだ。

「うわ、痛そう……」

小春は反射的に顔をしかめた。男はのろのろと立ち上がって作業ズボンをぎゅっと摑み、痛みに耐えているのかしばらく動きを止めている。ずいぶん長い時間、太ももの前あたりをさすっていたが、やがてプラスチックの衣装ケースに手を伸ばし、おもむろに蓋《ふた》を開けて中身を出した。

「この場所に釦があるとわかっていた者は?」

桐ヶ谷は無表情に徹している夕実に問うた。不審者はてっきりあちこちを物色するのだと思っていたが、狙いを定めたようにひとつの衣装ケースだけを狙っていた。

「保管してある物の場所はわたししか知りません。ただ、以前は紙を貼っていたんです。その衣装ケースには、『釦類、ベークライト』と書いてありました」

まさに盗んでくれと言わんばかりだ。

窃盗犯の男はズボンのポケットからコンビニ袋を引きずり出し、封筒に小分けされているらしい釦を次々に突っ込んでいる。そしていそいそとケースの蓋を閉め、来た道を引き返していった。その間五分もかかっていない。しばらく歩いて画面から消えた。

夕実は停止ボタンを押して小春に目を向けた。

「この人物に心当たりは?」

「ないよ。だいたい顔もわかんないしね。ほかのコレクターには聞いたの?」

小春の質問に夕実は首を横に振った。

「わたしは犯人が知り合いだと思っていますし、だれひとり信用していません」

「その気持もわかるけど、ほかにも被害者がいるからね。ちなみに盗まれた夕実ちゃんのコレクションがアメリカ人の手に渡ったって聞いたけど、売った人間はわかったの?」

「いいえ。ネットで取引したみたいで、顔も名前もわからないそうです。警察は、売られた釦がわたしのものかどうかわからないと言っていました。それを指摘されるとどうしようもないですね。まずわたしがベークライトのコレクションを所有していた証明から始める必要がありますから」

夕実は唇を歪め、苦笑いとも憤りとも取れる面持ちをした。確かに鑑定書でもない限り、売られた釦が彼女のものだという確証はない。

夕実はため息混じりに続けた。

「被害金額はおよそ百三十万です」

「百三十万？　コンビニ袋ひとつで？」

桐ヶ谷は思わず聞き返したが、夕実は憂鬱そうに柔らかな白い癖毛を払って身じろぎをした。

「この際お金のことはどうでもいいです。ただ、思い出があるものだから諦めがつかないんですよ。釦についた傷も全部覚えていますから」

そこまで大切なら保管方法をなんとかするべきだが、彼女はそういうところが著しくズレているのかもしれない。

桐ヶ谷は鞄からペットボトルの水を出し、ぬるくなったそれを喉の奥へ流し込んだ。すると小春がスマートフォンを操作して、画像を表示し夕実に差し出した。

「ちなみにこれなんだけど、なんかわかることある？」

それを見た桐ヶ谷はむせ返った。しばらく咳き込み、口許を手の甲でぬぐう。小春のスマートフォンに表示されている画像は、遺留品のカーディガンについていた釦ではないか。大写しにされており、手ブレでいささか輪郭がぼやけている。

「ちょっと待て。まさか警察で盗み撮りしたの？」

桐ヶ谷は信じられない思いで小春を見つめた。彼女は首を傾げており、前に垂れ下がったまっすぐの髪を耳にかけた。

「人聞きが悪いこと言わないでよ。これはスマホを落としたときに偶然撮れちゃったものなの。意図せず偶然にね」

「うそつけ」

「ホントだって。遺留品を見せてもらったあの日の帰り際、ミツばあちゃんが盛り塩を回収して二人の刑事に身代わり形代の話をしてたでしょ？　厄祓いの方法で縫い針を五本用意するのがどうとか」

そんなこともあった。ミツが刑事たちに熱心に災いの恐ろしさを説き、南雲はいい加減うんざりしていた。あの状況のなかで撮影した？

「あのときさ、スマホを出したら手が滑って遺留品の上に落ちたんだよ。そしたらなんと、思いがけずに写真が撮れてたってわけ」

「しらじらしい。なんかの罪に問われるな。捜査課の刑事の前で堂々と盗撮とは」

「いいんだって。立件できなきゃ罪じゃないんだし、気づかない時点で刑事もどうかしてるしね」

どうかしているのは小春のほうだ。苦労してようやく刑事との伝手を作ったのに、バレたら一瞬で終わりではないか。

小春の倫理観について釘を刺さなければならない。まったく悪びれない女に半ば説教していたが、夕実は気にも留めずにスマートフォンに見入っている。体質による羞明《しゅうめい》があるようで画面の明るさをたびたび調節し、目を細めて角度まで変えた。

「電気を消したほうがいい？」

桐ヶ谷が気を遣って言ったが、夕実はいいえ、と即答した。

「自分の視力をずっと〇・〇一だと思ってたんです。学校の健康診断ではそう言われ続けてきたので。でも、見えなかったのは環境のせいだと卒業してから気づきました。保健室の白いカーテンとか白い壁とか、そういうものが眩しくて見えなかっただけ。実際の視力はいいほうですから」

夕実はスマートフォンから顔を上げた。

「この釦は国産のベークライト、それも初期物で間違いありません。十五年以上前に、売られているものを一度だけ見たことがあります。そして盗まれたわたしのコレクションもこれと同じものです」

「同じもの？　いや、それよりも十五年前？　いったいきみはいくつなの？」

「二十二です」

夕実は淡々とそう答えたが、十五年以上前ならば七歳以下ではないか。疑問符を浮かべている桐ヶ谷をちらりと流し見て、彼女は口を開いた。

「父が古物商でしたので、買いつけについていったときに見たんです。わたしは一度見たものを忘れませんので」

その言葉を聞いてようやくわかった。敷地内にある大量の蒐集品は彼女がひとりで集めたのではなく、父親が買いつけたものではないのか……。ならばなぜこのありさまになっているのかは疑問だったが、複雑な事情があることだけは想像がついた。

小春は質問を引き継いで話を進めた。

「十五年前に見たベークライトは、ホントにこれで間違いないの？」

「はい。菊型のカットと深い珊瑚色の材質。間違いないです」

「まさか、これは夕実ちゃんとこから盗まれた釦ではないよね」

夕実はすぐさま白い髪を揺らしながらかぶりを振った。

「その画像の釦はわたしが所有していたものではありません。傷がほとんどありませんので。その釦と同じものが、日暮里《にっぽり》でひと山二千円ぐらいで売られていたと思います」

「ひと山二千円？　うそでしょ。今なら一個数万で買うコレクターもいるのに」

夕実は大きく頷いた。

「当時、日暮里ではよく古物市みたいなものが開催されていました。内容は生地や服飾用品ばかりでしたが、かなりの掘り出し物があると父が言っていたと思います。父はレースを探しに行ったので釦には見向きもしませんでしたが、値段の安さにつられてベークライトを買っていました」

「それは店で売られてたの？」

「いいえ、露天にシートを敷いて出店していましたよ。フリーマーケットみたいに。その人は釦ばかり大量に売っていて、勤めている工場で出たものだと言っていました。不良品で何十年も倉庫に保管してあったものだけど、普通に使うぶんには問題ないと」

「デッドストックか……」

小春は難しい顔をした。

商品として出まわっていないのなら、被害者の少女がどこで手に入れたのかがわからない。ワンピースといい釦といい、市場に出ていないというのが事件解決の鍵なのかもしれないと桐ヶ谷は思った。

夕実は思い出すようにテーブルの傷をじっと見つめ、ゆっくりと言葉を送り出した。

「父がベークライトのバックルはないかと聞いたんです。顧客にバックルのコレクターがいたので探していたんですね。でも、その人は樹脂製の釦しかないと言っていました。工場は国分寺《こくぶんじ》にあると聞いたような気がします」

「国分寺？」

「はい。でもこれは自信がありません。父とその人が名刺交換したのを見た記憶はありますが、もう見つからないと思いますし」

桐ヶ谷は腕組みをして考えを巡らせた。売り物ではない釦が死んだ少女の着衣についていた理由は、少女の身内が釦工場に勤務していたか、アトミックの生地と同じく工場内でB品を販売していたか、あるいは夕実の父親のように日暮里で購入したのかの三択ぐらいしか思い浮かばない。

すると夕実が神妙な様子の二人を見まわし、いたって平坦な声を出した。

「お二人が何を調べているのかは聞きませんし、知りたくもありません。警察が絡んでいるようですし、わたしの名前は決して出さないでください。あと、ブリュッセル・レースの件はよろしくお願いします。わたしたち全員のために、ホンモノであることを祈っています」

夕実はもうお開きだと言わんばかりにすっと立ち上がった。レースが偽物であれば、本当に裁判を起こしかねない気迫が彼女にはある。

夕実は無言のまま二人に目配せをし、玄関のほうへ手を向けた。

3

「ちょっと小岩に寄っていきたいんだけどいいかな」

錦糸町駅に到着してすぐに言うと、小春は桐ヶ谷を横目で見てからオーケーと返事をした。そして改札を抜けてホームへの階段を昇りながら再び口を開く。

「聞かないの？　夕実ちゃんのこと」

彼女の家からの道すがら、ずっとそれを考えていたようだ。桐ヶ谷は階段を駆け下りてくるサラリーマンを避けながら小春に目を向けた。

「なんの情報もなくあの家へ行ったのは、かえってよかったのかもしれない。それにきみが率先して言わないってことは、いい話ではないんだろうし」

「まあね。でも桐ヶ谷さんには知っていてほしいかな。特に理由はないけど」

人の多いホームを奥へ進み、二番線の四号車付近で立ち止まった。スマートフォンに目を落とすと、時刻は三時十分と表示されている。反対側の電車が耳障りなブレーキ音を上げて到着すると、金属的な臭いのする風が巻き上がって小春は小さく咳き込んだ。

「夕実ちゃんは母親を早くに亡くして、父親と二人暮らしだったんだよ。彼女も言ってたけど父親は古物商で、コレクター筋からの信頼は絶大だった。とにかくすごい目利きで、ガラクタの中からお宝を見つける天才でね。カリスマとか言われて本も出したと思う」

そこへ千葉行きの総武線《そうぶ》が滑り込んできて、二人はやかましい構内放送を聞きながら電車に乗り込んだ。思ったよりも人は少なく座席もぽつぽつと空いている。しかし小春は座らずドアの脇に立ち、外を眺めながら再び口を開いた。

「もう十年以上は経ってると思うけど、大問題が起きたんだ。彼女の父親が古い空き家を狙って、古道具とか骨董品を盗み歩いていたことが発覚したんだよ。要は客に盗品を売り捌いてた」

「それは最悪だな」

「うん。これだけでも救いようがないけど、問題は、盗みの現場に必ず夕実ちゃんをつれていったことだよ。幼い娘を見張りに使っていた。目立たないように髪を黒く染めて、空き家の近くに立たせて人が来たら教えるようにって」

その様子を思い浮かべると、胃のあたりがちくちくと疼いた。

電車は亀戸《かめいど》駅に停止し、人の乗降がほとんどないままドアが閉まる。再び動き出して加速しはじめたとき、小春が話の先を続けた。

「いくら髪を黒く染めても、夕実ちゃんはあの通り信じられないほどの色白だからね。そういう特徴から全国各地で目撃情報が出たんだと思う。ある日父親は逮捕されて娘は母方の祖父母に引き取られた。でも、十六であの家に戻ったって聞いてる。それからずっとひとりだよ」

「父親は？」

「さあね」

小春は首を横に振った。

「ムショから出所したって噂は聞いたけど、それっきり姿をくらましてるらしい。そんなどうしようもない父親を、娘はあのゴミ屋敷でずっと待ってる。あの一帯は夕実ちゃんちの敷地で大地主だからお金には困ってないのが幸いだね。かなりの数のアパート経営もしてるみたいだしさ。たとえ犯罪者でも、彼女にしてみれば大好きな父親だったんだよ。だからこつこつとコレクションを増やして、また父親が商売できるように準備してるんだ。もう何年も何年も」

「いや、もういい。わかった」

桐ヶ谷はドアの外へ顔を向け、あふれてきた涙をシャツの袖口でごしごしとこすった。不意打ちでこんな話を聞かされると、後々まで引きずるからたちが悪い。真っ暗な家で何台もの防犯カメラ映像を確認している夕実は、盗人を警戒しているというより父親の気配を探っているのではないだろうか。このまま何年も、あんな穴蔵にこもって無為に過ごすのかもしれないと思うと心底やりきれなかった。

電車の揺れにまかせてパイプにもたれかかり、なんとか気持ちを鎮めようと腐心した。それを見ていた小春が、どこか包み込むようなおおらかな笑みを浮かべた。

「桐ヶ谷さんて、しょっちゅういろんなとこで泣いてるよね。わたしなんか年に一回泣くか泣かないかだからなんか羨《うらや》ましいな」

男のくせに……とは幼少期から数えきれないほど言われてきたが、羨ましいなどという言葉は初めてだった。桐ヶ谷は笑った。

「逆に、きみが年に一回どんなことで泣くのか知りたいね」

「オンラインゲームの待ち合わせに一分遅れただけなのに、問答無用でギルドから叩き出されたとき。悔しくて悲しくて大泣きしたよ。今年の正月のことだけど、今は復讐の機会を窺ってる」

今の桐ヶ谷にとっては、実にばかばかしくて心温まる話だった。

小春は知ってか知らずか人の心を軽くすることができる人間だ。しょっちゅう悪態をついてはいるが裏表がなく、昨日まで敵だった人間とも難なく打ち解け遺恨を残さない。この悠然とした雰囲気がある種の仇《あだ》となり、逆に異分子として商店街の面々からは敬遠されていると桐ヶ谷は分析していた。だからといって周りに本気の敵愾《てきがい》心を抱くわけでもなく、小春はいつのときもまっすぐ前を向いている。その気負いのなさや強さが、桐ヶ谷にはとても眩しく映っていた。

いったいどういう育ち方をしたのだろう。桐ヶ谷はますます興味が湧いた。

「実家はお寺なんだし、きみが説法でもしたらウケるだろうね」

「ああ、やったことあるよ」

「え？　いや、よくご両親が了解したね……」

「するわけないじゃん。お磨きの日に檀家が集まってたから、ノリで喋ったら大ウケだったんだよね。オンゲと古着を絡めて教義を説いたんだけど、親に見つかってさんざん説教されたよ。僧侶の修行もしてない娘が、寺の格式を下げたって勘当されそうだった」

そんなおかしな法話があれば、金を払ってでも聞いてみたいものだ。これからの時代、寺が檀家を繋ぎ留めるのは容易なことではないと聞くが、小春を投入すれば新たな境地が見つかりそうではある。

そうしているうちに電車は小岩に到着し、二人は下車して駅の南口を目指した。今日は夕方から雨の予報だったが、鈍色だった雲が切れてところどころで薄日が射している。むっとするような湿度と人いきれで蒸し暑さを感じ、桐ヶ谷はシャツの袖をまくり上げた。

「小岩になんの用なの？」

せかせかと歩く小春が問うてきた。そういえば、まだ彼女には話していなかったことを思い出す。

「今朝、市川にある古い生地屋に問い合わせたんだけど、被害者が着ていたアトミック柄の生地はその工場で作られたことがわかったんだよ」

「うそでしょ！」

小春は大声を出し、桐ヶ谷に顔を向けた。

「重要情報じゃん！　どういうこと！」

大きな目をさらに大きくみひらいている小春は、急かすように腕をぶつけてくる。桐ヶ谷は事の経緯を説明し、すでに南雲刑事に電話していることも伝えた。適当にあしらわれたことも含めて。

小春は歩きながら首を傾げた。

「ますますわけがわかんないね。小岩の機屋で売られた生地のワンピースを着て、女の子は阿佐ヶ谷で殺された」

「そう。それにきみの見立てが正しければ、ワンピースは着用頻度のないデッドストックだった可能性がある。六十年以上も前に仕立てられた服が未使用のまま少女に譲られたわけだから不思議だよ。釦の件もあるしね」

桐ヶ谷は歩を進めながら喋った。

既製品を買ってしまい込み、うっかり忘れて新古品になってしまったのとはわけが違う。当時は客のサイズを測ってオーダーを受け、数回の仮縫いを経てから服が仕立て上がるという工程を踏んでいるのだ。金と手間暇をかけてせっかくあつらえたワンピースを保管しておいたとすれば、意味がわからない行動だった。

「それで、アトミックを売った機屋を訪ねようってわけ？」

小春の問いに桐ヶ谷は頷いた。

「もうとっくの昔に潰れてなくなってるのに？」

「そうなんだけど、ちょっと周辺を見てみたいんだよ。たとえば近所の年寄りなんかは、当時の川島織維を知っていてもおかしくはないから」

「いよいよ警察に対抗する気になったんだ。その気持ちはよくわかるよ。南雲っておっさん刑事はあまりにも心がないからさ」

桐ヶ谷もそれは思うところである。ただ南雲を擁護《ようご》するなら、一切の隙を作らない強靱《きょうじん》な精神で物事に接しているからこそ心が見えづらい。すぐ動揺する桐ヶ谷など相手にならないのは承知していた。もちろん警察に対抗するつもりはないが、このままだらだらと情報を提供しても南雲が採用しなければそこで終わってしまうという図式はあまりに不毛だった。

二人は国道を一本渡り、マンションや戸建てが並ぶ住宅地に足を踏み入れた。古い民家の間に古びた銭湯が突如として現れ、すでに入浴を終えたとおぼしき老人たちが軒下でビールを呷《あお》っている。板を渡しただけの簡素なベンチで談笑している姿が、ひどく感傷を煽《あお》っていた。南小岩九丁目は古い木造の戸建てが目立つノスタルジックな町ではあるのだが、周囲との整合性がなくどこか映画のセットのようで現実味が薄い。

桐ヶ谷はスマートフォンを出してくすんだ町並みを撮影し、現地の地図を確認した。画面に目を落としながら、子ども用の自転車がごちゃごちゃと置かれている路地を抜ける。そして竹垣のある角を曲がったところで立ち止まった。斑目老人に教えてもらった機屋の住所には、比較的新しい木造のアパートが建っていた。

「六十年以上前、ここに川島織維があった。だからどうしたって話だけど」

桐ヶ谷がぼそりと言うと、小春は周囲をきょろきょろと見まわした。

「この角から先はアパートだらけだね。今通ってきたとこは古い家ばっかだったけど」

「みんなだいたい築三十年ぐらいのアパートだな。昭和三十三年、この辺りは町工場が固まってたみたいだけど、もうその面影はない」

桐ヶ谷は少し先まで行って通りを覗き込み、周辺を歩きまわってから戻ってきた。

「六十年以上も前にここにあった川島織維でアトミックの生地を買い、腕の立つテーラーでワンピースを仕立ててずっと取っておいたことになる。単純に考えればこの辺りに少女の身内が住んでいた。いや、彼女自身も住んでいたのかもしれない」

すると腕組みした小春は、しばらく考え込んでから口を開いた。

「被害者の女の子がここに住んでいたんだとして、なんのために阿佐ヶ谷の団地まで移動したのかな。真冬につっかけサンダルでコートも着ないで、電車に乗るとは思えないし」

「車で移動したとしか考えられない。その車の持ち主が犯人なんだろう」

もっとも、それは少女がここに住んでいればの話だ。

「ちょっと話を聞いてみよう。さっきの銭湯に年寄りが何人もいたから、昔の話が聞けるかもしれない」

桐ヶ谷は小春に目配せし、来た道を戻りはじめた。

スマートフォンを見ると時刻は四時ちょうどを表示しており、辺りは刻々と薄暗くなっている。先ほどまで射していた薄日も消え失せ、再び厚い雨雲が空で渦を巻いていた。

青いタイル張りの銭湯の前には、まだ三人の老人たちがたむろしている。

「小春さん、彼らに話しかけてもらえる？」

「なんでさ。自分が行きなよ、わたしは後方援護するから」

「いや、小春さんはこういうのが得意だと思ってね。知らない人間とあっという間に打ち解けられる才能がある。磯山さんも瞬殺だったし」

「磯山さん？　だれだっけ」

小春は訝しげな顔をし、桐ヶ谷は理容師の磯山だとつけ加えた。

「ああ、あの床屋のおっさんは早急に落とす必要があっただけだよ。うちの店が町の雑魚どもに砲撃される前に、磯山さんを取り込んでランクを上げておこうと思ってさ。おっさんは高円寺南商店街の理事だしチートなんだよ。最終進化はまだこれからだけど」

「あれ以上どう進化させるつもりなんだよ」

磯山をすかさずゲームキャラに喩えてくる小春に、桐ヶ谷は思わず噴き出した。

小春はぶつぶつと文句を言いながらも銭湯のほうへ歩き出した。そして今までとは打って変わり、爽やかな笑顔を作って老人に挨拶をした。

「こんにちは。もうそろそろ降り出しそうですね。今週はずっと雨の予報だし、気温が下がるみたいですよ」

声のトーンがまるで別人で、今この場だけ見れば親しみやすい個性的な美人だった。首にタオルをかけた三人の老人は小春を無遠慮に見ていたが、彼女につられて曇り空を見上げた。

「今日は予報が当たりそうだな。気温もそろそろ下がってもらわにゃ困るよ。日中は暑くてかなわんし」

「確かに。でも昨日今日ぐらいの陽気がいちばんビールがおいしいと思いません?」

毛玉の浮いた紺色のジャージを着込んでいる老人は「言えてるな」と言ってにやりとし、なんの抵抗もなく会話に応じている。三人とも八十前後というところだろう。みな顔の色ツヤがよく健康そうだ。

小春はひときわ華やかに笑い、あらためて老人たちに会釈をした。

「ちょっとお聞きしたいことがあるんです。わたしたちは東京の古い町並みを研究しているんですよ。あ、名刺はちょうど切らしちゃってないんですけど」

口滑らかにうそをつく小春は実に自然体だ。それどころか活き活きして見える。桐ヶ谷も小春の隣で頭を下げた。

「わたしは桐ヶ谷と申します。この辺りの町並みは独特ですね。ほとんど開発の手が入っていないように見えますよ」

「ああ、そうだな。九丁目は古参ばっかりだから昔のまんまだよ。だが、俺ら年寄りが死んだらどうなるかはわからんね。南のほうはアパートだらけになってるし、ここらもいずれはそうなるんじゃないか」

「それは悲しいですね。本当に希少な町だと思います。特別保護区域にしたいぐらいに」

桐ヶ谷がそう言うと、老人たちはいささか誇らしげに笑った。

「ちなみに、昔この辺りは町工場がたくさんあったと聞きましたが」

「ああ、そうだ。どれも家内工業みたいなもんだよ。昔はいろんな商売があった。小岩の駅は小さかったが、商店街はここらじゃいちばんでかかったしな。活気があっていい時代もあったが、町工場なんかはほとんど潰れたよ」

「そうだなあ、移転した工場もあっけど、夜逃げで終わったようなとこも多い」

前歯が何本かないらしい老人が、空気の抜けるような声を出した。小春は手帳を開き、彼らの言葉を書き取っている。そこから老人たち三人は昔話に花を咲かせ、個人名も交えながら地元の人間しかわからないような話題を次々に繰り出した。桐ヶ谷と小春は相槌を打ちながら辛抱強く耳を傾け、話が途切れたところですかさず話を変えた。

「ところで、このあたりに川島繊維という工場があったと思うんですが、ご存じないですか？」

「川島？」

ひとりが繰り返したが、すぐ白い髭を蓄えている老人が口を挟んだ。

「ああ、あったあった。川島繊維。何十年ぶりかでその名前を聞いたぞ」

老人はほかのふたりに説明しはじめると、すぐに思い当たったような顔をした。

「あそこも夜逃げだ。生地を織る機械だの薬品だのゴミだの、そういうもんを全部置いてひと晩でいなくなった。そのあと金貸し連中が血まなこになって捜してたって聞いたぞ」

「なるほど、はぶりがよかったと聞いたんですが」

「どうだかなあ。よく軒先で生地なんかを売ってたが、客はみんな商売女だ。町の連中はいい顔してなかったよ。貧乏人も集まってきてたし、治安が悪くなるからな」

老人は差別などという意識なく淡々と口にした。斑目が語ったことは事実らしい。川島繊維はこの土地でアトミック柄の生地を確かに売っていたのだ。

桐ヶ谷は帆布の鞄からタブレットを引き出し、画像を開いて自分の描いた少女の似顔絵を出した。顎髭にたびたび触れている老人に画面を見せる。

「この少女に見覚えはないですかね」

老人はタブレットを手に取り、少女の顔をじっと見つめた。ほかの二人もそろって覗き込んでいる。「だれだこれは」とつぶやきながら三人は見入っていたが、白髭の老人が顔を上げてタブレットを桐ヶ谷へ渡した。

「どことなく川島の娘に似てるな」

「川島の娘？　夜逃げした川島繊維のですか？」

桐ヶ谷と小春が身を乗り出すと、老人はひとつだけ頷いた。

「上の娘に似てるような気がする。なんつうかこの絵みたいに幸薄い顔でな。醜女《しこめ》ではなかったが、離れ目で変わった顔だと俺は思ってたんだ」

「いくつぐらいです？」

「そうだな……。その娘は婿《むこ》を取ったと思う。行き遅れの晩婚で、三十前ぐらいだろうか。よくわからん。なんせ俺は当時まだ成人してなかったしよ」

　すると歯抜けの老人が、ようやく思い出したとばかりに大きく頷いた。

「わかった、ようやっと思い出した。川島の娘っつうと、あの仕立て屋と所帯をもった女だよな」

「し、仕立て屋？」

　桐ヶ谷は思わず声を上ずらせた。

「赤線のほうにいた男だって聞いたことがある。川島は自分の工場で作った反物で、洋服を縫って売ろうとしてたんだよ。手広くやるつもりだったが、赤線が潰れた煽りで一緒にダメになったんだろ」

「もしかして、その仕立て屋は腕がよくなかったですか？　たぶん、町で評判になるほどだったと思うんですが」

「ああ、そうだ。うちの兄貴が結納《ゆいのう》のときに着る背広をあつらえたんだが、それを縫ったのが川島の娘婿だよ。仕上がりがよくて値段も安かったもんで、注文が殺到したようなことは聞いた」

　桐ヶ谷は素早く頭を巡らせた。

　川島繊維は生地製造のほかに、洋服を作って売る商売を目論《もくろ》んでいたのだろう。オーダーではない既製服の走りだ。赤線界隈からの情報を得て、腕のいい仕立て職人を引き抜き娘の婿として迎えた。その男が作ったのが、被害者の少女が着ていたワンピースではないのか？　腕は確かだがどこか硬さが抜けず、男性用の洋服を専門にしていた節が遺留品からは窺えた。ここまでの筋は通っている。

桐ヶ谷は興奮を押し殺して質問を続けた。

「川島繊維が夜逃げしたあと、どこへ行ったのかはわからないですか？」

「それはわからんよ。金貸しのヤクザみたいな連中がしらみ潰しに捜したらしいが、まるで消えたようにいなくなったって親から聞いたことがある。おおかた地方で一家心中でもしたんだろう。当時はそういう悲惨なことも多かったからな」

そうではないはずだ。桐ヶ谷は神妙な面持ちの小春に頷きかけた。夜逃げして行き着いた先が阿佐ヶ谷なら、少女が真冬につっかけで外に出た理由にもなる。事件現場となったひかり団地のすぐそばに、川島一家が住んでいたのではないだろうか。いや、今も住んでいる可能性があった。

快く話してくれた老人に礼を述べ、桐ヶ谷と小春は駅へ足を向けた。すっかり辺りは薄暗くなり、先ほどから霧雨《きりさめ》まで舞いはじめている。街灯がぼんやりと雨ににじむ通りを歩いていると、小春がぶつかるほど近くに寄ってきた。

「わたし、さっきから心臓が暴走しっぱなしだよ。あのじいさんは似顔絵を見て川島の娘だと思ったんだから、被害者の女の子はその娘、いや孫で間違いないいんじゃない？」

小春は高揚のためか息が上がっている。

「たぶん孫だな。昭和三十三年に川島繊維の長女が三十近くと仮定して、十年前の事件当時にまだ生きていれば八十前後。十代前半の孫がいてもおかしくはない」

「わたしら完全に警察を出し抜いてるよ」

そう言いながら小春はむせ返り、桐ヶ谷の腕を摑んできた。

「警察が十年かけてもわかんなかったことを、遺留品から推測して真相にたどり着こうとしてるんじゃないの?」

「そう思えるけど、まだまだわからないことが多い」

桐ヶ谷は歩きながら話の先を続けた。

「阿佐ヶ谷の団地がある地域は、徹底的に捜査されている。もし被害者が近所に住んでいれば、すぐにわかったはずなんだよ。当時も人相書き片手に訊《き》き込みをしただろうし、だれも少女を知らなかったなんて考えられない」

「ああそうか……。確かに、今だって似顔絵見せたらすぐにわかったもんね。似てる人間がいれば何かしらの情報は入ったはずだし」

「そこなんだよ。南雲さんも言ってたけど、少女についての目撃情報は当時もなかった。もちろん、学校やなんかも調べてるはずだから、少女の痕跡が何も見つけられなかったんだと思う」

ただ、アトミックのワンピースがデッドストックだったかもしれないという謎は解けた。被害者の祖父が腕のいい仕立て屋で、売り物にしようと仕立てた洋服を六十年以上も保管していたのかもしれない。おそらく、夜逃げ同然で小岩を飛び出し、よその土地で売り歩く目的で持ち出したのだろう。そうであるなら、衣類を行商していた姿が人々の記憶に残っていてもおかしくはない。

自分たちは確実に少女に近づいている。そう確信して線路沿いを歩いているとき、後ろから低い声がして心拍数が跳ね上がった。

「こんなところで何をやってるんです？」

小春と同時に振り返ると、がたいのいい男がすぐ後ろに立っていた。筋肉で肩が丸くなり、両脇に丸い汗ジミのついたワイシャツがひどく窮屈そうだ。杉並署の刑事、畑山だった。鼻梁《びりょう》の立派な鼻には玉の汗が浮かび、ぎゅっと寄せられた眉間のシワから苛立っている様子が見て取れた。

「畑山さんこそここで何を？」

思わずそう反問したが、桐ヶ谷は意外な展開に驚いていた。自分が提供した情報に基き、刑事二人がわざわざ杉並署から小岩を訪れたと思われるからだ。畑山の後方には黒のアコードが停《と》められており、助手席には南雲の丸顔が見えた。

畑山はワイシャツの肩口でこめかみを流れる汗をぬぐい、後ろの車に手を向けた。

「とにかく乗ってください。話をしなければなりません」

「なんの？」

小春がすぐさま問うたが、桐ヶ谷は彼女を制して素直に従った。ここで押し問答をしても自分たちに得はない。

後部ドアを開けられて車に乗り込むと、寒すぎるほどエアコンが効いており身震いが起きた。南雲がゆっくりと助手席から後ろを振り向き、眉尻を下げていかにも困惑した表情を作った。

「あのねえ。きみらは探偵にでもなったつもりなの？」

南雲警部は薄くなった髪を撫でつけ、くりくりした丸い目を合わせてきた。

「もういい大人なんだから立場をわきまえなさいよ」

「お言葉ですが、別にわきまえなければならないことはしていませんよね。情報は逐一お話ししているわけだし、警察に行動を制限されるいわれはありませんが」

「まあ、うーん、そうね。最初に話さなかったこっちが悪いのかな」

南雲はあくまでも穏やかだが、急に圧のある例の視線を向けてきた。見た目こそそのへんにいるだらしのない中年男だが、ふいに得体の知れなさがにじみ出す瞬間がある。そこが単純に怖いのだ。

南雲はエアコンの温度を上げて、また後ろを向いた。

「殺人事件の捜査というのは間違いが許されない。何かひとつ情報が入れば、それを吟味してから次の行動を決める。小岩に遺留品の生地を作った工場があるとわかったからといって、すぐそこへ急行して話を聞こう……なんてことにはならないんだよ」

「なんで？」

小春がいつもの調子で間の手を入れると、南雲はぎろりと彼女に視線を移した。

「被疑者がまだ挙げられていない以上、どこにいるかわからないでしょ。うっかり話を聞いた人間がホシだったらどうするの？　みすみす逃亡、証拠隠滅の機会をくれてやることになる。そのうえ偽の情報を掴まされる可能性だってあるんだよ」

南雲は言葉を切ってから先を続けた。

「それにね、犯罪は毎日山ほど起きている。別のヤマとの兼ね合いもあるわけだよ。不用意な聞き込みをしたばっかりに、別件のホシを逃す可能性も出てくる。周囲を嗅《か》ぎまわる人間がいれば当然警戒されるからね。どう？　少しはわかってくれた？」

刑事はくだけた口調で言っているが、目の奥は怖いほど冷え切っていた。

「僕はあなた方をできるだけ尊重しようと思ってるんだよ。水森さんが遺留品を盗撮した件も、まあ、一回は見逃そうと思ったわけだ。普通ならば迷わず現行犯逮捕するからね」

小春はぽかんとして桐ヶ谷の隣で固まった。

すべてお見通しだったわけで、自分たちはこの男の掌の上にいるらしい。何より、刑事に諭《さと》されるまで本質に気づけなかった自分を心のなかでののしった。南雲が言うように、どこで犯人と出くわすかわからない。しかも核心に近づけば近づくほどその確率は上がるだろう。ひと言で言えば浅はか……警察にとって自分たちは邪魔でしかない。

桐ヶ谷はなんともいえない気持ちになって素直に謝罪した。

「確かにそうですね。素人が動きまわることで捜査を妨害することになりかねない。考えが足りなかったようです。申し訳ありませんでした」

「ああ、ええと。盗撮ではないけどわたしも謝ります。スマホを落としたら偶然撮れてしまいました。すみませんでした」

言い訳しながら頭を下げた小春は、いつもの超然とした雰囲気を消してしおらしくなっていた。が、次の言葉がすべてをぶち壊した。

「別の事件とか犯人のことなんて考えもしなかったよ。警察って糠《ぬか》に釘みたいな連中だと思ったけど、実はいろいろと考えてんだね」

余計なひと言に悪意がありすぎる。桐ヶ谷は慌てて小春を肘で小突いたが、南雲は特別反応するでもなく口を開いた。

「まあ、こういうことを知らないのは当然だからね。一般市民に遺留品を見せたり捜査の内容に触れたり、今回はただでさえ変則的だ。それだけ桐ヶ谷さんと水森さんの情報には見どころがあるのも確かなんだよ」

刑事は初めて桐ヶ谷たちを認めるような発言をした。

「それで、あの年寄りたちには何を聞いたの？」

南雲は唐突に話を変えた。いつから自分たちに気づいていたのかはわからないが、銭湯の前で話し込んでいた様子をどこかで窺っていたらしい。桐ヶ谷は南雲の丸顔を見た。

「彼らに聞いたのは川島繊維のことです。夜逃げしたと斑目デザインの社長には聞いていましたが、それは事実のようですね」

「ああ、それはこっちも調べたよ。小岩署と江戸川《えどがわ》区役所をまわってきたから」

南雲が運転席に収まる部下に目配せすると、畑山は窮屈そうに手帳を出してめくった。そして手帳を開いたまま上司に手渡した。

「ええと……」

南雲はダッシュボードから老眼鏡を取り出してかけ、ルームライトを点けて手帳に書かれた文字に焦点を合わせた。

「桐ヶ谷さんから聞いた住所に『有限会社川島繊維』という会社は登記されていない。ずいぶん昔のことだし、自動的に抹消されたんだろうね。除籍は残っていたけど住民票は履歴自体が破棄されていたよ」

南雲は手帳を一枚めくった。

「まあ、地元の老人が語ったように夜逃げだよ。もちろん債権者に追われていただろうから、住民票は移せないし住処は転々としていたと思う。いつの時代も夜逃げの行く末は自殺とか心中でね。借金取りから逃げ切れたとしても、住民票不在のままこの国で生きていくのは難しい」

桐ヶ谷が情報を提供してから数時間で、訊き込みもなしにそこまで調べ上げたのはさすが警察だと言わざるを得ない。

南雲は黒い手帳を閉じて部下に戻し、ルームライトを消してあらためて桐ヶ谷と小春の顔に目を這わせた。外は霧雨だった雨がすでに本降りに変わっている。車のすぐ脇を総武線が轟音《ごうおん》を上げて通り過ぎ、弾き飛ばされた雨粒がフロントガラスに当たってやかましい音を立てた。

刑事は電車が遠ざかって静かになるのを待つように黙り、再び喋りはじめた。

「川島繊維は、被害者の着衣の生地を売った工場らしい。それは昭和二、三十年代のことで、このとき仕立てられたものを少女が着ていたのかもしれない。まあ、結論としてはこんなところだね。ここから先は僕たちが調べるから、二人とも今日はご苦労さん」

すでに話を終えようとしている南雲に、桐ヶ谷は間髪を容れずに言った。

「川島繊維社長のひ孫が被害者の可能性があります」

突然の言葉に、刑事二人はそろって顔を上げた。桐ヶ谷は先を続けた。

「さっき、銭湯にいた老人に似顔絵を見せたんですよ。被害者の似顔絵です」

桐ヶ谷は鞄からタブレットを出して素早く似顔絵を表示した。暗い車内で画面が蒼白く発光し、少女の顔がより鮮明に浮かび上がって見える。南雲は似顔絵を流し見て、すぐ桐ヶ谷に視線を戻して話の先を促した。

「この似顔絵を見て、老人のひとりが川島繊維の上の娘に似ていると言いましたよ」

「なんだって？」

南雲が助手席からわずかに身を乗り出した。

「離れ目で幸が薄そうなところが似ているという言いまわしだったので、彼の頭の中には思い浮かべる人物がきちんと存在していたと思います」

南雲が運転席の畑山に目をやると、部下はすぐに手帳を開いて桐ヶ谷の言葉を書き取った。

「被害者少女が川島繊維社長の娘の孫、いわゆるひ孫ならば年齢的にも合うと思うんですよ。それに、娘婿が腕のいい仕立て屋だったという証言もありました」

桐ヶ谷は老人たちの話をまとめて南雲に伝えた。

「自社の生地を使って洋服を作っていたなら、夜逃げするときにその商品を持って出たとしてもおかしくはありません。当座をしのぐために、金になりそうなものを持ち出した。その在庫となっていたものを被害者の少女が着ていたという線です」

南雲はうなり声を上げて腕組みした。

「あり得なくはないとはいえ、そう都合よく何十年も在庫を残しただろうか」

「おそらく、アトミックという柄の特性上売れ残ったんですよ。当時、この柄は娼婦や水商売の女性が着るものだというレッテルを貼られていた。川島繊維はそういう方面での商売を得意としていましたし、債権者も当然そこは重点的に調べたはずなんですよ」

「つまり、自分の得意分野では商売ができなくなったんだね。借金取りに足がつく危険性があるわけだから。で、一般向けに販売しようとしたが失敗したと」

すると黙って話を聞いていた小春が口を開いた。

「大っぴらな商売はできないし、川島一家は在庫を売り歩きながら細々と食いつなぐしかなかった。そして長女に子どもが生まれ、その子どもも子を授かった。それが被害者の少女なんだと思う」

桐ヶ谷の頭の中に四六時中住み着いている少女が、一瞬だけこちらを振り返ったような気がした。以前よりも目鼻立ちがはっきりとし、陰影がついて体重も感じられる。少女が夜逃げした一族の末裔《まつえい》なら、年齢的に自身のルーツも理解していただろう。ほかの子どもたちとの生まれの違いを思い、境遇を呪っていたのかもしれない。周りがいない者として扱ったというより、貧しさのなかでみずから人とかかわらないように生きていた？　桐ヶ谷の中の彼女は、未だに表情がないままだった。

帰宅時間帯のせいか数分間置きに電車が行き交い、車の中を明るく照らし出しては去っていく。雨足は激しくなる一方で、時折り吹く強風が気味の悪い音を立てながら車体を揺さぶっていた。南雲はいささか険しい面持ちで長いことうつむいていたが、やがて区切りをつけたように顔を上げた。

「ひとまずその情報はもらっておくよ。それにしても、きみらの見る目はだれよりも確かかもしれないねえ。もうあなどれないよ」

本音らしき言葉を漏らした刑事は、かけていた銀縁の老眼鏡を外してダッシュボードへしまった。

「被害者の着衣を見ただけで、推測に推測を重ねてこの場所までたどり着いた。まだ当たりと決まったわけではないが、警察にはなかった視点は実におもしろいね。新鮮、新鮮。ねえ、あなたもそう思うでしょ？」

陽気な上司の問いに、畑山は「そうですね」と一本調子で答えた。

「ああ、あとね。僕の携帯番号を教えておくから、何かわかったことがあったら直接電話して。署にはほとんどいないからね」

南雲はいかにも人好きしそうな笑みを見せ、桐ヶ谷がスマートフォンを出すのを待ってから電話番号を読み上げた。自分の番号を教えてもいいと思える程度には、重要度が上がったらしい。しかし南雲は釘を刺すことを忘れなかった。

「もう勝手にそこらを嗅ぎまわるのはやめてね。知り合いを当たるんであっても、まずは先に知らせてほしい。理由はさっき話した通りだよ」

「その件はわかりました。ちなみに事件現場になった団地の一室ですが、当時の様子を教えてはもらえませんかね」

桐ヶ谷は勢いのまま尋ねたが、南雲ははははっと高笑いしただけにとどまった。少女が死亡した部屋と着衣の情報を合わせれば、また新たな事実が浮かび上がるだろう。しかし自分たちと警察の間には、まだまだ壁が存在しているようだった。

第四章　貧困と針仕事

1

　桐ヶ谷はシングルベッドで半身を起こし、枕許に置いたスマートフォンを起動した。ほんの数十分前に寝たばかりのような気がするが、時刻はすでに朝の八時をまわっている。夢も見ず、夜中に起きることもなく八時間以上もぶっ通しで寝入っていたらしい。それなのに疲れはまったく抜けておらず、目の奥が鈍い痛みを放って頭がぼうっとしていた。

　のろのろとベッドから下りてカーテンを開けると、今日も雨が降っていた。窓ガラスに滴が幾筋も伝っており、錆びて穴の開いた雨樋《あまどい》からは水が勢いよく噴き出している。ガタがきている家にそろそろ手を入れなければならないが、まず初めはこの雨樋だろう。劣化が激しく、もはやなんの用も果たしてはいない。

　桐ヶ谷は大家に相談する旨を頭に書き留め、六畳のたたみ敷きの和室を見まわした。そして屈んでベッドの下を覗き込み、布団をはぐって中を見る。猫の姿が見当たらないが、店のほうにいるのだろうか。

「ぼっこ」

名前を呼んでしばらく待っても、一向に姿を現さなかった。桐ヶ谷が遅くまで寝ていれば起こしにくるのが日課だ。しかし今日は猫の気配がない。

「まあ、外は大雨だからな……」

桐ヶ谷は窓に顔を向けながらつぶやいた。

大きく伸び上がって首をまわし、肩関節を伸ばしながら姿見の前に立った。長い髪がもつれ放題で広がり、サムライどころか落ち武者の様相だ。

髪を束ねながら作業場と化している店へ足を向けると、低い台の上に置かれたドライフード入りの皿がひっくり返っているのが目に入った。ぼっこが夜中に来ていたようだが、エサを半分も食べずに出ていったらしい。この大雨の中を？　桐ヶ谷はショーウィンドウの外へ目をやり、普段とは違う猫の挙動に首を傾げた。

「エサが気に入らなくて惣菜屋へ行ったのかもな」

桐ヶ谷は肌寒さを感じて椅子の背にかけてあったパーカーを羽織り、散らばったドライフードと皿を手早く片付けた。そして洗面所へ向かおうとしたとき、あることに気づいて動きを止めた。

「あれ、少女の像は？」

桐ヶ谷は壁に作り付けられている棚に目を走らせ、まだ完成していない被害者少女の粘土像を探した。しかし棚には本や雑誌があるだけだ。まさか猫が落としたのか？　急いで傷だらけの裁断台の下を見たが、昨日と変わらず無造作に重ねられた古新聞の山しかない。

おかしい……桐ヶ谷は言いしれぬ不安に陥った。昨日は少女の像に少しだけ手を加え、新聞紙とビニール袋で覆って裁断台に置いたはずだ。それは間違いない。再び台の下へ目をやり、居並ぶ人体模型の裏側やミシン周りも急いで確認した。が、少女の像は見当たらず、桐ヶ谷は首筋の産毛《うぶげ》が逆立つようにぞくりとした。

店の中央に棒立ちになり、焦りながら昨夜の行動をひとつひとつ思い返していく。高円寺に到着したのは夜の七時をまわってからだ。駅前で小春と食事をしてから帰宅した。帰宅後はぼっこのエサを用意し、その後三時間ほど少女に思いを馳せながら頭部造形に没頭していたはずだ。桐ヶ谷は寝室へ取って返し、続けて居間と台所、トイレや風呂までくまなく見てまわった。しかしそんなものは初めからなかったかのように、気配すらも消え失せていた。

「まさか空き巣か？」

桐ヶ谷は再び店へ小走りし、粘土像のほかになくなっているものはないかと目を光らせた。いつも持ち歩いている帆布の鞄には財布が入っておらず、冷や汗が背筋を流れ落ちていくのがわかった。スマートフォンとタブレット、ノートパソコンなどは残され、いわば金目のものでなくなっているのは財布のみ。しかし、もうひとつだけ見当たらないものに気づいて、桐ヶ谷の全身を鳥肌が駆け抜けていった。

「スケッチブックもない……」

桐ヶ谷はしばらくその場に立ち尽くした。財布も盗られているとはいえ、粘土像とスケッチブックに共通しているのは身元不明の少女だ。まさか侵入者は少女に関連するものを持ち去ったのか？

桐ヶ谷は半ばパニックを起こしていたが、ふいにふてぶてしい猫の顔が思い浮かんだ。はっとして寝室へ向かい、枕許に置かれているスマートフォンを引っ摑んだ。ネットで高円寺南商店街を検索し、商工会が作っているサイトから佐々木惣菜屋の電話番号を選び出して電話を耳に押し当てる。

じりじりしながら呼び出し音を聞いていたが、回線がつながったと同時に喋りはじめた。

「朝早くから申し訳ありません。わたしは三丁目のテーラーを借りて住んでいる桐ヶ谷です。つかぬことをお伺いしますが、そちらにぼっこ……いやマリコという猫は行っていますか？　片目が見えていないノラ猫なんですが」

店主の妻らしき女は「はい？」と聞き返し、桐ヶ谷はまた同じことを質問した。夜中に猫が来たことは間違いないが、エサを食べているところへ侵入者が現れたのではないだろうか。まさかとは思うが、何か危害を加えられて大雨のなかを逃げ出したのでは？

こめかみを汗が伝い、蒸し暑さを感じているのに先ほどから鳥肌が立ち通しだ。惣菜屋の女将《おかみ》は受話器を手で押さえ、「おばあちゃん！」と家族を呼んでいるようだった。しばらく電話越しでぼそぼそと会話を交わしていたが、唐突に声が耳を刺してきた。

「お待たせしました。今、猫は裏の物置にいるみたいですよ。雨宿りしてるみたいで」

桐ヶ谷はひとまず胸を撫で下ろした。

「怪我《けが》はしていませんか？」

「ええ。エサを催促してるみたいだし、いつもと変わらないんじゃないかな」

「わかりました。どうもありがとうございました」

桐ヶ谷は理由を聞きたそうにしている女将をかわすように通話を終了し、続けざまに登録番号を押した。こちらは長い呼び出しの末に留守番電話に切り替わり、無機質な音声が流れてくる。桐ヶ谷は息を大きく吸い込み、気持ちを鎮めてから口を開いた。

「南雲刑事、桐ヶ谷です。実は何者かが家に侵入したようで、被害者少女の似顔絵を描いたスケッチブックと作り途中の粘土像が盗まれました。像は少女の頭部を再現したものです。このまま通報してもいいでしょうか。折り返しお電話をお願いします」

一気に話して通話を終了し、桐ヶ谷は住居へ続く暖簾のある場所へ移動した。混乱している頭をなんとか整理しようと試みる。しかしまったく駄目だ。自分が寝ている間に何者かが家に侵入している姿を思い浮かべただけで、次々に嫌な汗がにじんできた。

桐ヶ谷は顔も洗っていなかったことを思い出し、機械的に洗面所へ向かって身支度を整えた。しかし何をしても地に足が着かない感覚に襲われ、監視されているような気持ちの悪さが湧き上がってくる。待つことが耐えられずに再び南雲へ電話しようとしたとき、手の中にあるスマートフォンが着信音を鳴らして桐ヶ谷は震え上がった。画面を見れば、件の刑事の名前が表示されている。

素早く通話ボタンを押して耳に当てると、場違いなほど暢気《のんき》な声が聞こえてきた。

「桐ヶ谷さん？　どうも、どうも。南雲です」

「ああ、よかった。南雲さん、だれかが家に侵入したんですよ」

「うん、留守電を聞いたよ。それで、なくなったのはスケッチブックと粘土で作った像の二つだけ？」

「財布もなくなっています。そのほかはないと思いますが、ちょっと混乱していてわからないな」

南雲はわずかに考えるような間を取り、今さっきまでとは異なる若干低い声を出した。

「いいかい？　今から鑑識と別の捜査員をそっちへ向かわせるから、あなたはそのへんのものを触らないでね。僕も遅れて行くからそういうことで」

唐突に通話は切断され、桐ヶ谷はしばらくスマートフォンを耳に当てていた。そしてのろのろと画面を見てから小春にもメールを入れ、丸椅子に腰を下ろす。とにかく気を落ち着かせて平静に戻らなければならない。

動きを止めてじっと足許を凝視し、そのままの体勢で時間が過ぎ去るのを待った。しばらくそうしていると、店の前に二台のパトカーが横づけされるのが見えて目を丸くした。南雲が電話を切ってからまだ十分も経っていないが、その後ろにも一台つけているようだ。

車のドアが開かれると、ブルーの作業着をまとった男たちがわらわらと降りてくる。シャワーキャップらしきものの上にキャップをかぶっているのは鑑識捜査員だろう。私服に腕章を着けているのは捜査課の刑事らしく、南雲によって差し向けられた人数は総勢で六人だ。彼らは雨の中を小走りし、完全防備姿で店のドアを開けた。

「桐ヶ谷京介さんですか？」

「はい、そうです」

反射的に立ち上がろうとすると、鑑識捜査員は手で制してきた。警察手帳を提示してマスクを着ける。

「座ったままで結構です。住居侵入があったとの連絡を受けました。それで、盗られた物は？」

実に端的だ。別の鑑識は早速指紋採取を始めるようで、軒先で道具を準備していた。

「南雲刑事にも話しましたが、なくなったものは財布とスケッチブック、それに作りかけの粘土像なんですよ」

鑑識の後方に立っていた私服刑事がメモをとりはじめ、顔を上げて質問を引き継いだ。

「財布のほかに金品の被害は？」

「いえ、ないと思います」

「パスポートとか通帳とか」

そう言われて桐ヶ谷ははっとした。そこまで頭がまわっていなかった。刑事を従えて居間へ行き、引き出しの奥にある貴重品を確認した。通帳や印鑑、パスポートなどもそっくりそのまま残されている。刑事は部屋の中を見まわしながら次の質問をした。

「下着類は？」

「はい？　自分の下着が盗まれたかどうかですか？」

桐ヶ谷は痩せぎすの刑事の顔を見たが、彼はいたって真面目だった。

「男ものでも女ものでも、下着を盗んでいく輩《やから》がいるんですよ。念のために確認してください」

「はあ」と桐ヶ谷は寝室へ行って簞笥《たんす》の引き出しを開け、衣類をざっと見分した。「問題はなさそうですね」

頷いた捜査員は、空き巣に気づいた時刻や昨日の帰宅時間、財布に入っていた金額と侵入経路などを細かく聴取し、名刺を手渡してから店の外へ出ていった。どうやら隣近所からも事情を聞くようだ。

するとと今度は年かさの鑑識捜査員がやってきて、カードのような厚紙と黒いスタンプ台を箪笥の上に置いた。

「申し訳ないけど、指紋を採らせてくださいね」

「指紋？　いや、なんで自分が……」

「あなたの指紋を採取した中から除くためですよ。これは空き巣被害に遭われた方全員にお願いしています」

本当だろうか。桐ヶ谷は即座に疑いの目を向けた。厚紙と大きなスタンプ台を見るに、十指全部と掌紋まで採ろうとしているのは明らかだ。こんなところで指紋を登録され、今後何かの事件が起きるたびに被疑者のひとりとして指紋の照合がおこなわれる。自分の知らぬところでとはいえ、さすがに見過ごせないではないか。

拒否反応が出て及び腰になっているとき、聞き慣れた声が聞こえて桐ヶ谷は戸口へ顔を向けた。

「何やってんの。それをしないと先に進まないからね」

南雲だった。くたびれた茶色いジャケットから覗く太鼓腹が、ベルトの上にこんもりと載って丸みを増している。上司の後ろには汗かきの畑山の姿も見えた。

「心配しなくても、あなたが考えてるようなことにはならないよ。被害者の指紋は役目が終われば破棄するから。形式的にはだけどね」

桐ヶ谷は、顔を引きつらせながらずんぐりした刑事を見つめた。指紋はすぐに破棄するなどという警察の言葉を信じるほど素直な性格ではない。徹底拒否してもよかったのだが、ここで押し問答をするのは時間の無駄だった。それよりも、すぐさま侵入者を追わなければならない。

不本意ながらも桐ヶ谷は言われるがままスタンプ台に一本ずつ指を押しつけ、転がすように台紙に捺印《なついん》をしていった。それを十回と掌を合わせて十二回。鑑識から渡されたウェットティッシュで手をまんべんなくぬぐい、丸めてゴミ箱へ放った。同時に、店のほうで騒がしい声が響いて苦笑いが漏れた。

「え？　何これ！　完全に捜査じゃん！　カンシキもいんじゃん！」

小春が素っ頓狂な声を上げており、すぐさま捜査員につまみ出されそうになっているようだった。桐ヶ谷は疲労を感じながら店に足を向けた。案の定、小春が鑑識によってどしゃぶりの外へと押し出されている。すると南雲が近くにいた捜査員に何事かを告げ、すぐに彼女は寝室まで連れてこられた。

「ちょっと、とんでもないことになってんじゃん！　空き巣？　最悪だね！　何盗られた？　まさか全財産？」

矢継ぎ早に質問し、興奮のあまりむせ返っている。相当雨に打たれており、短い前髪が広い額にぴたりと貼りついていつもより幼い印象になっていた。

桐ヶ谷が洗面所からタオルを出して小春に渡したとき、南雲が意味ありげな目配せを送ってきた。

「ここの捜査は彼らにまかせて、きみらはちょっと僕と話そうね。そっちの部屋、使ってもいい？」

南雲は言うよりも早く居間へ移動している。桐ヶ谷と小春、それに部下の畑山も隣の部屋へ行き、卓袱台《ちゃぶだい》を囲むようにして畳の上にあぐらをかいた。

「さてと。まあ言わんこっちゃないね。素人が事件に首を突っ込めば、こういう厄介事《やっかいごと》が起こるわけだよ」

南雲は赤く充血した目を向けてきたが、桐ヶ谷はひとまず反論を試みた。

「少女の事件と今回の空き巣。関連性があるのかどうかはわかりませんよ。現に財布も盗られていますし」

そうは言っても、自分のなかでほとんど答えは出ている。南雲もそれをわかったうえで口を開いた。

「盗人には三種類のタイプがいる。現金だけを狙う者と、金目のものすべてを狙う者、そして性倒錯者だよ。経験から言えばね。どのジャンルであれ目的外のものを盗むプロはいないんだ。財布を盗んだのは空き巣に見せかけるためだろうけど、やり方が雑だし下手だよねえ。まあ、スケッチブックと粘土の像なんかを持ち出した時点で目的はひとつだよ。もっとも、それを盗んだかどうだって話でもあるけどね」

「ちょっと待ってよ」

小春が濡れた髪にタオルを巻きつけ、刑事の話を遮った。

「まさかわたしらは小岩からつけられてたかもしれないってこと？　しかも殺人犯に？」

「困ったことに、その可能性もなきにしもあらずだねえ」

南雲は緊迫感のない悠長な返事をし、桐ヶ谷に目を向けた。

「それで、空き巣はどっから侵入したの？」

「ああ、それは勝手口だと思います」

「勝手口？　鍵を壊されたの？」

「いえ、そうじゃありません。ええと、うちにはしょっちゅう出入りする猫がいるもので、そのために勝手口と風呂場の窓はいつも細く開けてあるんですよ」

このばかばかしい事実を口にするのは、かなりの勇気が必要だった。南雲は心底呆れ返ったとでもいうように首を横に振り、猪首《いくび》に食い込んでいるシャツの第一釦を外した。

「まったく、考えられないねえ。物騒な世の中だってのに、あなたは東京を無人島か何かだと思ってるの？　危機管理はどうなってるんだか」

「すみません。勝手口は塀に囲まれて表からは見えないし、家の脇にはエアコンの室外機とか荷物があるから人は通れない。そこそこ安全だと思っていました。さっきまでは」

「空き巣であれなんであれ、犯罪者は人目につかない場所を好む。当然だけどね。あなたの家は、悪党にとって楽に仕事ができる環境だよ」

返す言葉も見つからない。

あぐらをかいている桐ヶ谷が身じろぎをすると、南雲はまったく表情の読み取れない目を真正面から合わせてきた。また背筋がぞくぞくとした。

「結局、わざわざ夜中に侵入して盗人は何がしたかったのか」

南雲は言葉を切り、すぐ先を口にした。

「似顔絵は警察が公開している。今さらそれを盗む意味がないからね」

「ええ。やっていることは意味不明です。絵にしろ粘土造形にしろ、また作ればいいだけの話ですから。でも、犯人にしてみれば、すぐ持ち去らなければならないと思ったんでしょう。被害者に生き写しの似顔絵を見つけてしまったら、反射的にそうしてしまうのもわかる気がします」

「そういうことだよ。ということは、空き巣が殺しの被疑者ってことになるけどそれでいい？」

南雲はまるで緊張感なく言った。あらためて言葉にされると恐ろしさが倍増する。自分が眠りこけているさなかに、目と鼻の先で殺人犯が部屋を物色していたことになる。いや、眠っている桐ヶ谷を見下ろしていた可能性もあった。その光景がはっきりと頭に浮かび、顔の血が引いたのが自分でもわかった。

桐ヶ谷は大きく深呼吸をし、向かい側に座る刑事二人と順繰りに目を合わせた。

「きっと、僕は昨日どこかで少女を殺した犯人と接触している。事件について話しているのを聞かれたのかもしれないし、話を聞いた当人だったのかもしれない」

「心当たりは？」

ずっとそれを考えているのだが、まったくわからなかった。実際に喋ったのは蒐集家の夕実と小岩の銭湯にいた老人たちだけ。しかし、移動の電車や食事をした店などでも、小春と事件の話をしたのは間違いない。桐ヶ谷は記憶の細部を探っていったが、なんの閃きも訪れなかった。

「わかりません」

桐ヶ谷はかぶりを振った。

「昨日、小岩で接触した老人たちは初対面ですが、そのほか事件のことを話したのは知り合いばかりなんですよ。しかも長年の知り合いです。まさかその中に殺人犯なんているわけがない」

「それは桐ヶ谷さんの希望だよね。現実問題、親しい友人が殺しの主犯だった……みたいなのはよくある話だから」

南雲は実に嫌なことを言った。

「いいかい？　人に何かを話すというのはそういうことだよ。たとえば桐ヶ谷さんが知り合いに何かを話し、その知り合いが別の人間に同じ話をする。こうやって顔も名前も知らない赤の他人が、桐ヶ谷さんの話した内容を知ることになっていくわけだ。犯罪捜査でいちばん気を遣うのはそこだよ。昨日も言った通り、いつ犯罪者の耳に届くとも知れない」

南雲の言葉は、昨日とは比較にならないほどの重みをもって桐ヶ谷の心に負荷をかけてきた。

「まあともかく、あなた方が接触した人間を教えてもらえる？　とりあえず、このヤマにかかわってから全部ね」

南雲が言うと同時に、隣で畑山が汗をぬぐいながら手帳を開いた。桐ヶ谷と小春は時間を遡《さかのぼ》り、顔を思い出しながら答えていった。

2

「汚し放題だね。これで警察は掃除してったの？」

小春はほっそりした腰に手を当て、店の中央に立って周囲を見まわした。

今日はタータンチェックのキルトスカートを穿いているが、色や柄行きがどう見ても現代のものではない。桐ヶ谷はスカートの生地をじっと見つめ、豪快に雑巾《ぞうきん》を絞っている小春に言った。

「そのスカート、かなり古いものだよね」

「え？　ああ、そうだね」

「百年ぐらい経ってるように見えるけど」

「その通り。これはイギリス軍、第四十二ハイランド監視兵中隊のキルトだよ。復刻したものだけど、百年は経ってると思う。ブラックウォッチは人気だから見たら買いつけるんだけど、最近はふっかけられて困ってんの。ていうか、よくわかったね」

　桐ヶ谷は厚みのある生地に目を細めた。

「交差させる経糸と緯糸の色、配列が同じで、一セットを上下左右どこから見ても変わらない規則性がある。そして柄が逆から織り返されて完全対称になっている」

「小難しいって」

　小春は肩をすくめて見せた。

「本場のタータンチェックはとにかく難解なんだよね。王族、氏族、狩猟、軍隊、一般とかに用途が細かく分けられて、色柄は階級を表すから値段もかなり変わってくる。いつも専門家に見てもらうんだけど、こればっかりは聞いてもさっぱりわかんなくてさ。もう桐ヶ谷さんに全部頼もうかな。生地を読み解ければ偽物を摑まされなくて済むし」

「きみが偽物を摑むことなんてある？　想像できないけど」

「大ありだよ。それこそこないだ夕実ちゃんが話してたボビンレースだけど、大枚はたいて近代のレースワンピを仕入れたことあったわ。丁寧に劣化加工までしてあったから完全に騙されちゃってさ。まったく、あのメキシコ人は次に会ったらただじゃおかない」

小春は当時を思い出したようで悔しがり、ひとしきり地団駄を踏んでから顔を上げた。

「そういえば、レースをありがとうね。ホンモノのブリュッセル・レースを久しぶりに拝んだよ。夕実ちゃんから感動の電話が入ってさ。桐ヶ谷さんにもよろしくって」

「ホンモノでよかったよ。訴えられるとこだった」

桐ヶ谷はアルビノで無表情の夕実を思い浮かべた。まだあの家にいるのかと思うだけで落ち着かない気持ちになるが、自分はどうしてやることもできないし、そもそも彼女が何も望んではいないし大きなお世話だった。

「でも、あの程度の情報と引き換えにレースを渡してよかったの？　曖昧な情報だったし、何かに役立つとは思えない。なんなら、これからわたしが探して差し替えるけど」

「ああ、いいよ。レース見本はほかにもまだあるから大丈夫。それに自分が持っててもしょうがないし、じゅうぶんに意味のある情報だったと思うよ」

「そんならいいけどさ。必要ないとは思ったんだけど、夕実ちゃんから防犯カメラの映像をコピーしてもらったから桐ヶ谷さんにも送っとくよ」

そういえば、昨日起きたごたごたで南雲にベークライト釦の件を話していなかった。今回の空き巣のこともあるし、これも耳に入れておいたほうがよさそうだ。

小春は絞った雑巾を取り上げて、店のドアノブのあたりをこすりはじめた。

昨日は店を中心にした現場検証がおこなわれたのだが、この指紋採取用の粉や試薬が問題だった。拭いても掃いても掃除機で吸い込んでも完全には取り切れず、それが気になってしょうがないらしい小春は来た早々掃除に興じている。

「この黒いキラキラがまったく取れないんだよ。何これ、糊でもついてんの」

「指紋検出用のアルミニウム粉末だよ。粒子が細かいから、静電気とか湿気で貼りつくとまず取れない。もう自然に落ちるのを待ったほうがいいって」

「最悪だな。殺人犯が夜中に忍び込んだだけでも気持ち悪いのに、そのうえこんな粉がそこらじゅうにくっついてるとか」

小春は落ちる気配のないアルミニウム粉末に辟易《へきえき》し、手に持っていた雑巾をバケツの中へ放り込んだ。そして表情を一変させ、眉尻を下げた情けない顔で桐ヶ谷を見た。

「なんだか怖いよね……」

彼女は雑然としている店に目を走らせた。急にしおらしさを見せ、不安感を隠さない。

「わたしらの近いところに犯人がいたのかもしれない。いや、今もいるのかも」

「捕まらない限りはずっとそばにいると思うよ」

小春は両腕をこすり上げて身震いした。

「まさか命を狙われてんのかな」

「それはないと思う。殺す気があれば、たぶんもう僕はこの世にいないから」

冗談ではないだけに、発する言葉がことのほか重い。小春はあいかわらず神妙な面持ちをして、わずかに首を傾げた。

「昨日、南雲のおっさんも言ってたけど目的がわからないよね。粘土とスケッチブックを持ち去っても、犯人にとって何かを隠滅できるわけじゃないんだし」

客観的に見ればそうだが、侵入者が初めからスケッチブックの類を盗もうとしていたとは考えにくい。おそらく、自分たちがどこまで事件の真相を掴んでいるのか。単純にそれを知りたかったのではないだろうか。昨日からあれこれと考えを巡らせ、たどり着いた結論がこれだった。

「確実なのは、僕らが核心に近い場所にいるってことだよ。十年以上も逃げ続けていた犯人が、さすがにまずいと思って姿を現したわけだから」

そう言って、裁断台の上にある一筆箋《いっぴつせん》を取り上げた。

「それに今朝、こんなものが店のドアに貼ってあったよ」

小春に渡すと、一筆箋に目をすがめた。

「何これ。達筆すぎて読めないよ。ええと、『拝啓、時候の挨拶もないことをお許しください。急ぎ、これを送らねばと思い筆を取った次第です』」

彼女は何度も間違えながら流れるような行書を解読し、その先も読み上げた。

「何この字？　難しいなあ。ええと『この札は北側の壁にお貼りください。文字を南に向けること。ただし、水まわりは避けなければなりません。目線よりも高く、鋲《びょう》で刺すのは厳禁です。追ってご連絡いたします。では、どうぞよしなに。敬具、令和二年九月十二日、寺嶋ミツ』」

小春は一筆箋を台に置き、すかさず店の北側へ目を向けた。柱の上に貼られている朱色の札を見つけて顔を引きつらせる。

「ねえ、よくこんなものを言われるがままに貼れるよね。禍々《まがまが》しすぎて直視できないわ」

「手書きの梵字《ぼんじ》だよ。外壁にも何枚か貼ってあったし、盛り塩も各所にある。ミツさん渾身《こんしん》の魔除けは、どう見ても今までのものとはレベルが違う」

「冷静に分析してんじゃないよ」

小春が手をひと振りした。

「昨日の騒ぎを聞きつけたんだね。まあ、商店街では噂の的だと思うけど」

「世間では空き巣で通ってるからいい目くらましだよ。詮索もされないだろうし」

桐ヶ谷は、魔除けをちらちらと盗み見ている小春に言った。そして、昨日からずっと考えていたことを口にする。

「きみは怒ると思うけど一応言っておくよ。小春さんはこの一件から手を引いたほうがいい」

「もちろん怒るよ。だいたい今さら手を引いても手遅れだって。退路は完全に絶たれてるんだから」

桐ヶ谷は苦笑した。

侵入者がどこまでの情報を得ているかはわからないが、常に小春と行動を共にしていたのだから間違いなく彼女を認知しているはずだ。そして、弱い者から狙われるのはどの世界でも同じだった。

小春はまっすぐの長い髪を後ろへ払い、顎をぐっと引いて勇ましく断言した。

「うちの店はオーナーに頼んで、速攻で防犯カメラと夜間のライトをつけたからね。死角を潰す場所に四ヵ所。もともとうちは窓も裏口も塞いであるから、正面だけ守りを固めれば敵は侵入できないんだよ。上から掃射すれば楽に殺《や》れる」

「ごめん、意味がわからない」

「だから、桐ヶ谷さんものほほんとしてないで少しは本気で防衛しなって。マリコの出入りには猫ドアつければいい。家の周りに落とし穴掘るなら手伝うよ」

「隣近所の老人がかかったらどうすんの。特に札を貼りにきたミツさんとか」

桐ヶ谷は呆れながら帆布の鞄を引き寄せ、タブレットとスマートフォンを入れた。

「とにかくちょっとミツさんのとこへ顔を出してくる。今朝早くに電話がかかってきて、出た瞬間いきなり念仏唱えられたんだよ。その後、十一時に来るように言われたんだけどどういうことだと思う？」

「きっと遠隔で結界《けっかい》を張ったんだな。ミツばあちゃんは味方につけたほうがいい人材だと思う。呪術師《じゅじゅつ》には使い道があるからね」

「いや、呪術師って」

「術者は最弱だけど当たればＨＰがデカい。とにかくわたしも行くよ。お互いにできるだけひとりにならないほうがいい」

小春は出入り口へ移動して壁に背をつけ、外の様子をくまなく窺った。どうやら戦闘ゲームで培った行動のようで、親指と小指を立てて出撃らしき合図を送ってくる。人目を惹く端正な見た目と荒っぽい言動、そこに独特の美意識とマニアックな知識が入り混じることで小春は形成されている。こういうわけのわからない女には今まで会ったことがなく、もはや小春を眺めることは桐ヶ谷の趣味と言ってもよかった。どれほど張り詰めた空気も一瞬でぐだぐだにできる天才だ。

それから二人は寺嶋手芸店へ赴いた。桐ヶ谷は古い木の引き戸の下のほうに手を添え、力加減に注意しながら一気に押し開ける。途中でつかえるだろうと思っていたのだが、気持ちがいいほど滑らかに動いて驚いた。

店の表に盛り塩があったのは言わずもがなだが、中は中で小火《ぼや》かと思うほど線香の煙が渦巻いていた。後ろから入ってきた小春はとたんに咳き込み、顔の前で激しく手を振って声を張り上げた。

「メーデー！　メーデー！　応答せよ！」

「何言ってんの」

桐ヶ谷が煙を払うと、小春は上体を低くしながらジグザグに前へ進んだ。

「緊急用の遭難信号だよ！」

「いや、知ってるけど小春さんはいつも楽しそうだよね」

「二時の方角！　生存者確認！」

小春がわめいて大騒ぎしているなかでも、老女は奥にある神棚に向かったまま振り返りもしなかった。手を合わせて背中を丸め、ぶつぶつと一心に何事かをつぶやいている。

「……励まし給ひ、家門高く身健やかに在らしめ給へと恐《かしこ》み恐《かしこ》みも白《もう》す……」

これは拝詞というものだろうか。桐ヶ谷はミツの言葉に耳をそばだてた。電話で浴びせられた文言《もんごん》とも違うもので、どこかうやうやしさが漂っている。

ミツは深く二回お辞儀をし、二拍手してから再び深々と頭を垂れた。その体勢のまま時が止まったかのように身動きしなかったが、ややあってから顔を上げてゆっくりと振り返った。

「あなた方の守護を強めたわ」

「ホントに？　ミツさんが無敵コマンドを発動した！」

「小春さん、騒がしいって」

桐ヶ谷が後ろから窘めると、腰の曲がったミツが二人を見上げた。

「それで、あなたたちはいちばん初めに渡した形代を持ってきてくれた？」

「ああ、はいはい。いつも装備してるからね」

小春はそう言いながら、斜めがけしている牛革のバッグから文庫本を取り出した。そこに挟まれていた身代わり形代を取り出している。桐ヶ谷も同じく手帳に挟んでおいた形代を出してレジスター脇の台に載せた。

「ここに名前と年齢を書いて。それが終わったら人形に息を吹きかけるの。悪いものを寄せつけないように強く念じてね」

自分でもいったい何をやっているのかわからない。桐ヶ谷と小春が言われるがままに記名して息を吹きかけると、ミツは手を合わせてから形代をさっと袱紗《ふくさ》で覆った。木の丸椅子に手を這わせながらゆっくりと腰を下ろす。

「これはわたしが納めておくから、二人とも油断しないようにね。この形代を持っていたおかげで桐ヶ谷くんは無事だった。盗人からはあなたが見えなかったの。透明になったのね」

「はあ……」

「とにかく、あなたは危険を回避できたことを神に感謝しなければね」

ミツは力強く言った。

心の底からの信仰心には迷いが感じられないが、どこかミツのまじないには我流が混じっているような気がする。しかし、当人が救われているならそれもいいだろう。小春も同じ意見のようで、老女の教えに熱心に耳を傾けていた。

「それにしても大変だったわねえ。桐ヶ谷くんの家にパトカーが何台も横づけされているって聞かされたときは、心臓が縮み上がったわ。ここでずっと祈っていたもの」

「ありがとうございます。大事にならなくてよかったですよ」

「本当ね。とにかく今朝渡したお札を貼って家の中を清めることよ」

ミツはシワくちゃの小さな顔を桐ヶ谷に向け、眠そうに垂れ下がった瞼をしばたたいた。

彼女はだれかを心配して守るという行為に喜びを感じている。家族や近隣住人には疎んじられているのが目に見えるようでいたたまれず、まだ自分には役割があると躍起になっている姿も切なかった。殺人犯が家に侵入したかもしれない事実をミツには話さないほうがいいと思っていたのだが、桐ヶ谷は迷ったすえに伝えることにした。すでにこの老女も事件に深くかかわっている。

桐ヶ谷が昨日の出来事を話す間、ミツはひと言も口を挟まなかった。恐れからまた祈りへ向かうと思っていたがそれもせず、つぶらな瞳をじっと合わせてくる。ミツは事実を聞いても顔色ひとつ変えず、むしろ穏やかな笑みを浮かべた。

「死んでしまった少女が動き出しているわね。きっともう近くにいるのよ。桐ヶ谷くんや小春さんを介して警察を動かしているみたいだわ」

その現実離れした言葉が、なぜか今はすんなりと落ちてきた。ミツは、店内のよどんだ空気を変えるように手をひとつ叩いた。

「さあ、ここからが勝負どころだわ。今日はこれから人が来るのよ。あなたたちにも会ってもらいたいの」

「まさか仕立て屋探偵の入会希望者じゃないだろうね」

小春が訝しげな声を出し、年寄り相手に遠慮なく言った。

「悪いけど新人はいらないよ。わたしら初期メンだけでじゅうぶんだし、別のパーティに合流されても邪魔くさいだけだから」

「小春さん、言葉」

桐ヶ谷は慌てて釘を刺したが、ミツはにこにこと笑った。

「いいのよ。飾りのない言葉ってわくわくするわね。今の時代、みんな言いたいことも言えずに表面だけの付き合いだもの。それにわたしたちってショキメンなの？　なあに、ショキメンって」

小春が初めからいるメンバーのことだと老女の素朴な疑問に答えているとき、店の戸をがたがたと揺する音が聞こえて振り返った。ねずみ色の作業着を着た大男が、店の戸を開けられずに四苦八苦している。桐ヶ谷は戸口へ行って引き戸の下に手を当て、一回で難なく開けた。どうやらコツを摑んだようだった。

「客が入ってこれない店ってなんだよ」

男は鴨居《かもい》に頭が当たらないように上体を下げ、体を丸めるようにして入ってくる。桐ヶ谷は思わず男を見上げた。身長は百九十以上は確実にあるだろう。やや脂肪がつきすぎている感はあるが見事な筋肉が体を鎧《よろい》のように守っており、盛り上がった肩周りの三角筋は惚れ惚れするほどだ。年齢はもう七十近いだろうか。しかしまったく老いを感じさせず、骨格や内臓にいたるまで、ガタがきているような箇所を桐ヶ谷は見つけられなかった。

「ああ、宮原《みやはら》さん。ご苦労さま。ごめんなさいね、御用聞きできなくて」

「そんなことはいいけど、ばあちゃん。いい加減、ここの戸はとっかえたほうがいい」

「いいのよ、それで。どんなものだって魂をもってるんだから、壊れたらすぐ処分するなんてかわいそうじゃない」

「魂って、この戸はもう死んでるぞ」

宮原と呼ばれた男がずけずけと言うと、小春は盛大に噴き出して笑った。この大男は商店街の人間ではなさそうで、薄汚れた作業着の胸には「宮原化学工業」という社名が入っている。

ミツはレジの後ろの棚から古ぼけたファイルを何冊か引き抜き、身長差が五十センチはあろうかという宮原に手渡した。

「新しい書体はここから選んでね。ああ、それと、こちらは桐ヶ谷くんと小春さん。わたしたちショキメンなのよ」

「なんだショキメンて」

宮原はそっけなく言い、肉厚の手のせいで小さく見えるファイルをめくっている。

桐ヶ谷は商店街に店を構えている旨を話し、小春もそれに倣《なら》って自己紹介をした。宮原は荻窪《おぎくぼ》で工場を経営しているようで、寺嶋手芸店とは古い付き合いなのだという。

ミツは注文票と書かれた紙を用意し、ボールペンを上に置いた。

「宮原さんは、いつもうちで刺繍《ししゅう》を頼んでくれるのよ。作業着とか帽子とかに工場名を入れるの」

「へえ、ミツさんってそういう外注もやってるんだね」

小春が意外そうに言うと、ミツは白い結い髪を直しながら頷いた。

「昔なじみの刺繍屋さんも今はたいへんで、こういう細かい仕事を振ってあげないと共倒れになっちゃうの。洋服に入る刺繍なんて、今はみんな中国で刺すからね」

「じゃあ、そこはネーム入れが専門なんですか?」という桐ヶ谷の質問に目でそうだと伝えてきた。

「宮原さんのところもそうだけど、町工場も小売も協力し合わないとやっていけないのよね。これからはもっと厳しい時代になるんでしょうし、とてもひとりでは生き残れないもの」

「そうは言ってもどこも跡継ぎがいねえからな。この手芸屋もうちも、自分らが死んだら終わりだ」

宮原は注文票を取り上げ、依頼する刺繍の書体番号を書き込んだ。現在の漢字表記からローマ字に変えるようで、紙にアルファベットをぎこちなく綴っていった。

「まあ、ちょうどいい頃合いかもしれん。モノ作り大国日本……なんて持ち上げてっけどしゃらくせえ。町工場はどこもジリ貧だよ。斬新な技術があっても、大手に市場を押さえられてっから入っていける隙がない。下請けの下請けの下請け、そのまた下あたりにうちの会社はいるからな」

宮原はくぐもった低い声で喋り、書き終わった注文票をミツに渡した。

この男は今の状況を何もせずに憂いているのではなく、日々着実に前進しているものと思われる。現に新しい作業着に入れる刺繍を百十着分頼んでいるのだから、現役を退くつもりなど毛頭ないだろう。桐ヶ谷の周りはなぜかそんな技術者であふれており、なんとか橋渡しができないものかと日々考えていた。

「で、何か用だったのかい？」

宮原は寄り気味の小さな目をこすりながら言った。この男と自分たちを引き合わせようとしたのだから、ミツには何か目論見がありそうだ。老女は桐ヶ谷と小春を順番に見やり、台の上で節くれ立った手を組み合わせた。

「わたし、ここ三、四日は昔の帳簿をひっくり返してたの。仕入れ台帳とか発注書とか、全部取ってあるからね」

「全部？　ものすごい量じゃなかった？」

小春が口を挟むと、ミツはどこか誇らしげに唇を結んだ。

「かなりあったわね。でも、あなたたち二人はわたしを安楽椅子って言ったじゃない？」

「なんだ、安楽椅子って」

宮原が疑問を呈したが、桐ヶ谷は笑って曖昧にごまかした。殺人事件の捜査に首を突っ込み、そのうえ高齢のミツにわけのわからないことを言って巻き込んでいるとなれば非常に心証が悪い。

ミツは先を続けた。

「わたしはこの場所で昔を振り返っていたの。警察で見たベークライトの釦が頭から離れなくて、昔、釦とかバックルの付属品をどこで仕入れていたのかが気になってね」

「それで？　もしかしてなんかわかったの？」

小春が傷だらけの台に手をついてミツをせっついたが、老女は飄々と語った。

「わからなかったの。なんにも」

小春はずっこけるような仕種をした。

「帳簿を見て思い出したんだけど、うちはベークライト釦を入れなかったみたい。昔はお父さんが仕入れを全部やってたから、お父さんの趣味だと思う。革釦とかくるみ釦とか、繊細じゃないものばっかりで嫌になるわ。そのうえ値段も高いのよ」

ミツは亡き伴侶を非難こそしているが、表情はとても嬉しそうだった。昔の帳簿を見返したことによって思い出があふれ出していたのだろう。この事件は見聞きするものすべてが暗澹《あんたん》としているが、ミツが穏やかな過去を振り返る機会を得たことには救いがあった。

宮原は筋肉が盛り上がるほど太い腕を組み、さっぱりわけがわからないと言いたげな面持ちをしている。すると昔話を唐突に切り上げたミツが大男に話を振った。

「宮原さんの工場はベークライトを扱っていたわよね？　昔、だれかから聞いたことがあるんだけど」

「まあ、ベークライトというかフェノール樹脂な。うちの工場は樹脂積層板を作ってんだよ。いわゆる絶縁材料だ」

「やっぱりそうだわ。宮原さんなら、ベークライトのことがわかると思ったの。あのね、釦なんだけどね、珊瑚色で菊の模様が彫りで入ってるのよ。それはそれはすてきなベークライト釦なんだけど、何か知らない？」

いくらなんでも質問が漠然としすぎているだろう。宮原はベークライトの原料でもあるフェノール樹脂を扱っているというだけでまったくの畑違いだ。

大男は眉間に深いシワを刻んでますます訝しげな顔をし、今初めて桐ヶ谷と小春の存在を認知したとでもいうように目を向けてきた。なぜか宮原なら知っていると確信を得ているらしいミツは、さらに言い募った。

「大きさはこのぐらい」

そう言いながら指で輪っかを作る。

「たぶん、百年ぐらい前のものだと思うのよ。知らない？」

「は？　百年前？　そんなもん、俺が知るわけないだろう。だいたい、菊の模様の赤い釦って説明だけでモノが特定できるやつがいるか？　写真があるならまだしも」

「さて、わたしの出番だね。写真ならおまかせあれ」

小春が流れるような動きで鞄からスマートフォンを取り出し、杉並署で盗撮した画像を嬉々として表示している。ミツが「あら、なんで写真があるのかしら」と小首を傾げたが、小春は厳かな調子で答えた。

「いい？　世の中には知らなくていいことがごまんとあるんだよ」

人生の師とも呼べる老人に対して生意気な口をきくにもほどがある。宮原は受け取ったスマートフォンを顔から離し、指で画像を拡大しながら目を細めていた。そして長々と検分してから小春に戻した。

「これは熱硬化性樹脂で間違いない。ばあちゃんの言う通りベークライトだよ。汎《はん》プラとはツヤと質感が違うからすぐわかる」

「作られた年代なんかはわかりますか？」

桐ヶ谷はすかさず問うたが、宮原は角張った顎を触りながら眉根を寄せた。

「年代は実物を見ないとわからんな。ただ、古いもので間違いない。なのに新しいんだよ。樹脂の表面に使用感がないからな。十中八九、新古品だろう」

小春やアルビノの夕実の見立ては正しいようだ。ということは、十五年ほど前に日暮里の露店でこの釦が売られていたという情報も信憑性《しんぴょうせい》が増す。

アトミック柄の生地から、被害者の少女は川島繊維の身内ではないかという可能性が浮上した。さらに住んでいた場所を絞り込む鍵になるのがこの釦ではないだろうか。桐ヶ谷は、なんの根拠もなくそう思っていた。少女が遺したものひとつひとつが、まるで宝探しの地図のように進むべき道を指し示している。

ミツがスマートフォンの画面を流し見て、口の中で厄祓いか何かの文言を唱えている。そんな様子を見慣れているらしい宮原は、なんの反応も見せずに口を開いた。

「ベークライトは釦だのアクセサリーだの、一時期はそんな小間物を作る工場があちこちにあったとは聞いてるよ。かなり昔の話だがな。この辺りだと国分寺の町工場もそうだ」

「国分寺?」

桐ヶ谷と小春は同時に繰り返した。

蒐集家の夕実によれば、日暮里で釦を売っていた男が国分寺の工場に勤めているという話だった。しかし桐ヶ谷が調べた限りでは、国分寺にはそれに該当するような釦工場はない。数十年前まで遡って調べても見つけられなかった。

「国分寺に今もあるんですか?」

桐ヶ谷が急くように尋ねると、宮原は小刻みに頷いた。

「ああ。土田鋳造所《つちだちゅうぞうしょ》っていう古い町工場で、先代が手広くやりすぎて潰れる寸前までいったんだよ。今は砂型鋳造だけで細々とやってる」

「そういうわけか……。砂型鋳造というと、精密機械の型ですよね」

「そうだな。土田はロボットアームの型を長いことやってたと思う」

「ロボット工場でベークライト釦も作ってたの？」

見れば小春は手帳を出しており、宮原の言葉を書き取っていた。

「確か今はフラン樹脂を使ってるが、昔はフェノールで鋳造してたんだな。試験的に釦を作ったが、不良品だらけですぐやめたらしい。一回も商品化することなく終わった話は聞いたことがある」

「それは初期のベークライト？」

「そうだろうな。うちの工場で働いてたじいさんから聞いた話だ。大昔のB品釦を後生《ごしょう》大事に取ってあるってよ。現社長いわく、これから価値が上がるとかなんとか言ってたみたいでな。門外不出で倉庫に厳重に保管されてるんだと。いったい安物のフェノールの不良品になんの価値があるんだか」

宮原は嘲笑《ちょうしょう》混じりに言ったが、土田鋳造所の経営者はベークライト釦の高騰を早くから見抜いていたことになる。だとすれば、日暮里の露店でひと山数千円での販売はあり得ない。そして門外不出の釦が被害者少女へ渡ったルートもわからなかった。

桐ヶ谷はタブレットで土田鋳造所を検索したが、ホームページはおろかなんの情報もヒットしなかった。それを上から覗き込んできた宮原が、にやりと唇の端を上げた。

「土田はネットに何も上げてないぞ。古臭い頭の連中がそろってて、未だに帳簿も手書きだっつう話だしな。なんだか知らんが、おたくらはベークライト釦を調べてんのか？」

宮原のもっともな問いに、ミツが声を低くして答えた。

「それ以上は聞かないで。あなたは何も知らないほうが幸せなのよ。首を突っ込んだが最後、災いの元を呼び込むことになるから」

「また始まったよ」

宮原は額に手を当ててうんざりした表情を作った。

「ばあちゃん、こないだ使いにこさせた事務員を怖がらせただろ。先祖供養がどうとかでよ。やめてくれって。あれはまだ十九の小娘だぞ？」

「まだ若い娘さんだからこそ忠告したのよ。因縁は断ち切るべきだもの。それはそうと、国分寺にある土田鋳造所の住所を教えてね」

ミツが話を変えると、宮原はあっさりと住所を口にした。長年の付き合いらしく、互いを理解していると見える。桐ヶ谷は、宮原が口にした北町《きたまち》六丁目の住所をタブレットに打ち込んだ。玉《たま》川上水《かわじょうすい》沿いに工場はあるらしい。

手に入る情報は取り留めのないものばかりだが、どこか似通った匂いがするのは思い違いではないだろう。これらが交わったところで少女は待っている。桐ヶ谷はそう確信しつつ、タブレットを鞄にしまった。

3

店の外に出たとたんに雨がぽつぽつと顔に当たり、隣で小春が小さく舌打ちをした。

「雨がやまなかったら今日の売上はゼロだわ」

「どういうこと?」

桐ヶ谷が尋ねると、隣でハンカチを頭に載せた小春が目だけをこちらへ向けた。

「常連さんが夕方から人を連れてくる予定だったんだけど、雨だったらキャンセルなんだよね。来店するたびに何十万も買い物してくれる超お得意さんなんだけど出不精でさ。とにかく雨とか雪とか風とか湿度高いとか、そういう気候ですべての行動が決まるわけ」

桐ヶ谷は笑った。

「きみんとこは客も変わってるよな」

「まあね。みんな個性強すぎてついていくのがやっとだよ。おもしろいけど」

小春は小走りしながら語った。

今日は土曜日で高円寺南商店街の人出も多く、小洒落たカフェの前には若者の長い列ができている。時刻は昼過ぎだ。桐ヶ谷と小春は通りにあるパン屋に入り、とりあえず腹ごしらえをするべくイートインに腰かけた。正直なところ朝からまったく食欲が湧かなかったのだが、小春の勧めで店に入って正解だった。山盛りのキャベツを挟んだ自家製ハンバーガーが絶品で、一個では足らずに追加したぐらいだ。

「ここのハンバーガー食べたらほかではもう食べられないよ。バンズからピクルス、ケチャップにマスタードまで全部自家製で、毎日でも食べたいからね」

「初めて食べたけど驚いた。この勢いで三個はいけると思う」

「でしょ？　ただし、テイクアウトはお勧めしない。作りたてをその場で食べてこそ、このクオリティが保たれるからね」

小春は豪快にハンバーガーにかぶりつき、心底幸せだと言わんばかりの笑顔であっという間にたいらげている。桐ヶ谷も粗挽《あらび》きハンバーグを挟んだパンを口に運ぶたび、小さく縮こまっていた胃があたたまっていくのを感じた。

二十分と経たずに二人は店を出た。雨足が強くなることはなかったが、依然として冷たい雨が地面を濡らし続けている。

商店の合間にある民家では酢橘《すだち》が枝葉を広げており、黄緑色の小さな果実が重いほど実っているのが目に入った。最近は季節を感じる余裕もなかったが、こうして周囲に目を向けると着実に秋が訪れているのがわかる。どこか清々しい気持ちで奥まった自宅への角を曲がったとき、店の前に佇《たたず》む二人の男が目に入ってたちまち現実に引き戻された。うまいハンバーガーや青い酢橘の余韻が一瞬で消え失せる。

「どうも、どうも。二人でお出かけでしたか」

南雲と畑山はそろって透明のビニール傘を差し、にこにこと人好きのするいつもの笑顔を向けてくる。しかし今日も笑っていない目は健在で、桐ヶ谷の不安を掻き立てた。

「電話もしないで急にごめんなさいねえ。ちょっと話があるんだけど、中でいいかな」

言葉とは裏腹にまったく悪びれず、南雲は大仰に傘を閉じている。

桐ヶ谷は古びた鍵穴に鍵を挿し込み、ドアを少し持ち上げるようにして解錠した。店に入ると、工業用油のような臭いがぷんと鼻につく。これは鑑識捜査の副産物だろうか。古い家特有の匂いが薄まり、どこか科学的な気配のする空間に様変わりしている。

桐ヶ谷は薄暗い店の電気を点け、隅にある丸椅子やパイプ椅子を人数ぶん引きずってきた。

「とりあえずコーヒー淹れるわ。自分も飲みたいし」

小春はそっけなくそう言い、当然のように桐ヶ谷の住居のある暖簾の奥へと消えていく。いつもは口数の多い南雲が先ほどから黙り込んでおり、その沈黙が気詰まりでしようがなかった。三人の男が無言のまま座っているところへようやく小春がお盆を持って現れ、そつのない動きでコーヒーを給仕する。そろいのカップが家にはないため、湯呑みやマグカップ、そして味噌汁椀などみな器がばらばらだった。

南雲は礼を述べてホーロー引きのカップに口をつけ、盛大に音を立てて熱いコーヒーをすすっている。その品のない所作に対する苛立ちよりも不安が先立ち、一向に本題に入らない刑事に痺れを切らして桐ヶ谷は口を開いた。

「何かあったんですか？」

よくない知らせなのは顔を見た瞬間から察しているが、刑事二人の様子が今までとは違いすぎる。小太りで髪の薄い警部はさらにコーヒーをすすり上げ、低いうなり声を上げてからようやく顔を上げた。

「今からちょっと重要なことを話すからね。本来ならきみらに言う必要はないんだが、今回ばかりは事情が違う。きみが前に言ってた歩み寄りというやつをすることにしたよ」

南雲はそう前置きし、隣に座る部下に目配せをした。のらりくらりと話をはぐらかしていたときとは異なり、表情筋が引き締まって決意のにじむ顔をしている。桐ヶ谷は言葉を記録しようと鞄からタブレットを出した。

「結論から言うよ。昨日、この店から採取された指紋と完全一致した人間がいる」

反射的に息を吸い込んだ小春を一瞥し、南雲は先を続けた。

「十年前に阿佐ヶ谷の団地の一室にあったものだよ」

「阿佐ヶ谷の団地？　ちょっと待ってください。少女を殺害した犯人ですか？」

桐ヶ谷と小春は身を乗り出した。南雲は目頭を指で押して疲労感を追い払い、真正面から目を合わせていた。

「その通り。十年間、我々が被疑者として追ってきた人間だ」

桐ヶ谷の首筋に悪寒《おかん》が走り、意志に反して膝が震えた。家に侵入した人間が殺人犯の可能性どころか、確実な物証が出てしまった。小春もコーヒーの入った味噌汁椀を両手に持ったまま固まっており、心なしか顔が蒼褪《あおざ》めていた。

南雲は茶色いクマの沈着した顔を両手でこすり、裁断台の上でその手を組み合わせた。

「指紋の主はここ十年、別件でしょっぴかれることもなかった。要はおとなしく息を潜めてたんだよ。それがここにきて姿を現したわけだ」

「なるほど。僕と小春さんが核心に近いところに触れていたので、このままではいられないと考えた」

桐ヶ谷の言葉に、南雲は不本意そうにしながらも小さく頷いた。

「そういうことだろうねえ。警察が十年を費やした捜査よりも、きみらがたったの九日間で示した内容のほうが的を射ていたということだ。面目《めんぼく》が丸潰れだと嘆く捜査員もいたが、まあ、今はそんなことはどうだっていい」

南雲は喋りながら隣の部下へ手をやると、待っていたかのように畑山は分厚いファイルを手渡した。

「捜査情報を一般人に渡すのは完全なる守秘義務違反だ。もう三十年以上も警官をやってるけど、これが初めてのことだよ。でもおそらく、きみらが知ってこそ意味があると今は思っている。うちの畑山くんも同じ意見でね」

いつも記録に徹してほとんど喋らない畑山が、桐ヶ谷と小春に目を向けて申し訳程度に微笑んだ。

「今回きみらが指摘した情報のひとつひとつは、独特の視点があったからこそ出てきたものだ。ただ、きみらから提供された情報を警察はどう扱えばいいのかわからないんだよ。言ってみれば、根拠の薄い感性に従った捜査を警察はしない。しかし、今回のヤマはその部分こそが重要だった。だからきみらの感覚に頼ってみたくなったわけだよ」

意外な展開に桐ヶ谷と小春は顔を見合わせたが、いつからか南雲の印象が変わっていたことには気づいていた。自分が提供した曖昧な情報の裏を取るため、即日でわざわざ小岩まで足を運んだ事実がそれを物語っているだろう。店から出た指紋が被疑者と合致したことで、刑事の考えは固まったものと思われる。

南雲は十年ぶんの捜査資料とおぼしきファイルをめくり、上目遣いで二人を見やった。

「まずこの店から出た指紋だが、ほとんどがタブレットに残されていた。この部分ね」

警部は、裁断台の上に置かれているタブレットに目を向けた。そして、ホームボタンあたりを指し示す。

「店に残された指紋の量から、侵入時には手袋か何かを着けていたと推定。とにかく、きみの指紋ばかりだったよ。ただ、タブレットの中身を見ようとして手袋を外したんだろうね。ボタンを押して起動させたが、パスコードロックがかかっていて断念した」

小春が気味が悪いと言わんばかりに、タブレットのホームボタンをじっと見つめた。

「指紋は欠損していて完全ではなかったが、阿佐ヶ谷の部屋で検出されたものと特徴点と汗腺孔《かんせんこう》が一致している」

「汗腺孔？」

小春が口にしたと同時に、南雲は流れるように説明を加えた。

「指紋っていうのはね。隆線縁鑑定《りゅうせんえん》、いわゆる指紋の波型で見るものと、そのポイントを見る特徴点鑑定、そして汗の出る孔の形と位置を見る汗腺孔鑑定の三つがあるんだよ」

「人の指紋には百以上の特徴があるから、これが十二個一致すれば照合上は同一指紋になるんでしたよね。確か世界基準で」

桐ヶ谷が過去に読んだ書物を思い出しながら口を挟むと、南雲と畑山は同時に苦笑いを浮かべた。

「よく知ってるねえ」

するとすかさず小春が首を傾げた。

「たったの十二個で一致なんて言ったら冤罪《えんざい》だらけになんないの？　怖いんだけど」

「いや、世界人口を見れば、十二個の特徴が一致する確率は一兆分の一ぐらいだからね。同じ指紋はひとつとしてないんだし」

桐ヶ谷の解説に南雲は頷いた。

「ここで出た指紋は一致点が八個だったけど、それでも一億分の一の確率だからねえ。そのうえ汗腺孔の一致もあるから同一人物で間違いないというわけだよ」

南雲は親指を舐めてページをめくった。

「毛髪もいくつか採取したけど、これはＤＮＡの鑑定結果待ち。いずれにせよ、十年前に阿佐ヶ谷の殺人現場にあった指紋との一致はまぎれもない事実だ。そこで……」

丸顔の警部はポケットからくしゃくしゃになったハンカチを引き出し、顔に浮いた汗をまんべんなくぬぐった。

「以前桐ヶ谷さんは、被害者の死亡時の所見を着衣を見ただけで推測したね？　側頭骨が陥没骨折していて急性硬膜外血腫を起こしていた。そして直接的な死因は凍死だと」

「そうですね。衣服に残された血痕は間違いなくそれを指していましたから」

南雲は桐ヶ谷と目を合わせたまま口を開いた。

「まったくもってその通りだよ。ガイ者の死因は凍死で、外傷を負ってからしばらく生きていたことがわかっている。右側頭骨の陥没骨折も当たりだ」

桐ヶ谷の心に住み着いている少女が、わずかに薄い唇を開きかけたのがわかった。彼女の人物像が、予測の域を越えて固まりつつあるのがわかる。貧しさや出自を恥じ、人とかかわらずにいることが彼女の日常だ。過去に、それを馬鹿にされたことがあったのかもしれない。そんななかでも、初めて見る色とりどりのワンピースに目を奪われた様子が浮かぶ。少女はできる限りのおしゃれをしようと試みた。当然、何不自由のない同級生への嫉妬もあっただろう。家族を恨んだこともあるはずだ。少女は同年代なら経験しないような重い悩みや苦しみを抱え、そしておしゃれに目覚めた矢先に悪意に巻き込まれてたったひとりで息絶えた。

桐ヶ谷は揺れる感情にできるだけ蓋をし、無心に少女にまつわる点と線をつないでいった。そうしていくと、ひとつだけ曖昧で映像化のできないものに突き当たる。彼女が着ていたワンピースを見たとき、どこか収まりの悪さを感じた部分だ。自分が推定した死因と外傷が正しいことはわかっていたが、何かがひとつだけ欠けている。その肝心の「何か」がわからない。

桐ヶ谷は傷だらけの裁断台の天板をしばらく見つめ、頭を整理しながら言葉を出した。

「南雲さんはこの前、少女が唯一抵抗したような痕があるとおっしゃいましたよね？　それは具体的になんです？」

「ああ」

南雲はファイルに綴じ込まれている書類を指でたどり、数枚をめくって視線をぴたりと止めた。

「転んだ痕跡だね。膝は擦り剝いた傷がかさぶたになっていたし、肩や肘、手にも痣《あざ》が認められているよ」

「肩や肘？　左右どちらです？」

「ええと、肩と肘の打撲痕は右側だけだ」

「右側だけ……」

南雲は顔を上げた。

「細かい打撲痕やかすり傷に関しては、腐敗の影響を受けているから傷を負った日時的なものはわかっていない。だけどまあ、被疑者と揉み合ったと見るのが自然だからね。解剖医も外傷の新しさを指摘しているよ」

桐ヶ谷は考え込んだ。新しいかすり傷があれば、抵抗の痕跡と見るのは当然の流れだ。しかしどこかが腑に落ちないのはなぜだろう。桐ヶ谷は警察で見た少女の遺留品を思い返し、頭のなかをまとめていった。

「ワンピースの背中についていた血痕を見た限り、いきなり側頭部を強打されたんだろうと思いました。まさに不意打ちです」

「うん、それで？」

「たとえば逃げまわる被害者を追いかけて頭を殴りつけたとすれば、衣服につく血液の量はもっと広範囲になるはずなんですよ。興奮状態で心拍数が増大したでしょうから」

南雲の隣では、部下の畑山が背中を丸めて高速でペンを動かしている。桐ヶ谷は腕組みしながら言葉を続けた。

「それと、肩や肘に打撲ができるほど転倒したりぶつかったりしたなら、その痕跡がはっきりと洋服には現れていたはずです。でもワンピースに残されていたのは、膝下と両脇のダメージのみ。司法解剖の所見とは食い違いがありますね」

「早速、警察関係者とは見立てが違うわけだねえ」

南雲はどこかおもしろそうに相好《そうごう》を崩した。

「つまりこういうことだよね。被害者は事件の前から、打撲痕が残るほどの暴力を受けていたと」

「考えたくはないですが、そういうこともあるかもしれません」

桐ヶ谷は、動揺しないよう腹に力を入れながら答えた。事件の細部が炙《あぶ》り出されてくるにつれ、不快さも一気に高まってくる。

桐ヶ谷は、感情の揺れが驚くほど見えない刑事二人を見つめた。常に悲惨な現実と向き合う警官という仕事には、少なからず鈍感さが必要なのだろう。慣れはないと思いたいが、とにかく一喜一憂しない訓練は完璧だった。

桐ヶ谷は、胸が苦しくなる現実を回避するべく話を変えた。

「ちなみになんですが、事件現場にはほかに何がありました？」

「かなりの量の毛髪」

どさくさまぎれの問いにも、南雲ははぐらかすことをせずにあっさりと答えてきた。

「かなりの量とは？」

「逆にきみらの意見が聞きたいね。殺人現場には、多種多様な髪の毛が落ちていた。自然脱落毛だったり、途中で千切れたような毛だったり」

そう説明した警部はファイルに目を落とした。

「八人分の毛髪だよ。被疑者を抜いて八人だ」

「前の住人とか」

　小春が久方ぶりに声を発したが、南雲は眉根を寄せて難しい面持ちをした。

「前の住人が出て空きになってから、三年が経ってる部屋なんだよ。しかもＤＮＡ鑑定はできなかった。毛根つきのものがなくてね」

「それなのに八人ってわかったの？」

「見た目から判断できたものが八人分あったんだよ。白髪だったり茶色く染めた髪だったり、染めも何もしてない黒い髪だったり。まあ、科学捜査で個人の特定ができないんだから、本当は八人かどうかはわかったもんじゃないが」

　桐ヶ谷は耳を傾けながら頭を巡らせた。

　現在の科学ならば髪の毛から簡単に個人が特定できるだろうと一瞬だけ考えたが、実際に毛髪からＤＮＡを抽出できるのは三パーセント程度だと何かで読んだことを思い出した。むりやり引き抜かれた髪ならまだしも、自然な抜け毛では成功率は低い。いずれにせよ、よくわからない状況だということだ。

　険しい表情で話を聞いていた小春が、いささか低い声で言った。

「昔、うちの実家の近くに廃ホテルがあったんだけど、とにかく悪ガキの溜まり場になってたね。阿佐ヶ谷の団地も取り壊しが決まってたって聞くし、もともとそういう劣悪な環境だったんじゃないのかな」

「そうだよねえ、普通、それをいちばん初めに考えるよね。でも、近隣の聞き込みからそういう事実がひとつも聞こえてこないんだ。しかも溜まってたのは悪ガキじゃなくて、おそらく老人だよ」

「DNAなしでそれがわかったんですか?」

桐ヶ谷が問うと南雲は頷いた。

「白髪だの白髪染めしてある髪だの、どう見ても若い連中の毛髪ではなかったんだ」

「へえ。じゃあ年寄りの密会場だったのかね」

そうだとしても、警察の徹底した聞き込みでその手の情報が挙がらなかった事実は見逃せない。それに、状況から見て被害者の少女はみずからの足で部屋へ行っていると桐ヶ谷は確信していた。彼女には空き室へ忍び込む理由があったのだ。

南雲は先日から一変し、桐ヶ谷と小春に捜査情報を渡すことに躊躇がなくなっていた。むしろ今はそれをしないと前には進まないと考えているようで、腹を決めた様子が窺える。桐ヶ谷は刑事の意を汲み、積極的に質問をした。

「事件現場に髪の毛が大量にあったということは、同じぶんだけ指紋もあったわけですよね?」

「それがねえ、指紋は被疑者と思われる人間のものだけなんだよ。しかもドアノブに残された欠損指紋がひとつだけ。被害者の指紋も出なかった。おそらく、ホシが拭いていったんだろうね。今回の桐ヶ谷さんの店もそうだけど、こいつは警察捜査を意識している。なかなか慎重なやつだよ」

「そうですかね。慎重な性格ならうちに忍び込んだりしないでしょう。しかも無意味なものを盗んでいったのを見ると、どこか焦りを感じます」

桐ヶ谷は、刑事たちの気が変わらないうちに無理難題をふっかけた。

「この際なので言ってしまいますが、事件現場の部屋を見せてください」

南雲はうつむきがちに含み笑いを漏らした。

「刑事に向かってよくそんなことが言えたもんだねえ。ずうずうしい以前の問題だね」

「手許にある情報は多ければ多いだけいい。この事件は、どこがどうつながるのかわかりませんからね。南雲さんもそう考えたからこそ、人生初の守秘義務違反を犯しているわけでしょう？」

くたびれた刑事はにやりと口角を上げ、大きな音を立てて捜査ファイルを閉じた。

4

捜査車両のアコードから降りると、ひんやりとした風が通りを吹き抜けていった。午前中に降っていた小雨も上がり、アスファルトにできた水たまりには薄日が反射して輝いている。阿佐ヶ谷北は喧騒とは切り離されたのどかな町だ。しかし、目の前にある薄暗い団地群がすべてをぶち壊している。いたるところに立ち入り禁止の看板が設けられ、広い敷地にはロープが張り巡らされていた。

「まるでホラーゲームの舞台だよ」

後ろに立っている小春がぼそりと口にした。肩越しに振り返ると、まっすぐの長い髪を風になびかせながら勇ましい顔つきで建物を見据えている。そしてポケットからヘアゴムを取り出し、無造作に髪をひとつに束ねた。

「生きて帰れるのはたったひとり。ゲームの性質上、最初の餌食《えじき》は位の高い警官で決まりだな」

不必要に凜々《りり》しさをにじませた小春は、薄い髪が風で舞い上がっている南雲をちらりと見やった。なぜか現場でホラーゲーム的な分析をし、一番目の犠牲者を南雲に設定するあたりが不謹慎極まりない。しかも部下の畑山は笑いを必死に堪えており、さっきからしきりに咳払いをしてあらぬほうを向いていた。

桐ヶ谷は、あらためて団地へ目を向けた。ねずみ色をしたコンクリートの直方体が、縦に五棟ほど整然と並んでいる。窓や階段の入り口などは真っ黒い孔《あな》となり、閑静な住宅地でひときわ得体の知れなさを振りまいていた。

敷地内に植えられているイチョウはかつて美しい並木だったろうが、今では剪定《せんてい》もされずに天を突き刺す勢いで伸び放題だ。葉はほとんど色づいておらず、手入れされていないせいか茶色く立ち枯れている木も多かった。

「取り壊しは来年早々だよ。ここもだいぶ老朽化が進んでるからね」

南雲が西日に目をしばたたかせながら言い、たわんだロープをまたいで敷地内へと入っていった。桐ヶ谷も刑事のあとに続いたが、一本の細いロープを越えた瞬間から空気の質が変わったような気がした。粘度のある負の気配が団地群から垂れ流しになっており、これ以上、進みたくない気持ちが湧き上がる。イチョウの大木はムクドリのねぐらになっているようで、おびただしい数の鳥の声が辺りの空気を震わせていた。

「ねえ、畑山さんはもちろん銃持ってるよね？」

小春が出し抜けにおかしな質問をした。角張った顔の畑山は彼女を振り返り、つながりそうな太い眉毛をぴくぴくと動かしている。

「銃は携帯していませんよ」

「は？　なんで？　デカなんていつなんどき危険があるかわかんないでしょ」

「だから警戒を怠らないんです。訓練もしていますし」

「訓練が役に立たない状況が問題なんだよ。まさしく今みたいな」

小春がやかましく食い下がっている。すると畑山が一本調子の声を出した。

「ゲームとか映画の世界なら、心配しなくても生還者は水森さんただひとりですよ。シナリオ的に、いちばん非力な者が勝ち抜けるようになってるんだろうし」

「ちょっと聞き捨てならないね。いちばんの非力はわたしじゃなくて南雲さんだよ。見てみな、あのビール腹。あれでどうやって敵と戦うのさ。絶対に逃げ遅れるし正直言って足手まといになると思う」

とんちんかんなところで食ってかかる小春の腕を引っ掴み、桐ヶ谷は自分のほうへ引き寄せた。好きに喋らせておけば心証が悪すぎてかなわない。しかし意外にも笑い上戸らしい畑山は、また咳払いをしつつ笑いを噛み殺していた。

小春の口数が多いのは、おそらく恐怖を感じているからなのはわかっている。朽ちて色褪せた遊具を横目に、いささか及び腰になっていた。近くで見る集合住宅はひときわ劣化が激しく、コンクリートの外壁にはいたるところに黒ずんだひびが走っていた。一日を通して陽《ひ》が当たらないであろう北向きの壁面には、暗緑色の苔がびっしりと生えている。目に入るものすべてがくすんでいた。

刑事二人がいちばん手前の棟へ足を向け、なんの躊躇もなく真っ暗なエントランスに入っていく。赤錆だらけのポストは落書きで覆い尽くされ、だれが貼っていったのか真新しいピンクチラシが浮き上がって見えた。

四人は閉塞感のある寸詰まりの折返し階段を上り、枯れ葉や土埃が吹き溜まっている廊下を無言のまま進む。そしていちばん奥で立ち止まり、塗装の剝げた金属の玄関ドアに向き合った。

二〇一と消えそうに書かれたドアプレートにはクモの巣がかかり、だれがいたずらしたのか呼び鈴の脇には鳥居のマークが入っている。物好きが肝試しにでもきているのだろうか。床には踏み潰された煙草の吸い殻《がら》が散乱していた。

南雲は額に浮いた汗をハンカチでぬぐい、畑山から茶封筒に入った鍵を受け取った。

「事件当初、この部屋の鍵は壊れていてね。団地の住人はだれもその事実を知らなかったんだよ。いつから壊れていたのか、管理者の住宅供給公社の連中も把握していなかった」

「でも、少女と犯人は知っていた」

桐ヶ谷がそう断言すると、南雲は頷いた。

「そうなんだろうねえ。前の住人の退出時にも鍵を新しくしなかったようだし、管理の面でいろいろと杜撰《ずさん》だったことだけは確かだよ」

南雲は、薄汚れたドアの鍵穴に鍵を挿《さ》し込んだ。解錠してノブを引くなり、コントラバスのような低い音が廊下に響いて思わず奥歯を嚙み締めた。依然としてムクドリがけたたましく囀《さえず》り、団地に漂う空気がことのほか重い。玄関からまっすぐ奥に見える部屋は薄暗く、入ることを脳が拒絶しているのか足がなかなか前に出なかった。

まったく顔色を変えない刑事二人が部屋に入ってから数分後、桐ヶ谷と小春は自身を奮い立たせてなんとか室内へ足を踏み入れた。

狭い三和土で靴を脱ぎ、異様な雰囲気に気圧《けお》されながらも歩を進める。出入り口付近には旧式の台所や風呂場などの水まわりが固まっており、奥は六畳間が二つだけだ。時を経た畳は黄色くなってささくれ、表面がぼこぼこと波打っている。当然物がないためがらんとしているのだが、天井が低くて圧迫感が半端ではなかった。

「湿気とカビ臭さがすごいな」

南雲は滑りの悪いクレセント錠を苦労してまわし、居間の窓を全開にした。とたんに狭いベランダに棲みついたハトが何羽も飛び立って心臓が縮み上がる。小春は周囲を落ち着きなく見まわしており、先ほどまでの威勢のよさはなりを潜めていた。

南雲は畑山が差し出したファイルを受け取り、親指を舐めて手荒にめくった。その拍子に横たわる少女の遺体らしき写真が目に入ってしまい、桐ヶ谷は慌てて視線をさまよわせた。正直、遺体の写真を見れば何かがわかるかもしれないと安易に考えていた部分もあったが、一瞬目に入っただけで自分には無理だと理解した。被害者に感情移入をしすぎており、冷静な思考が保てそうにはない。

「この辺りを頭にして被害者は倒れていたよ」

南雲は襖《ふすま》の開かれた敷居を指差し、足はベランダのほうを向いていたと説明した。薄暗いなかでよくよく目を凝らせば、敷居と畳の境目に黒ずんだシミが広がっている。桐ヶ谷はワンピースについていた血痕の位置を思い返し、少女が倒れていた状況を頭の中で再現した。そしてすぐ柱や襖、天井に目を走らせる。

この部屋は日当たりが壊滅的に悪い。イチョウの大木が西日を遮り、部屋は日暮れとみまごうばかりに暗かった。柱に顔を近づけて目を細めていると、脇から蒼白い明かりが当てられた。

「どうぞ」と畑山がペンライトを差し出してくる。桐ヶ谷は黙礼してライトを受け取り、ヒトの頭や首に走る血管と骨の位置関係を思い浮かべながら現場を丹念に見ていった。

頭皮には毛細血管がクモの巣状に張り巡らされており、頭頂部へいくほど血管が細くなる特徴がある。側頭部を強打されれば比較的太い血管がダメージを受けるため、瞬間的に血液がどっと流れ出るのは予測がついた。少女はこのときすでに急性硬膜外血腫を起こしていたはずだ。だとすれば、着衣についていた血痕に対して部屋に残されたものはいささか少なくはないだろうか。

桐ヶ谷は、少女の倒れていた場所を重点的に検分した。そして立ち上がり、天井板にライトを当てて明かりの輪を移動させる。

「凶器は見つかっていませんでしたよね」

「ああ、そうだね。この近辺の植え込みや川なんかも調べたが、結局凶器は見つからずじまいだよ」

「もうひとつ。少女が負った傷の形状を教えてください」

そう言うなり、南雲は二、三畑山と言葉を交わしてからおもむろに捜査ファイルを渡してきた。そこには傷口を接写したものがあり、桐ヶ谷は目を剝きながら後ずさった。すぐ後ろにいた小春にぶつかったが、彼女もあからさまに顔を背《そむ》けて唇をきつく嚙んでいる。南雲はさらにファイルを前に出し、桐ヶ谷に押しつけながら口を開いた。

「被害者の遺体は鑑識と科捜研、それに司法解剖医がくまなく調べている。正直、それを上まわる何かを、専門家でもない桐ヶ谷さんが導き出せるとは思っていないんだ。ただね、あなたは初日に被害者の死因と傷の程度を言い当てているんだよ。署であなたが語ったことはすべてその通りだ」

南雲は、目を泳がせている桐ヶ谷からひと時も視線を逸らさなかった。

「被害者の着衣に残された血痕と摩耗箇所。たったこれだけのことから、的確な推測ができる人間には会ったことがない。ほかの捜査員は眉唾《まゆつば》ものだとはなから懐疑的だったが、僕は実際に目の前で見ているからね。もうインチキだと素通りすることができないし、今はその能力を貸してもらいたいとさえ思っているよ」

警部の目はあいかわらず硬質だったが、わずかに親愛の情のようなものが見て取れた。この男から素の心が垣間《かいま》見えたことが、桐ヶ谷にはただただ意外だった。

「南雲さん、あなたは十年前もこの事件を担当していたんですか？」

警部は、不躾《ぶしつけ》なほどじろじろと桐ヶ谷の顔を見まわしてから言った。

「そうだよ。なんの糸口も見つけられないまま迷宮入りしたんだ。で、今は特命捜査対策室にいる。なんの因果か、またこの事件を担当することになったわけだね」

南雲は日暮れ間近の薄暗い部屋で、混じり気のない真剣さをにじませた。さも偶然のように語っているが、この男は十年間、少女の死を一日たりとも忘れたことはないはずだ。のらりくらりとしている裏側では、迷宮入りさせたふがいなさを噛み締めている。桐ヶ谷はそれを敏感に察し、刑事の視線を受け止めて捜査ファイルを手に取った。解剖前の写真とおぼしきものに目を落とす。

固く目を閉じ、薄い唇が半開きになっている少女は、銀色の台の上で血の気の失せた顔を横に向けていた。初めて生身の彼女と対面し、こんな状況だというのに桐ヶ谷の目頭がたちまち熱くなった。自分が描いた絵とほとんど同じ顔がそこにはある。腐敗の影響はごくわずかで、今にも何かを語り出しそうなほどきれいな死に顔だった。苦痛の影は見当たらない。きっと一瞬の出来事だったのだろう。死への恐怖を感じる前に、意識を手放していたことが見て取れ少しだけほっとした。

桐ヶ谷はシャツの袖口でにじんだ涙をぬぐい、再び写真に目を向けた。

右の側頭部には固まった赤黒い血がこびりつき、うなじのあたりまで赤に染めている。情け容赦のないほど鮮明な写真にペンライトの光を当て、桐ヶ谷は傷口をつぶさに確認した。耳の後ろあたりが陥没してへこみ、長い黒髪が血で固まり束になっている。桐ヶ谷は食い入るように凝視し、ページを一枚めくった。

解剖台の上の少女はすっかり髪を剃《そ》られており、正視するのが難しいぐらいの嫌悪感に襲われた。魂の抜けたヒトというのは作り物よりもはるかに空虚だ。桐ヶ谷は自制心を総動員して感情を封じ込め、少女の遺体を客観視するように努めた。

側頭部に受けた傷はきれいな円形にへこみ、ほとんど垂直に力が加わったことを意味していた。以前、造形で衝撃の伝わりと形を検証したことがあったが、この傷はバットのような棒状の凶器で殴られたものではない。

桐ヶ谷は傷を見つめたまま口を開いた。

「特殊な傷だと思います。まるでボールがぶつかったようだな」

「そうだね。医師も同じような見解を示していたよ。これに合うような凶器がわからない。捜査陣からは瓶《びん》の底だという意見もあったが……」

「いや、違いますね」

桐ヶ谷は首をひねった。

「瓶の底は平らですから、傷口には合致しないと思います。それに、人を殴り殺そうというとき瓶の底で垂直に殴打しますか？　この傷はたった一回の殴打です」

「その通りだよ。被害者はたったの一発で致命傷を与えられている。医師によれば、マイクみたいな形状のものが凶器じゃないかと話していたよ」

「マイク」

そう言いながら小春が恐る恐るファイルを覗き込んできたが、やはり無理だと言わんばかりにすぐ首を引っ込めた。桐ヶ谷は、さまざまな角度から撮られた傷の写真を見くらべ、接写の中にわずかな線が入っている箇所を見つけた。

「確かにほぼ球体なんだけど、何か棒状の痕跡も薄く残ってるな。医師はこれを見てマイクのような形状と結論づけたのかもしれない」

桐ヶ谷は部屋の隅に置いておいた帆布の鞄を取り上げ、中からタブレットを取り出した。そして手書きアプリを起ち上げ、画面に指を滑らせる。

「マイクというか、こんな形状のものじゃないかな。棒の先に球体がついているような」

三人はタブレットを見つめ、同時に首をひねった。

「これだと、球体に対して棒の部分がかなり細いね。一応、マイク状ではあるけども」

「ちょっと考えてもこの形のものに想像がつきません。日常では出くわさないものだと思いますが」

畑山も腕組みして口を開いている。桐ヶ谷もしばらく頭を働かせたが、何も浮かんではこなかった。凶器もさることながら、少女が負った傷に違和感がある。耳の後ろに凶器を打ちつけようと思ったとき、ここまできれいな傷になるだろうか。

「ちょっと思ったことを言います」

桐ヶ谷は前置きして南雲と畑山の顔を交互に見やった。

「少女は本当に殺されたんですか」

二人の刑事は無言のまま桐ヶ谷を見つめた。説明しろと言わんばかりの顔をしている。

「解剖医も報告書に書いている通り、凶器と思われる球体の直径は六センチ前後。そこに細い柄がついていたとして、振りかぶって殴打したときの運動エネルギーと外傷が一致しないように見えるんですよ」

「というと?」

南雲がくぐもった声を出した。

「頭蓋骨は場所によって厚みが違います。少女が傷を負った部分の骨は二、三ミリしかないんですよ。中硬膜動脈の通路になっている部分はもっと薄いし、ヒトの側頭部はそれほど強くない外力で簡単に骨折するんです」

桐ヶ谷は再び司法解剖の写真に目を移した。

「凶器が六センチ前後の球体がついている棒ならば、材質は問わずこの程度の骨折では済まないと思います。人を殺そうと思ったとき、渾身の一撃を加えるために全身の筋肉が使われる。ただ手と腕だけを使うわけではありませんから」

二重顎に指を当てて話を聞いていた南雲は、ふいに顔を上げて神妙な調子で言った。

「殺しの方法はいろいろだが、撲殺《ぼくさつ》ほどひどいものはないからね。そういう現場は嫌になるほど見ているよ。詳しくは言わないけど、今あなたが想像している通りだから」

南雲の言葉に身震いが起きた。全身の筋肉を使った運動エネルギーは膨大だ。それを受け止めた傷が少女の側頭部に残るものだとすれば、あまりにも弱々しかった。

桐ヶ谷は次に気づいたことを指摘した。

「凶器から滴《したた》ったと思われる血痕が見当たりませんよね。事件当時、天井や壁、襖なんかに飛沫《ひまつ》痕はありましたか？」

「ほぼない」

南雲は即答した。

「被害者が倒れていた頭部の周りに血溜まりがあっただけだよ。ただね。たった一度だけしか殴られていない場合は、当然だが凶器の上げ下ろしによる飛沫は残らない。このあたりは外傷と現場の状況が一致しているよ」

「そうですか……。でも、どうもすべてが腑に落ちないんですよ」

桐ヶ谷は鞄とタブレットを畳の上に置き、再び刑事の顔を見た。

自分の中ではすでにひとつの結論が出ているのだが、それを不用意に口に出していいものかどうかがわからない。自信がないわけではなく、ここにきて事件の性質ががらりと変わってしまうからだ。

　桐ヶ谷は、少女の負った傷の経緯を頭の中で繰り返し検証した。人体模型を犯人に見立て、筋肉と骨格の動きを想像のなかでじっくりと観察する。繰り返しそれを検証しても結論は変わらず、桐ヶ谷はひと息ついてから顔を上げた。

「これは僕の考えですが、間違えてはいない気がします。少女は殺されたのではなく、転倒してどこかに頭をぶつけた。その結果死亡したんではないでしょうか」

「おいおい」

　南雲は口許を引きつらせて笑った。

「この現場は指紋がきれいに拭き取られていて、被害者のほかにだれかがいたことは間違いないんだよ。現に同じ指紋の人間が、あなたの家にも侵入してるでしょうよ」

「ええ。それは間違いありません。ただ、少女の外傷がどうしても外的要因には見えないんですよ。医師もそう言っていませんでしたか？」

　南雲は少し考え、眉根を寄せた苦々しい面持ちをした。

「もちろん転倒とは明言してない。ただ、外傷に違和感があるようなことは口にしたね」

　すると、背後でむっつりと黙り込んでいた小春がひときわ低い声を出した。

「ねえ、南雲さん。今さら他殺じゃないとわかったら警察にとって都合悪いの？」

「いやいや、そんなことは言ってない。ただ、捜査の方向性を見直す必要は出てくる。あたりまえだけども」

「もし他殺でなかったとしても、瀕死《ひんし》の女の子を置き去りにして出ていったんならじゅうぶんに凶悪だよね。しかも現場工作までして証拠を消した。女の子はたったひとりでこんな薄汚い場所で死んで、何日も発見されなかったんだよ。その鬼畜をしょっぴくのが刑事の役目じゃないのかな。なんで事実を揉み消そうとしてんの」

「あなたはちょっと落ち着きなさいよ。だれも揉み消そうとなんてしてないんだから」

なぜかむきになっている小春をあっさり窘め、南雲は太鼓腹《たいこばら》の上で腕組みをした。

「ともかく、桐ヶ谷さんの意見は頭に入れておく。でもね。事件から十年が経った今、当然だけど被害者は火葬されていて検証のしようがないんだよ。写真と少ない物証から、殺人ではないと立証するのは不可能に近い。まあ、ホシを挙げれば話は別だが」

もっともだと桐ヶ谷は頷き、捜査ファイルを畑山に戻した。

ポケットからスマートフォンを抜いて時刻を確認すると、もう夕方の四時をまわっていた。薄日が射していたのもつかの間で、窓の外は再び鈍色の雲が低く垂れ込めている。日暮れまであと二時間程度だろうか。刻一刻と部屋が暗くなっており、すでにペンライトだけではこころもとなかった。

それから刑事二人は資料を見ながら現場の説明を続け、唯一の指紋を採取したドアノブや毛髪があった場所を次々に指摘した。六畳間がふたつと四畳もないような台所、そして窮屈そうな風呂場とトイレしかない手狭な間取りだ。何も見落とさないよう時間をかけて検分をしたものの、すぐに見る箇所がなくなった。

「ここは畳も全部剝がして調べているし、押入れの天袋とか風呂場の天井裏も検分してるからね。それこそ髪の毛一本すらも見逃してはいないんだよ」

もちろんそうだろう。警察がくまなく捜査しているのだから、この狭い団地の一室から新たな痕跡が見つかるとは思えない。

それにしても、少女と犯人はいったいここで何をしていたのだろうか……。そのとき、小春がおかしな声を上げて盛大に咳き込んだ。

「何この臭い！　押入れん中がひどいよ！」

見れば、小春が顔の前を激しく手で扇いでいる。スマートフォンをライト替わりにして押入れの中を照らしており、さらに騒がしく捲し立てた。

「この油みたいな臭いには覚えがあるよ。タイの縫製工場にあったシャツのデッドストックを送ってもらったとき、こんな臭いが染みついてて売り物にならなかったことがあるんだ。ドライクリーニングでも落ちなくて、ホントに大損したんだよね。そんときの臭いそっくりだけどなんなのこれ！」

男三人が向かうと、襖の開けられた一間の収納がぽっかりと口を開けていた。すぐにいかつい畑山がファイルに目を落として細かい文字を指で追った。

「当時の現場検証でも指摘されていますね。前の住人が油をこぼしたんだろうということでした。奥のほうに油染みがあるはずですよ。機械油のようです」

「しかし、十年も前にこぼした油が、今でもそんなに臭うものかね」

南雲がそう言いながら押入れに顔を突っ込んで鼻をひくつかせたが、まったくわからないと言って部下と代わっている。畑山は長々と臭いを嗅ぎ、「確かに少し油の臭いが残っている気もします」と頷いた。続けて桐ヶ谷が押入れに近づいたが、それだけで臭いの正体がなんなのかがわかった。

「基油《きゆ》だな」

「基油？」

南雲がすぐに反応した。

「ええと確か、原油からガソリンとか灯油を精製するときに出る油だね」

「そうです。この臭いは基油に添加剤を混ぜたもの。劣化した古いミシン油の臭いですよ。間違いない。小春さんの商品についていたのもそうだな。この臭いは繊維に一回つくとなかなか取れないから」

「なるほどね。なら、前にここにいた住人がミシンでもしまっていたんだろう」

南雲はほとんど興味を示さなかったが、桐ヶ谷はうなじの毛がちりちりと逆立つような感覚に陥っていた。少女が着ていた古いワンピースに古い釦、そしてここには古いミシン油の痕跡がある。時代錯誤という点において、すべてが同一線上にあるものだ。

桐ヶ谷はごくりと喉を鳴らし、一間の押入れの中へペンライトの明かりを向けた。二段に仕切られている上段の奥に、油が染み込んだような黒ずんだ痕が点々とついている。確かにミシンの台座に沿って流れたような、角状になっている油ジミだ。腕を伸ばしてさらに奥へ明かりを向けたとき、ある形が浮かび上がって桐ヶ谷は動きを止めた。

これは何だ？

桐ヶ谷は半身を押入れに突っ込んだまま固まり、混乱した頭としばらく対峙した。これが意味していることが自分にはわかる。少女がなぜ死んだのか、その光景が一瞬にして目の前に広がった。

「どうしたの、桐ヶ谷さん。何かあったの？」

南雲が怪訝な声を出し、背後から覗き込んでくる。

桐ヶ谷は微かに震えながら体を起こしたが、すでにこぼれ落ちている涙を止めることができなかった。袖口でぬぐってもすぐにあふれ出し、こんなときだというのに感情がまるで制御できない。自分でも呆れるほどの情緒不安定だった。その様子を見た三人は今までとは異なる事態を察し、無言のまましばらく桐ヶ谷を見つめていた。

外はすでに夜へと向かい、帰巣したムクドリが渦を巻くようにイチョウの大木に吸い込まれていく。けたたましい鳴き声が無機質な団地群に反響し、それはまるで「今さらすべてを理解したのか」と嘲笑《あざわら》っているかのようで耳を塞ぎたい衝動に駆られた。

桐ヶ谷はポケットからミニタオルを引き出して顔をこすり、説明を求めるように突っ立っている三人に向き直った。

「すみません……不意打ちだったものでうろたえてしまって」

「いいんだよ、泣きたいなら泣きな。それでこそ桐ヶ谷さんだから」

小春が桐ヶ谷の腕を叩き、刑事二人に「何も言うなよ」と無言の圧をかけている。再び涙をぬぐった桐ヶ谷は、カビと古いミシン油の臭いを深く吸い込んだ。

「少女は殺されたのではありません。事故です」

南雲と畑山は絶句し、桐ヶ谷は先を続けた。

「押入れの奥についた油ジミは、おそらく古い電動ミシンから漏れたものです。さらにその奥を見てくださいｃ。奇妙な形のシミがありませんか？」

　畑山は押入れの中を照らし、小柄な南雲が棚板に胸を載せるような格好で伸び上がった。難儀してシミのある箇所を確認する。

「奇妙な形というのは、この丸っこい矢羽《やばね》みたいなシミかね」

「そうです。だいぶにじんではいますが、はっきりと残されていますよね。これはおそらく『かけはり』の痕です」

「かけはり？　また聞いたことのない言葉だねえ」

　南雲が押入れから這い出してくると、今度は畑山が奥へ顔を突っ込み、スマートフォンでシミを撮影した。桐ヶ谷は洟《はな》をすすり上げて咳払いをした。

「かけはりは主に和裁に使われる裁縫道具のひとつです。金属でできた洗濯バサミのようなもので、古くからこの形状は変わっていない。ひょうたんと矢羽を合わせたような見た目ですよ」

　畑山がスマートフォンで検索し、出てきた画像を南雲に見せた。

「ああ、これはかなり昔に見たことがある。うちの祖母が使ってたね」

「ええ。昔は必ず家庭にひとつはあったはずですね。針仕事をするとき、生地を挟んで引っ張る道具なんですよ。これを使うと生地をぴんと張らせることができるので、縫い物がしやすくなるんです」

　桐ヶ谷は、しつこく流れ出てくる涙を乱暴に振り払った。

「そのかけはりを使うためには、絎台《くけだい》というものが必要になります。つまり紐《ひも》を通した洗濯バサミを引っかけておくための道具で、古いものはちょっと特殊な形をしているんですよ」

畑山は再び素早く検索し、時代がかった絎台の画像を表示した。五十センチほどの細い板を台として、その端に細長い棒が垂直に立ててある。棒の先に球体の針刺しが備えつけられているのを見て、南雲の顔つきが瞬く間に変わった。

「ちょっと待て。これはさっき話していたものだな。細い棒の先に球体がついているマイク状のもの。被害者の頭の傷から推定された凶器だ」

桐ヶ谷は目頭を押しながら頷いた。小春は両手をぎゅっと握りしめており、事態を把握しようと躍起になっている。

桐ヶ谷はかつて少女が事切れた場所に目をやり、畳の目に染み込んだ黒い血痕を見つめた。

「ここからは僕の想像です。でも、きっと間違ってはいない。被害者の少女はこの空き室をアトリエにしていたんだな。古いワンピースの丈を直したり、だれかが着ていたセーターをほどいて見よう見まねで編み直したり、この場所にこっそり忍び込んで、人知れず何かを作ることが楽しみだった……」

桐ヶ谷は言葉が詰まり、またこぼれた涙を手の甲でぬぐった。

直されたワンピースの針目はめちゃくちゃでひどいものだった。しかし、少女が古い絎台を使ってひと針ひと針縫っていた姿を思うだけで、胸が締めつけられるほど苦しかった。

桐ヶ谷は深呼吸を繰り返し、なんとか気持ちを落ち着けて先を続けた。

「彼女は古いミシンとか古道具をここへ運び込んで、夜な夜な針仕事を楽しんだ。栄養状態が悪くて、現代の日本で『貧困のサイン』を衣服に残すような少女です。髪を自分で切っていたんですよ。きっと学校へも通っていなかったでしょう。だから目撃証言がないんです。彼女は戸籍がないのでは？」

南雲は表情を変えないまま桐ヶ谷の話に聞き入った。

少女が自分を不幸だと思っていたことはわかっている。同じ年頃の少女のように、ファッションに興味をもったしおしゃれをしたかった。しかし手に入る服は祖父母や母親が大昔に着ていたものか、川島繊維の売り物にならなかったデッドストックだけ。それを試着し、窓ガラスに映った自身の姿に何を思ったのだろう。家族は当然、戸籍のない娘を隠そうとするだろうし、少女は日中に外を出歩くことを禁止されていたのかもしれない。だから人目のない夜に、こっそりとこの部屋へ忍び込むことが日課だったのではないだろうか。

駄目だ、涙を止めようがない。桐ヶ谷がうつむいていると、南雲が暗い部屋の中で目だけを光らせ、低くてかすれた声を出した。

「ガイ者に戸籍がない線は捜査本部でも早い段階から挙がっていたよ。目撃情報のなさから、それ以外はないだろうという見解だった。今の日本で、出生届が出されない子どもは年間三千人にのぼる。無戸籍児はいないものとして扱われて、そのまま成人すれば裏社会に入るしかなくなるからね。どっちにしても地獄が待っている」

「少女が夜逃げした川島繊維の末裔だとすれば、戸籍がないまま血筋をつないでいたことになります。不幸が現代まで連鎖していたわけですね」

長い時間、身内はだれも無戸籍という状況を改善しようとは思わなかったのか。これが素直な疑問だが、教育を受けていないということは、助けを求める術《すべ》さえもわからないまま大人になるということだ。そして大昔に作られた法律の壁も立ちはだかっているに違いない。それを少女が理解していたとは思えないが、どれほど普通の生活に憧れただろうか。学校に通い、友達と笑い合い、おしゃれをして恋をする。この当たり前のことが叶わない日陰の生活を思うと、ぶつけようのない怒りが湧いた。

桐ヶ谷は、窓から吹き込む湿った風を受けながら言い切った。

「事件当日に少女は絎台を使って針仕事をしていて、立ち上がった拍子に転んだのかもしれない。そして絎台に側頭部を打ちつけて急性硬膜外血腫を起こした。血痕が周囲に飛び散っていない理由はこれです。下方向へのエネルギーしか働かなかった。そして、意識不明のままここで凍死したんです」

「完璧に筋が通ります」

畑山が押し殺したような静かな声を出した。

「おそらく現場を工作したのは少女の身内でしょう。ここにあった古いミシンを運び出したときに、油が漏れて押入れの中を汚した。この空き部屋にはいろいろな裁縫道具が運び込まれていたはずです。それをひとつ残らず撤去して少女をたったひとり置き去りにした」

「鬼かよ……」

小春は声を上ずらせた。

じっと話に耳を傾けている南雲は、事実を目まぐるしく検証しているようですべての動きを止めている。優に二分はそうしていただろう。やがて短くため息をつき、低い天井を仰いだ。

「それが事実なら、被害者の身内はもともと犯罪に手を染めていたんだろうね。娘の死が表沙汰になれば、おのずと捜査が入って自分たちの犯罪行為も露呈してしまう。それを恐れて娘を捨てたんだな」

桐ヶ谷の頭の中では、先ほどから少女が立ち止まってじっとこちらを向いている。自分で直した不格好なワンピースを着て、手には絎台を持っていた。そして微かな声で「名前」と言った。そう、彼女の名はまだ取り戻せていない。

「少女はこの近所に住んでいたはずですよね。だからサンダル履きの薄着で部屋に通ってきていた」

「ああ。しかもこの団地の住人だった可能性が高い。空き室の鍵が壊れていることを知っていて、身内は娘がここで遊んでいたことも知っていた。ただ、当時は何もヒットしていないんだ。団地住人の指紋を任意ですべて採らせてもらったが、ここにあったものと一致した人間はいない」

その指紋が今、桐ヶ谷の自宅から出ていた。

第五章　少女の名前を口にするとき

1

目の前に広がるのは、赤茶色のトタンとプレハブ、そして錆びた鉄骨で構成されたなんとも退廃的な建物だった。あちこちに色の剝げたドラム缶や一斗缶《いっとかん》が放置され、砂利敷きの敷地内には大きくて深そうな水たまりがいくつも見受けられる。見た目こそ廃業して久しい小さな町工場だが、開け放たれた建物の窓からはもうもうと白い蒸気が上がっていた。土田鋳造所という汚れ放題の看板が掲げられた工場は、日曜日の今日も活発に稼働しているらしい。

「まさにスチームパンクの世界だな。カッコよすぎて痺れるね」

隣で小春が感慨深い声を出した。

「近未来に、荒廃した日本で武器を密造する工場がここだよ。表向きはロボットアームの型を作る鋳造所。実際は政府転覆を目論む技術者が集ってる。営業職を装った武器商人が出入りする反政府ゲリラの拠点……完璧なシチュエーションだ」

「小春さんは今日も元気だね」

桐ヶ谷は、腰に手を当てて工場を熱っぽく見つめている小春に目をやった。いかにも五〇年代らしいポップな花柄のワンピースを着て、長い髪を二つに束ねている。だれもが認める人目を惹く容姿の持ち主だが、中身は野性的で口が悪く、そして突飛なうえにゲームオタクというなかなか見応えのあるステイタスだ。加えてヴィンテージ衣類にかけては目利きで通っており、その界隈においての信望は厚い。

今日はずっとこの調子で饒舌《じょうぜつ》だが、昨日目にした事件現場の悲惨さに打ちのめされているのは知っていた。自分も少なくはない打撃を受けており、昨夜はほとんど眠れていない。

「しかし遅いな。約束は一時だったよね」

小春は肩にかけている革のバッグからスマートフォンを出して、画面に目を落とした。

「もうすぐ一時半になるよ。杉並署へ行ったときもそうだったけど、警官っていうのは時間にルーズな人種だよね。腹立つほど悪びれもしないし」

小春は悪態をついて工場のほうへ目を向けた。

昨日の阿佐ヶ谷の事件現場立ち入りに続き、今日は過去にベークライトの釦を扱っていたという工場を訪ねることになった。少女のカーディガンについていた釦が、土田鋳造所で作られた不良品の可能性が高まったからだ。釦が少女に渡った経緯がわかれば、周辺情報を得られるのではないだろうか。身内にたどり着くためのとても細い糸だった。

そのとき、桐ヶ谷のジーンズの尻ポケットでスマートフォンが振動した。すぐに引き抜くと、南雲警部の名前が画面に表示されている。通話ボタンを押して耳に当てるなり、いつものだみ声が鼓膜を震わせた。

「桐ヶ谷さん？　どうも、どうも。南雲だけど」

「ああ、こんにちは」

「きみらはもう国分寺に着いてるよね？」

「はい、工場の前にいますよ。南雲さんは今どこですか？」

電話の向こうはがやがやと騒がしく、何かを指示するような声も飛んでいる。南雲はまだ杉並署にいるようで、だれかに話しかけられ電話を手で覆ったようだった。こもった音がしばらく続き、再び警部の声が流れてくる。

「ごめんねえ。ちょっと急用ができて行けなくなったんだよ。もっと早く電話できればよかったんだけど、なかなか手が空かなくてね。申し訳ないんだけど、日をあらためてもらえる？」

「そうなんですか。ええと……」

桐ヶ谷が先を続けようとした瞬間、南雲は先まわりして言葉を重ねてきた。

「また日時は連絡するから、くれぐれも、いいかい？　くれぐれも二人で工場には入らないこと。理由はもう言わなくてもわかってるよね？」

桐ヶ谷は口を挟もうとしたが、南雲はまったく喋らせずに強引に話を押し進めた。

「約束は守ってね。じゃあ、そういうことで。はい、どうも。はい、ごめんください」

警部は忙しなく捲し立て、一方的に通話を終了して桐ヶ谷は置き去りにされた。漏れ聞こえていた話に耳をそばだてていた小春は、口を尖らせながら不快感をあらわにした。

「いったいなんなんだよ。三十分も放置した挙げ句にもう帰れって？　ホントにあのおっさんは慇懃無礼《いんぎんぶれい》って言葉がぴったりだな」

「まあ、警察もいろいろと忙しいだろうからね」

そう言いつつも、桐ヶ谷は徒労を感じてため息をついた。個人行動が思いがけなく危険を生むことは経験済みだが、何より自分の迂闊《うかつ》さから捜査の進捗《しんちょく》を被疑者に気取られたのが痛い。しかし、悠長に桐ヶ谷の周囲を嗅ぎまわっているあたり、犯人はただちに逃亡できない理由があるのではないかと思っていた。つまり被疑者は普通に社会生活を営み、家庭をもっている。

「とにかく帰ろう。出直すしかない」

「うん。なんかさ。ずっとだれかに見られてるような気がするよ」

小春が警戒しながら周囲に目を走らせた。近くの玉川上水から吹きつける風が、二つに束ねた長い髪をなぶっている。

「昨日、あの団地の部屋を見てから怖いんだ。事件なんて毎日そこらじゅうで起きてるけど、それが急に近くなったような感じ。人は簡単に死ぬんだなと思って」

「確かにね。少女は事故だろうけど、それにしては頭の打ちどころが特殊だとは思う。転んだときの体勢がちょっと不自然というか」

桐ヶ谷は来た道を引き返しはじめた。

そのとき、後ろからドラム缶を蹴り飛ばすような大音量が響いて二人は同時に振り返った。工場の扉が開いており、そこから出てきたとおぼしき男が地面に突っ伏している。どうやら転んだらしく、近くにあった一斗缶が横倒しになっていた。

「ああ、びっくりした」

小春が冷や汗をぬぐって胸を撫で下ろしている。

ベージュ色の作業着を着た男は、大仰に立ち上がって太腿《ふともも》のあたりをさすった。五十代半ばぐらいだろうか。陽に灼けて浅黒い顔に着けられたマスクがひときわ白く浮き上がって見える。

男はいつまでも両手で脚を触っており、まるで腿の肉を乱暴に摑んでいるような奇妙な動きを続けていた。それを見たとき、桐ヶ谷の心臓がひときわ大きく音を立てた。瞬時に心拍数が上がって汗が噴き出してくる。

「うそだろ……」

桐ヶ谷は隣にいる小春の腕を引っ摑み、急に翻って走り出した。

「ちょ、ちょっと何？　どうしたの？」

小春は目をみひらき、引きずられるように足をもつれさせている。しかし桐ヶ谷は止まらずに走り続け、吹き晒しの川沿いへ躍り出た。頭が混乱したのはつかの間で、今は雑音が消えて気持ちが驚くほど凪いでいる。この事件にかかわってから、これほど周りを見通せるようになったのは初めてかもしれなかった。

桐ヶ谷は、そのまままっすぐ川沿いを進んでコンビニの駐車場へ足を向けた。そしてようやく小春の腕を放し、鞄からタブレットを急《せ》くように引き出した。

「な、何事？」

小春は息を上げながら咳き込み、無言のままタブレットを操作している桐ヶ谷に不安げな目を向けた。

「信じられないことが起きてる。これを見て。きみが転送してくれた夏川さんからのメールだよ」

桐ヶ谷はメールに添付されている動画を開いて再生し、暗い画面を小春へ向けた。それは骨董蒐集家の夕実が撮った防犯カメラの映像で、夜の玄関先が捉えられているものだ。早送りをすると帽子とサングラスを着けた窃盗犯が現れ、無造作に積み上げられている収集品を物色している場面が映し出された。桐ヶ谷は、得体のしれない男が立ち上がった瞬間に動画を止めた。

「今、あの工場にいた男はこの窃盗犯だ。間違いない」

「は？」

小春が素っ頓狂な声を上げたとき、駐車場に車が入ってきて二人は隅へ移動した。

「待ってよ。この防犯カメラの映像は顔も何も見えないし、作業着を着てるとはいってもさっきの工場のものとは違う。なんでこれが同じ男だって言えるの？」

「同じなんだよ、転び方と仕種が」

そう言って桐ヶ谷は動画を巻き戻して再びスタートさせた。

闇夜にまぎれている男が、黒ずくめの格好でのそりと私道に現れる。が、次の瞬間にはなんの前触れもなく派手に転倒し、時間をかけてゆっくり起き上がっていた。桐ヶ谷は動画をまた巻き戻して転倒場面を何度も確認した。

「この男は、転倒するときに防御の姿勢を何も取らない。普通は無意識に手が出たり体をひねったりするのに、この男はまるで海にダイブするような格好で真横に転んでるんだよ」

「いや、確かにさっきの男も派手に転んだけどさ。下は砂利だったし滑ったんでしょ。だいたい、ふいに手をつけないことだってあるんじゃないの」

「そうだったとしても、なんらかの動きは必ず起こる。年寄りが転んで手首を骨折することが多いのは、咄嗟に体を支えようとするからだしね」

桐ヶ谷は、半ば気圧されているような小春と目を合わせた。この一件はすべてがつながっている。今それをようやく理解した。

「人の反射神経は侮れない。致命傷を避けるために、骨と筋肉を瞬時に動かす指令が脳から出されるんだよ。でも、この男の場合はそれがない。きっと不随意《ふずいい》運動だ」

「不随意運動？」

「自分の意思とは無関係に体が動いてしまう症状。この窃盗犯は病気なんだよ。おそらくハンチントン病だと思う」

桐ヶ谷は言い切った。

以前、解剖学を学んでいるときに興味をもった指定難病だ。過去には舞踏《ぶとう》病とも呼ばれ、さまざまな特徴の運動症状が現れる。転倒もそうだが、あの男が太腿を掴むようにさする仕種。これも不随意運動ではないだろうか。夕実の家に盗みに入ったときの動きと今さっきの動きは、寸分違わず同じものだった。

腕組みをしてタブレットの画面を凝視している小春は、難しい顔のまま口を開いた。

「わかった。話をまとめようよ」

そう言って桐ヶ谷に視線をくれる。

「夕実ちゃんちからベークライトを盗んだ男と、さっき工場で転んだ男は同一人物。ミツさんの店で聞いた話によれば、あの工場には初期のベークライト釦が保管されてる。夕実ちゃんも言ってたけど、遺留品の釦は国分寺の工場で造られたもの。つまり製造元は土田鋳造所が濃厚で、そこで働いてる従業員がベークライトを夕実ちゃんちから盗んだり転売したりした。そしてその男は指定難病を患《わずら》っている。ややこしいな」

「十五年前に、日暮里の露店で古い釦を売り捌いていたのがあの男なのかもしれない。きっと、工場から勝手に持ち出して売ってたんじゃないかな。だから価値がわからずに、ひと山二千円みたいな値づけになった」

「なるほど」

小春は手を打ち鳴らした。

「その釦を夕実ちゃんの父親は買った。確か名刺交換したとか言ってたよね。もしかして、男はあとになってベークライトの価値に気づいたのかもしれない。で、売った釦を取り戻しにいった」

おそらくそういうことだろうと思う。あるいは雇い主に釦を持ち出したことが発覚し、警察へ通報しない条件として釦を取り戻すことを約束させられたとも考えられた。しかし夕実の家はゴミ屋敷さながらで、釦を探すのにかなりの時間がかかったということではないのか。

小春は工場のある方角へ顔を向けながら、風でもつれている長い髪を手で梳《す》いた。

「なんというか、わたしらには関係のないベークライト窃盗事件が解決しそうだよ。つくづく、行く先々でおかしなことが起こるよね」

「おかしなことが起こるのは、全部がひとつの事件だからなんだよ」

桐ヶ谷の言葉に、小春は目を細めて釈然としない表情を作った。

「さっき転んだあの男と死んだ少女。二人はおそらく血縁だ。親子だと思う」

「え？」

そう言ったきり、小春は言葉を失っていた。

桐ヶ谷の頭の中では、さまざまなことが急速につながりつつある。それは少女の人生がどれほど過酷だったのかを裏づけることにもなり、胸の奥がひっかかれているような嫌な痛みを感じていた。

「ハンチントン病は優性遺伝疾患で、両親のどちらかがこの病に罹患《りかん》していれば五〇パーセントの確率で子に遺伝する。少女のワンピースを見たとき、スカートの前側に激しい摩耗があったことがずっと引っかかっていたんだよ」

「あの膝上あたりにあった毛玉ね」

「そう。あの位置は故意にこすらなければ摩耗は起こらない。癖だとしても劣化が激しすぎるし、説明のつかない傷だった。少女はおそらく、ハンチントン病を発症していたんじゃないだろうか。さっきの男と同じように、不随意運動の症状が出て無意識に生地を摑んだりひっかくことが日常だった。そう思うんだよ」

桐ヶ谷は再び深く息を吸い込んで気持ちを落ち着けた。そうでもしないと、性懲《しょうこ》りもなく涙があふれ出しそうだ。

「少女の場合は若年型で、物を落としたり壊したりする初期症状が出ていたかもしれない。ハンチントン病は、症状のひとつに不器用になることも挙げられているんだよ」

するとたちまち小春の顔が曇った。

「本当に嫌な事件だな……自分で直したらしいワンピースは、確かにひどい縫い目だったよね。

編み物も釦つけもめちゃくちゃで、いくら不器用だといっても限度を越えて見えたよ。それが病気の症状だったってこと？」

「そうじゃないかと思えるんだよ。少女が遺したものすべてに、病気の痕跡が見え隠れしていたんだ。たとえば食べ物だけど、シリアルしか食べていないような骨格だと僕は思った。それも同じものをひたすら食べ続けるという症状だったのかもしれない。この病気は二十歳以下で発症すると症状が多彩なんだよ」

自分で言っていて嫌になる。

「少女が生きていれば、この先大好きな針仕事もできなくなったと思う。若年型は症状の進行が早いし、細かい作業ができなくなるのは時間の問題だった」

「もちろん、女の子は治療もできなかったわけだよね。な、なんせ戸籍がない」

小春は珍しく声を詰まらせた。怒りのためか目が潤《うる》んでいる。

「団地の空き室に忍び込んで、毎日少しずつ自分の服を作っていた。手も満足に動かせなかったのかな……針にやっと糸を通しても、ま、まっすぐ縫うことができなかったんだね。それなのに、一生懸命サイズを直してまであのワンピースが着たかったんだ。か、神はひどいことをするよ、だれも救われてない」

怒りをたぎらせながら、小春は涙のにじんだ目許をこすった。本当に救いのない事件なのは、少女が最期のときすら自覚できていなかっただろうということだ。

桐ヶ谷は感情を抑え込みながら淡々と話した。

「少女は不随意運動が出て部屋で転倒した。そして絎台に頭を打ちつけて息を引き取ったんだ。

それを見つけた身内は、救急車を呼ぶこともしないで証拠隠滅を優先した」

「あの男が娘を見殺しにしたかもしれないんだね」

小春がくぐもった声を出した。

不慮の事故で死亡した娘を空き部屋に置き去りにし、そのまま腐敗にまかせるなど親のできることではない。身内がそれをしたかもしれないというだけで、苦悩に満ちていた少女の人生が鮮明に想像できるだけに苦しかった。だれからも愛されていなかったのだから。

桐ヶ谷はタブレットを鞄にしまい、小春に目配せをして歩きはじめた。二人とも無言のまま家路を急ぎ、自宅に到着するまでとうとうひと言も声を発しなかった。

2

桐ヶ谷はここ数日間店に引きこもり、黙々と少女の像を造っていた。盗難に遭った像やスケッチブックは未だに行方知れずのままだが、頭の中に住み着いた少女と時折り対話のようなことをしながら造形は順調に進んだ。もはやこの像を完成させる必要性はないのだが、少女がそれを望んでいるような気がしてならない。

桐ヶ谷は木べらで目の位置を決め、瞼を塑造していった。以前は何度やり直しても納得のいかなかった目許だが、それは少女の表層にしか目を向けていなかったからだ。今は彼女に起きたすべてを理解し、その苦しみを共有することができる。桐ヶ谷は離れ気味の目を迷いなく造形し、とたんに命を宿しはじめた少女と向き合った。わずかに上を向いた鼻先には幼さが残り、小さな薄い唇がもの言いたげに開いている。今にもまばたきをしそうな少女と真正面から目を合わせた。

「きみを置き去りにしたのはだれ？」

桐ヶ谷は粘土の像に語りかけた。

「父親？　それとも母親？」

少女は自分をじっと見返してくる。

国分寺の工場へ行ってから四日が過ぎた。現場で見かけた男は窃盗犯であり、少女の身内ではないかとの見解を南雲に伝えてはいたが、それについての反応は今のところない。まあ、警察は事件の再検証を迫られているのだから当然と言えば当然だった。被害者は殺害されたのではなく事故死の可能性があり、しかも現場を工作したのは身内というのが濃厚だ。警察がどこまで信憑性のあるものとして扱うかはわからないが、方向性を見直さない限り事件の解決はない。

桐ヶ谷は少女の頰に触れ、指で丁寧に凹凸を均していった。そのとき、裁断台の上にあるスマートフォンが振動し、がたがたとやかましい音を立てる。画面には南雲の名前が表示されていた。

桐ヶ谷は古新聞を鷲摑みして汚れた手をなすりつけ、スマートフォンを取り上げ通話ボタンを押した。もう聞き慣れてしまった口調が電話口から流れてくる。

「桐ヶ谷さん？　どうも、どうも。南雲だけど、今ちょっといい？」

「ええ、大丈夫ですよ。その後、どうなりました？」

警察が一般人に情報をくれてやる義理はないのだが、桐ヶ谷は当然のように問うた。

「近いうちにそっちへ行こうと思ってるんだけど、先に要点だけ話すからね。あなたから情報があった国分寺の土田鋳造所。そこの従業員なんだけど、きみの家から出た指紋、そして阿佐ヶ谷の事件現場から採取した指紋。そのどちらとも一致しなかったよ」

桐ヶ谷は思わず腰を浮かせかけた。南雲は先を続ける。

「土田鋳造所の男に関しては、すでに窃盗の容疑で逮捕している。詳しくはあとで話すけど、いろんな場所からこの男の指紋が出ていてねえ。まあ、空き巣の常習だよ。中央線界隈で長年盗みを働いていた盗人だった」

「そうですか」

桐ヶ谷はそうとだけ答えた。

「それで、DNA鑑定の結果も挙がってきてね。被害者少女とこの空き巣は血縁関係にあった。きみの推測通り親子で間違いないよ。そして指定難病に罹患している」

やはりそうか……桐ヶ谷は回転機に載る少女の首を見つめた。推測が的中した喜びや高揚はなく、ただただ重苦しい空気が肩にのしかかっている。南雲はそんな桐ヶ谷を意に介さず、さっさと先へ話を進めた。

「男の聴取は続いてるんだけども、少女、いや娘の死についてはすべて否認しているよ。それどころか自分には娘なんていないと言い張ってね。調べた限りでは、この男に婚姻歴はない。認知していないんだな」

「わかりました」

そっけないほど当たり障りのない返答を聞いた南雲は、ごく短い間を置いた。

「桐ヶ谷さん、あなた何か隠してる？」

「いや、何も」

「ああ、そう」

南雲は再び意味ありげな間を取り、先を口にした。

「ともかくね。また連絡させてもらうよ。あなたの調書にサインをもらいたいし、今後のこともあるからね」

南雲はそう言って通話を終了し、桐ヶ谷はスマートフォンを台に置いた。

少女の像に没頭していたこの四日間は、気持ちや頭の中の整理に役立っている。事件を初めから何度も思い返したとき、思考の奥深くに埋もれていたたったひとつの違和感に気づかされていた。

桐ヶ谷は少女の粘土像を湿らせた綿ローンで覆い、手を洗ってTシャツの上にダンガリーシャツを引っかけた。そして店のドアを開けて施錠《せじょう》する。

ここのところずっと天候がぐずついており、今日もそろそろ雨が落ちてきそうな曇天だ。店先に立てかけておいたビニール傘を手に取り、桐ヶ谷は駅へ向けて歩きはじめた。

今日も高円寺南商店街は活気に満ちている。電柱につけられた時計は午後二時四十分を指しているが、先日小春と訪れたハンバーガーのうまい店の前には長い列ができていた。遅い昼食を摂りにきた者たちは、若者から高齢者までと幅広い。桐ヶ谷は朝から何も口にしていなかったが、ハンバーガーの香ばしい匂いを嗅いでもまったく空腹を感じなかった。

メイン通りの人波をかわしながらのんびりと進むと、ちょうど中ほどに目的の店が見えてきた。トリコロールカラーのサインポールが回転し、小さな電光掲示板には今日も千二百円カットの文字が瞬いている。価格表の書かれた窓から中を覗くと、磯山理容室の店主が椅子に腰かけてぼんやりとテレビを眺めているのが見えた。客はいない。

自動ドアを開けて店内に入ると、くるりと振り返った磯山はひどく覇気のない表情をしていたが、すぐいつもの豪快な笑顔に変えた。

「よう。やっとスポーツ刈りにする覚悟を決めたのかい?」

「まだ覚悟は決まっていませんよ。でも、ちょっと切ってもらおうかなと思って」

「ちょっとだ? 女じゃあるまいし、いい加減ばっさりいったらどうだ」

磯山はブルーの理髪椅子へ桐ヶ谷を促し、ナイロンのカットクロスで首から下を覆った。ワイドショーが流れているやかましいテレビを消し、ひとつに束ねている桐ヶ谷の髪からヘアゴムを外した。髪に触ってじっくりと検分する。

「男にしておくのがもったいないほどどいい髪質だな。多少の癖はあるが表面の保護層がきれいに整ってる。こういう髪は強いんだぞ。あんたの親父さんはハゲてないだろ?」

「そうですね。白髪の剛毛ですよ」

「あんたも将来そうなるよ。だが、髭が薄いのは食いもんのせいかね。今の若いもんはみんなそうだよな」

磯山はくどいほど大きな二重の目をしばたたき、シャンプーをするためのケープをクロスの上からかけた。そして前のシンクへ頭を倒すと、ちょうどいい温度のお湯がじんわりと髪を濡らしていった。

「五センチぐらい切るかい？　それ以上切ると、束ねたときに撥ねてみっともねえから」

「ええ、おまかせしますよ」

　磯山の大きな手が桐ヶ谷の頭を包み込み、慣れた手つきでシャンプーをしていった。いかにも理髪店らしいメントールの効いたシャンプーで、時期外れの爽快感に首筋が寒くなった。磯山は力加減に強弱をつけて髪を洗い上げ、陽射しの匂いがする青いタオルで頭を覆った。マッサージでもするようにリズミカルに拭いてからドライヤーを当て、半分ほど乾いたところでハサミに持ち替える。

「後ろ姿はまるで女だな」

　磯山は肩よりも長い髪を丁寧に梳《くしけず》り、毛先から細かくハサミを入れていく。店にはハサミを動かす金属的な音と、磯山の息遣いしか聞こえない。中腰になって後ろ髪を切り、長い前髪を中央で分けてそろえる程度にハサミを入れた。

　丸っこい大きな団子鼻には汗がにじみ、白いものが目立つこめかみからも流れて首筋まで伝っている。桐ヶ谷は真剣な面持ちの磯山を鏡越しに見つめ、やりきれない思いのまま口を開いた。

「磯山さん。僕はまた被害者少女の像を造ってるんですよ」

　出しぬけにそう言ったとたん、磯山のハサミの音がやんだ。背後で中腰になっていた理容師は、鏡越しに桐ヶ谷と目を合わせる。店に入ってから今までまったく視線が合わなかったが、ようやく目の奥にある怯えを確認することができた。

「僕の家に侵入したのはあなたですよね？」

「いったいなんの話だよ」

磯山はあからさまに視線を下げ、再びハサミを動かした。桐ヶ谷はそんな男から目を離さず、先を続けた。

「思えば、自分が少女の像を造っていることを知っているのは小春さんと磯山さんだけなんですよ。あなたは塑像を見てこう言いました。僕が未解決の殺人という要素に惹かれているだけだと」

「そんなことも言ったな」

あいかわらず磯山は目を伏せたまま、ハサミを軽やかに動かすことに専念していた。

「うちに空き巣が入ってから、組合長とか商工会の方々が代わる代わる訪問してくださったんですよ。大丈夫かって心配してくれてね。普段、商店街になんの貢献もしていない僕に、空き巣対策をあれこれ指南していただきました」

「へえ」

磯山は黙々と散髪を続けた。

「磯山さんはいつも僕を気にかけていてくれて、本当にありがたいと思っています。小春さんの店の件も、組合長に働きかけてくださったとか。変わり者だが本当は気持ちのいいやつだからよろしく頼むと」

「事実だろ。クソ生意気だけどな」

桐ヶ谷は微笑んだが、かえってそれが無性に切なくなった。

「本来のあなたなら、うちに空き巣が入ったとなれば飛んで来てくれたはずですよね。リーダーシップを発揮して、理事会総出で空き巣対策を打ち出すこともしたんじゃないかな。でもなんの反応も示さなかった。僕はその理由をずっと考えていたんです。侵入者があなただとして、その意味はなんなのか。少女の塑像やスケッチブックを奪うことにどんな理由があるのか」

　磯山は止まらない汗を体毛の濃い腕でぬぐい、言葉を発しないまま桐ヶ谷の髪に向き合った。

「磯山さん。あなたは阿佐ヶ谷で死んだ少女のなんですか？」

　ベテラン理容師は、唇が白くなるほどぎゅっと引き結んでいる。そして現実逃避をするように散髪に没頭し、しばらくそれを続けてから急にハサミを置いた。手鏡を持って後ろ髪を映し、合わせ鏡で桐ヶ谷に終わりを告げてくる。

「切ったのは五センチ程度だが、この長さをキープしたほうがいい。あんたの背格好を考えれば、これより長いとバランスが悪いぞ」

「確かに。ありがとうございました。少し軽くなりましたよ」

　桐ヶ谷は黙礼をして髪を束ねた。

　磯山はカットクロスを外して羽箒で首筋あたりを払っている。そして店の奥へ引っ込み、小振りの段ボール箱を抱えて現れた。

「粘土の像とスケッチブック、それに財布が入ってる」

　箱を台の上に置き、蒼褪めて見える四角い顔を桐ヶ谷に向けた。

「これを盗ったところで無意味なことはわかってたよ。だが、そうでもしないといられなかったんだ。あんたは着々と被害者の子どもを造るし、事件の奥深くにまで入ってくる。十年も前のことを蒸し返して俺を追い詰める」

　眉骨の盛り上がった眉根が寄り、眉間には深いシワが刻まれた。磯山は棚に重ねられているタオルを引き抜き、汗みずくの顔をごしごしと拭いた。

桐ヶ谷は、再び先ほどと同じ問いを投げかけた。

「あなたは死んだ少女のなんなんですか？」

磯山はタオルをカゴの中へ放り、「義理の姪だ」とかすれた声を出した。

義理の姪？　この男の妻が少女の血縁なのか？　桐ヶ谷が押し黙っていると、それに耐えかねたような男は絞り出すように言った。

「嫁の妹の子どもだよ。だが、俺は姪っ子がいることなんて知らなかった。十年前のあの日までは」

磯山は声を震わせ、先を続けた。

「嫁さんには妹がいた。ひとまわり以上も歳が離れた妹だ。だがほとんど絶縁状態で、親兄弟とは行き来なんかなかったんだよ。もちろん、嫁さんも姪の存在を知らない」

「奥さんの旧姓は川島ですか？」

その名を出したとたん、磯山は目をみひらいた。が、すぐに情けない笑みを口許に宿した。

「そこまで調べたのかよ。いったいどうやって……」

そう言いかけたが、男はすぐに腑に落ちたような顔をした。

「あんたには特別な能力があるんだったな。骨と筋肉を見て病気を言い当てたり、洋服を見て暮らしがわかったり。そのおかげでうちの嫁さんは生きてる。あんたのおかげだ」

磯山はまっすぐに目を合わせてきた。

「若いころの俺は荒れてたてよ、しょっちゅう喧嘩《けんか》してはブタ箱に入れられてた。どうしようもねえはぐれもんで、親からも見放されてたんだ。そんなときに嫁さんに会った。あれは新宿《しんじゅく》の呑み屋でホステスをやってたな。俺とおんなじ日陰者なのに明るくて前向きで、とにかく一緒にいるだけで幸せだった。もちろん今も幸せだ」

桐ヶ谷は頷いた。

妻の難病を見つけた自分を命の恩人だと言い、心の底からの感謝を忘れたことがない男だ。それぐらい、磯山にとって妻が尊い存在なのはわかっている。

磯山は店の外へ顔を向け、人の流れをしばらく眺めた。そしてぽつぽつと語り出す。

「結婚するとき、嫁に戸籍がないことがわかった。驚いたよ。そんな人間に会ったことはなかったし、親は子どもが生まれても届けを出さなかったってことだからな。なんでも大昔に、どっか別の土地から夜逃げしてきた一族らしい。それ以来、戸籍も何もないまま生きてきたんだと。もちろん、戸籍がなけりゃまともな職にも就けねえし、家だって借りることはできない。だからうらぶれた仕事をやったり、一族総出で犯罪に手を染めたりしてたんだよ。信じられっか？　この日本でよ、いない者として生きてたんだぞ」

磯山は言葉を切ってごくりと喉を鳴らした。

「だから俺が嫁の戸籍を作ってやった。太陽の下で堂々と生きられるように、なんとか小難しい手続きをしてな。もともと嫁が家族と疎遠になったのは、犯罪の手伝いをさせられるからだ。詐欺の片棒だったり美人局《つつもたせ》だったり、恐喝、窃盗、なんでもやらされたと言ってたよ。だからこそ普通の暮らしに憧れた。ひどい青春を取り戻したかったんだよ」

この話は死んだ少女の将来でもあった。生きていれば必ずぶち当たったであろう壁で、世間と自分との違いに打ちのめされたはずだ。磯山の妻は結婚を機にその連鎖を断ち切ることができたが、一方で、親族はそのままの生活を続けていた。

磯山は無言のまま耳を傾けている桐ヶ谷を流し見て、再び口を開いた。

「俺は資格を取って床屋になって、店も出すことができた。全部嫁のおかげだ。あれがいなければ、今ごろ俺は野垂れ死にしてたと思う」

「その恩を返すために、少女の死を偽装したんですか?」

桐ヶ谷の率直な問いに、磯山は苦しげな面持ちをした。

「十年前のあの日、店にいきなり嫁の妹が来たんだよ。姉ちゃん助けてって。部屋で娘が死んでるって慌ててな。俺はその時初めて姪がいたことを知った。なんせ嫁は家族と絶縁してたし、家を出たとき妹は三歳だったらしい。その妹が、どうやってか姉の居所を突き止めたんだよ」

「ちょっと待ってください。奥さんはこのことを知っているんですか?」

磯山は首を横に振って「知らんよ」と答えた。「妹は嫁の若いころによく似ていた。ひと目で姉妹だとわかったんだ」

男は情けない笑みを浮かべた。

「嫁さんには言えなかった。言えるわけがねえな」

「奥さんの妹がここへ来たときに、すでに少女は死んでいたんですね?」

「そうだ。朝に部屋を見にいったら死んでたと妹は言った。頭から血を流していると」

朝になっても家に帰らない娘の居場所を母親は知っていたということか。もっと早い段階で部屋に行っていれば、少女は助かったかもしれない。

桐ヶ谷は怒りが湧き上がるのを感じた。

「あなたは少女が死んでいると聞かされて、なぜ警察にも消防にも電話しなかったんです？　あなたとは無関係のところで起きた事故じゃないですか」

「俺にとっては無関係でも、嫁にとってはそうじゃない。姪の死が表沙汰になれば、義理の妹が犯罪で生計を立てていることが発覚する。あいつはどうしようもねえ詐欺師で、年寄りから金をせしめる暮らしを何十年も続けてたんだよ。売春もやってると言ってた。そんなやつが捕まれば、芋《いも》づる式に嫁の過去も露呈する。犯罪に加担していた過去があるからな」

「だから？　人ひとりが死んでいるのに、あなたは奥さんを手放したくない一心で犯罪に手を貸したんですか？　それで守れるとでも？」

桐ヶ谷が声を荒らげると、磯山は唇を噛み締めた。

「あなたは現場の偽装工作をした。団地の部屋をくまなく拭いて指紋を消し、少女が持ち込んでいた裁縫道具や身元が判明しそうなものを持ち去った。しかも、散髪した客の髪を部屋にばら撒きましたよね。捜査を攪乱するために証拠をでっち上げた」

「子どもはすでにもう冷たくなってたんだ。だれかが手にかけたわけじゃない。転んで頭を打って死んだんだよ」

「やめてくださいよ」

桐ヶ谷は立ち上がり、背後に突っ立っている磯山と相対した。

「あなたがやったことは、奥さんと同じ境遇の少女を貶《おとし》める行為だ。少女には戸籍がなく、学校にも通っていなかった。近所を出歩くことも、買い物に出かけることも、友だちと笑い合ったり同級生に恋をしたり、そういう当たり前のことを何ひとつできないまま死んだんですよ。しかも母親は犯罪者で、娘の死よりも自分の保身を優先した。あなたは、そんなろくでなしを野放しにする手助けをしたんです」

桐ヶ谷はあふれてきた涙を乱暴に振り払った。

磯山は常に、曲がったことが大嫌いだと豪語していた。偏向な性格だが男気があって気持ちよく、間違いを許さない強さと優しさを持ち合わせていた。いや、そういう男だと思っていた。しかし磯山は弱い。妻を失うかもしれない恐怖がすべてを狂わせている。

磯山は桐ヶ谷の言葉を受け止めているようでいて、実際はどうしようもなかったという結論に逃げ込んでいる。それが無性に腹立たしかった。

「奥さんにはあなたがいた。奥さんは苦境から逃げ出して、あなたとの幸せな日々を送ることができた。磯山さん。死んだ少女は奥さんだったかもしれない。まだ逃げ出せるような年齢ではなくて、不幸な暮らしに身を委ねるしかなかった時代の奥さんです。それでも、事故で死んだからそのまま放置してもかまわないと言えるんですか？」

「もういい、やめてくれや」

磯山はたまらず目を伏せた。洟をすすってため息をつき、まともに顔が見られないとでもいうように視線をさまよわせた。そして押し殺した声で言った。

「頼む、見逃してくれ」

そう思う気持ちはわからなくもない。ここで自分が見なかったことにすれば、磯山が被疑者として捜査線上に挙がることはほぼないと思われるからだ。鋳造工場に勤めていた男が少女の父親だとわかったところで、義理の妹が名乗り出て自白でもしない限り、真相が浮上することはない。磯山が警察を出し抜けると見切っていることに、桐ヶ谷はひどく落胆した。

磯山は再び棚から洗いたてのタオルを抜き取り、汗が止まらない顔と首筋を拭いて乱暴にカゴに投げ入れた。

「あんたがいち早く気づいてくれた通り、うちの嫁さんは病気だ。もし俺が逮捕されれば、たったひとりで病気と闘わなければならん」

「磯山さん、今それを楯にしますか」

桐ヶ谷が警告するような低い声を出すと、男は先を急ぐように言葉をかぶせた。

「事実を言ったんだ。嫁さんには身寄りがないし、俺の妹にも迷惑はかけられない。たったひとり、薬を飲んでリハビリして、病気の進行をできる限り遅らせる。そのうち歩くこともできなくなるかもしれん。俺が働かなけりゃ、治療代だってあっという間に底をつく。嫁さんを守りたいと思って悪事に手を貸したのに、これじゃあだれも救われんよ」

まったくもって身勝手すぎる言い分だが、桐ヶ谷を戸惑わせるにはじゅうぶんだった。

磯山の妻はパーキンソン病の初期であり、治療を始めたばかりの今は目に見えて症状は改善しているはずだ。しかし、この病気は進行する。運動合併症が起きれば、デバイスを使った補助療法に移行するのは間違いないだろう。現在は症状が軽く、医療費助成の対象外なら費用はかさむと思われる。

桐ヶ谷の葛藤を感じ取った磯山は、たたみかけるように懇願した。

「頼むよ、見逃してくれ。あんたの言ってることは正しいし、俺が間違ってるのもわかってる。

だが、嫁さんには俺が必要なんだよ。俺にも嫁さんが必要だ。この通りだ」

磯山は深々と頭を下げ、そのまま顔を上げなかった。

桐ヶ谷は大きな鏡の脇にある台へ目をやった。小さな段ボール箱の蓋が開きかけ、作り途中だった少女の像が垣間見える。

あのとき偶然公開捜査番組に目を留め、そこから自分は死んだ少女にのめり込んでいった。特徴のある柄のワンピースと、生前の少女を物語るいくつもの痕跡。紐解《ひもと》くにつれて見えてくるものは、桐ヶ谷にとって重く苦しいものばかりだった。そのうえ結末がこれだ。だれもが不幸になる事実を暴き、罪を償わせる意味とはなんなのだろうか。

桐ヶ谷は段ボール箱から目を離し、磯山に向き直った。依然として頭を垂れており、こんな哀れな姿を見るために事件を追ってきたのではないと痛感した。

「磯山さん、自首しましょう」

気持ちの乱れに反し、自分の声は極めて冷静だった。男はぴくりと反応して顔を上げる。落胆というより、諦めの色が濃く浮かんでいた。

「すべてを話すべきです。この事実を隠したまま、これからずっと生きていけるわけがない」

「……そうでもねえよ。この十年、そうやってのうのうと生きてきたんだからな」

「そんなはずないでしょう。少女の死に顔を一日だって忘れたことはないはずですよ。あなたは、僕が警察ＯＢに頼み事をしてくれと言ったときに断れたはずです。でも、それをしなかった」

桐ヶ谷はポケットから散髪の代金を出してキャッシュトレイに置いた。

「あなたは奥さんにすべてを話してください。僕と同じことを言うはずですから」

少女の像が入った段ボールを取り上げ、桐ヶ谷は今にも雨が落ちてきそうな外へ出た。

3

薄暗い店内に吊るされたいくつものランプは、今日も童話の世界のように柔らかな明かりをにじませている。真鍮の香炉から立ち昇る煙が宙で揺らめき、異国的な匂いが空気に溶け込んでいた。

眠気を誘うこの空間は、日常生活から切り離してくれる。桐ヶ谷にとって「カラスアゲハ」は麻薬だった。

黒い別珍張りのソファに深くもたれ、目を閉じてゆっくりと呼吸した。小さく流されているケルト調の音楽が耳に心地よい。たちまち眠りへ落ちそうになったが、それを強引に引き戻すかのような不協和音が鳴り響いて桐ヶ谷は半身を起こした。

ハトやカッコーの鳴き声と耳障りな甲高い鐘、まるで歯ぎしりのような濁音などが混じり合って四方から一斉に押し寄せてくる。音の凶器だ。

桐ヶ谷は思わず首をすくめ、店じゅうにかけられている古時計を見まわした。午後四時を告げているのだが、明らかに時報の数が多い。すると小春が大仰に立ち上がって壁際へ行き、仕掛け扉から激しく出入りを繰り返して鳴いているハトの模型をむりやり押し込んだ。それをいくつも繰り返し、再びソファに腰を下ろす。

「よくわかんないんだけどさ、夕方の四時だけ六羽のハトが狂喜するんだよね。造られた時代も国もメーカーも違うのに、なんでか四時だけおかしくなるの。きっとからくりに共通した何かがあるんだな」

小春はこともなげに言った。

「修理に出そうにも、ドイツとかイタリアのメーカーに送んなきゃなんないし、費用が莫大なんだよね。だから買ってくれた人に丸投げしようと思ってる」

「それがアンティークの醍醐味だとはいえ、かなり禍々しい鳴き声だよね。ミツさんなら盛り塩するレベルだと思う」

「ミツさんっていえば、こないだ店に遊びに来たよ。すでに盛り塩していった」

小春は蜻蛉玉の暖簾のほうへ目を向けた。確かに矢羽調の組み木の床に、白い小皿が置かれている。ミツは桐ヶ谷の店にもたびたび訪れ、よくわからない呪文を唱えるのが日課になっていた。

「ミツさんは目に見えて元気になってるよ。最近は外へよく出てるみたいで、足腰の筋肉もつきはじめてるから。ああ、それとノラ猫のぼっこも戻ってきた。猫ドアも抵抗なく使ってる」

「何よりだね。今回の事件で、ミツさんは自分が役に立てたことをすごく喜んでたんだよ。でも、家では厄介者扱いされてるみたいでかわいそうでさ」

「まあ、ミツさんも自分の生き方を譲らない人だからね。家族からすれば売れない手芸店なんてさっさとやめたいだろうけど、彼女にとっては生きた証《あかし》だ。ただ、我流の厄祓いだけは大丈夫なのかなとは思う」

小春は「言えてる」と大きく頷いた。そして長い髪をかき上げ、桐ヶ谷に上目遣いの視線を送ってきた。この仕種をするときの話題は決まっている。

「南雲さんから連絡はないよ」

桐ヶ谷が問われる前にそう答えると、小春は短いため息をついた。

「磯山理容室は今日も臨時休業の札がかかってた。これで丸々一週間だよ。まさかとは思うけど逃げたのかね」

「それはないな」

桐ヶ谷は即答した。妻の親族である川島繊維は過去に夜逃げし、その結果として苦しい生活を延々と強いられてきた。戸籍もなく職にも就けず、人の目を気にせず堂々と歩くこともできない。妻を思えばこそ間違った方向へ突き進んだ磯山が、再び伴侶をそんな境遇へ堕《お》とすことはないはずだ。

小春はやまぶき色のモヘアカーディガンの襟を直しながら、いささか神妙な顔をした。

「この事件に磯山さんが絡んでるなんて、だれも夢にも思わないよね。被害者との接点がないし、奥さんが死んだ女の子の伯母だって証拠はＤＮＡでも採らなきゃわからない。桐ヶ谷さんは気づいたけど、警察はきっとわからないままだと思う」

「そうだな」

桐ヶ谷は膝の上で手を組んだ。

磯山には自首してほしいと半ば願うような気持ちだが、それを実行しないなら決着をつけるのは自分しかいない。正直、このまま見なかったことにしようという考えもたびたび浮かんだ。しかしそれは自分が傷つきたくないからで、もっとも愚かな選択だと頭ではわかっている。

桐ヶ谷は小さなデミタスを手に取り、小春が淹れてくれたコーヒーに口をつけた。すでに冷たくなっており、酸味が増して舌先が痺れてくる。小春は、今後磯山をどうするつもりだと聞きたいはずだが、それを言葉にすることはなかった。

コーヒーを淹れ直すと言って小春が立ち上がりかけたとき、店の重々しいドアが開く音が響いた。

「いらっしゃいませ」

とたんに小春はよそいきの笑顔と声のトーンで客を出迎えたが、すぐに「なんだ」とぶっきらぼうに言った。見れば、この店にはまったくそぐわないスーツ姿の二人の男が商品を避けながら歩いてくる。

「どうも、どうも。おや、桐ヶ谷さんもこっちにいたのね」

南雲はにこにこと温和な笑みをたたえているが、いつものごとく目の奥は硬い。

「突然で申し訳ないんだけど、水森さんの調書にサインをもらいたいんだよ」

「ああ、そう。二人ともコーヒー飲む?」

小春はまるで友人にでも問うような緊張感のない声を出し、二脚の椅子を用意してソファの脇に置いた。そしてさっと翻り、暖簾の奥へ引っ込んでいる。すぐヤカンを火にかけたようで、コーヒー豆を挽くけたたましい音を響かせた。

南雲は腹の下に食い込んでいるベルトをずり上げながら腰かけ、部下の畑山も上司の隣に座る。

桐ヶ谷は落ち着かずに脚を組み替えた。磯山の件を今ここで話すべきだろうかと考えたが、彼が妻にすべてを打ち明けたかどうかが気にかかる。それが終わらないうちに身柄を拘束されれば、病を抱える伴侶への衝撃は計り知れないものになるからだ。

桐ヶ谷が考えあぐねている横で、南雲は暢気な声を出した。

「しかし、この店はなんだろうね。外から見たら、営業してるんだかなんだかさっぱりわからなかったよ」

南雲は興味を隠さずに店を見まわし、「なんだか目がまわりそうな店だね」と率直な感想を口にした。いつも無表情の畑山もさすがに驚きを隠せずに、壁で時を刻んでいるおびただしい数の古時計を凝視している。

桐ヶ谷は居心地の悪さを感じてソファの上で身じろぎし、刑事の動向を探ることに終始していた。

小春は自分たちが使っていたカップを引き揚げ、淹れ立てのコーヒーを運んでくる。アンティークのカップはひとつひとつ趣の異なる芸術品のようなものだが、南雲はまったく意にも介さずコーヒーに口をつけた。そして受け皿に戻し、唐突に言った。

「さてと。桐ヶ谷さん、あなた僕に何か隠してない？」

「え？」

間髪を容れずに反応してしまい、桐ヶ谷はしまったと思った。南雲ははす向いに座る自分に探るような視線を向け、再び口を開いた。

「一週間前、あなたに電話したときから様子がおかしかったからねえ」

「ええ、まあ、いろいろあったので……」

桐ヶ谷は言葉をにごし、小春は刑事二人の視線をかわすようコーヒーに口をつけた。

「ところで、あなた方に報告だよ」

南雲はいきなり話題を変えた。

「一昨日。九月二十二日の火曜日に、磯山弘幸、六十一歳が出頭した」

桐ヶ谷と小春は同時に顔を撥ね上げ、表情の読み取れない南雲と目を合わせた。

「十年前に起きた事件の主犯だと供述して、桐ヶ谷さんの店と事件現場に残されていた指紋と一致したよ」

磯山の自首を願っていたとはいえ、刑事からの言葉は聞くに堪えなかった。南雲は淡々と先を続けた。

「磯山弘幸は死体遺棄ならびに証拠隠滅の罪で通常逮捕。だが、被害者が事故死したという決定的な証拠はないからね。今後、そのあたりを中心に取り調べられることになる」

「被害者少女の事故死が立証できなければ？」

「殺人死体遺棄で再逮捕、起訴することになる」

「いや、磯山さんは殺していませんよ。状況はこないだお話しした通りです」

桐ヶ谷は思わず身を乗り出した。しかし南雲と畑山の顔色はひとつも変わらなかった。

「あなたが言っていた絎台というものだが、被害者が倒れている脇にあったと磯山は証言しているよ。でもね、それも含めて現場にあったもののすべてを男は処分しているんだ。今となっては自分を救う物証だったが、それはもうないんだよ」

「冤罪です。彼は殺してはいない」

桐ヶ谷ははっきりと口にした。しかし、この言葉が無意味なこともわかっていた。

「少女の母親は？　彼女が第一発見者で磯山さんの無実を証明できるはずです」

「今のところ確認が取れていない。居所も何もかもね」

少女の母親は犯罪を糧《かて》に生きていると磯山は語っていた。警察の目は常に警戒しているだろうし、戸籍もないなら追いようがない。本当に八方塞がりかもしれなかった。

南雲はコーヒーをひと口含み、カップを手にしたまま言った。

「状況証拠と剖検の結果で被疑者は裁かれることになる。現場を工作して十年も逃げていた事実は心証に響くだろうね。だが、逆を言えば磯山が殺したという証拠も不十分だと言える。現場に残されたのは指紋ひとつだけだし、検察が起訴に踏み切らない可能性もあるよ。そしてもうひとつ。あなたが鍵になるかもしれない」

南雲はカップを受け皿に戻して膝の上で手を組んだ。

「今回、桐ヶ谷さんと水森さんの見立てがなければ事件の進展はなかったといっていい。警察が考えもしない奇妙な視点から真相にたどり着いたわけだ。その事実は大きな信用になっているし、裁判で証言台に立てばかなりの説得力をもつ。磯山を救えるだろう」

桐ヶ谷は、情の浮かぶ南雲の目を食い入るように見つめた。こんな顔は初めてだし、自分たちへの信頼が率直に伝わってきた。

小太りの刑事は、いくぶん表情を和《やわ》らげて口調を変えた。

「まあ、あれだ。あなたは磯山が事件に関与してると感づいたが、我々にそれを知らせなかった。自首させようとしたんだろうけどね。これは犯人隠避《いんぴ》に抵触するよ」

「ええ、そうです。とてもすぐ通報するような気にはなれなかった。逮捕するならどうぞ。ただ、小春さんは僕が脅《おど》していたようなところがあるので、この件については無関係ですよ」

「何、脅すって」

小春が怪訝な顔ですかさず口を挟んだ。

「わたしが人に脅されて屈するとでも思ってんの？」

「いや、そういう話をしてるんじゃなくて……」

桐ヶ谷が刑事二人を気にしながら慌ててそう言ったが、小春はなぜか闘争心をあらわにした。

「わたしはね。自分のやってることは全部わかってる。指示待ち人間にクエストクリアなんてできないからね」

「クエスト？　なんだいそれは」

南雲が素直な質問を向けると、小春は早口で捲し立てた。

「ＭＭＯＲＰＧでプレイヤーがＮＰＣから出される課題だよ。これをクリアしないと報酬にはたどり着かない。ギルドにひとりでもアホが混じってるとたいへんなんだって」

「何だって？　ＭＭＯ？」

この流れでなぜゲームの話ができるのか……。ゲーム用語の解説を始めている小春を制止し、おもしろそうに聞き入っていた警部に言った。

「南雲さん、すみませんがさっきの言葉は撤回します。そもそも僕たちは、磯山さんを逃がすためのうそをついてはいない。捜査を妨げてもいません。何かの罪に抵触はするんでしょうが、隠避《さ》や蔵匿《ぞうとく》での立件は難しいと思いますよ」

そう言うやいなや南雲はにやりと笑った。

「なんというか、あなたは抜けてるようで案外要所は押さえてる人だよねえ」

ジャケットの胸ポケットから手帳を取り出し、南雲はめくりながら先を続けた。

「被害者の身元がわからないとき、捜査員は名前が知りたくてどうしようもなくなる。なんの事件でもそうだが、まず名前を知りたいという思いが捜査の動機になるんだよ」

その言葉の意味はだれよりもよくわかる。南雲は手帳から顔を上げた。

「十年間、身元不明だった少女の名前は川島美乃里《みのり》。歳は十三だよ。これは磯山が事件現場の工作をしているときに母親から聞いたそうだ」

川島美乃里。

その名前を思い浮かべたとき、頭の中に住まう少女がわずかに微笑んで頷いた。ようやく名前を取り戻すことができた。桐ヶ谷は幼さの残る少女の名前を反芻《はんすう》し、熱くなった目頭を指で押した。

「それともうひとつ」

そう言った南雲はコーヒーに口をつけた。

「土田鋳造所に勤めていた男が被害者の父親だと判明したが、娘の遺棄を主導した母親のほうは未だに所在不明。男は長年にわたって買春《かいしゅん》行為を重ねていて、相手はかなりの人数にのぼるようなんだよ。その中のだれかが被害者の母親だというわけだ。磯山の妻の証言から妹の名前は川島和恵《かずえ》だとわかっているが、おそらく方々で偽名を使っているだろうね」

「特定は難しそうだな……」

桐ヶ谷が腕組みをすると、南雲は再びカップに口をつけて受け皿に戻した。

「ここで登場するのがベークライトの釦だ。聴取によれば、男は会社の倉庫から釦や備品を持ち出しては長年売り捌いて小金を稼いでいた。だがあるとき、買春相手のひとりにそれらを持ち逃げされたと証言している。目を離した隙に金目のものを一切合切ね。まあ、よくある話だよ」

「なるほど、そうつながってくるのか。かつて母親が売春相手から盗んだベークライトの釦を、成長した少女が手にしたと」

「そういうことなんだろうねえ。男はその女の名前も居所も知らなかったが、たったひとつだけ覚えていたことがあってね。その女が、どこか都内の縫製工場でパート勤めをしていると話していたことだ」

桐ヶ谷は素早く頭を巡らせた。下請けや内職も含めれば都内に縫製関連の工場は無数にあり、それだけの情報から女の居所を特定するのは困難だ。しかし南雲はどこか確信めいた表情をしており、つぶらな瞳には鋭さが増していた。

「僕はね。最初はあなた方の言葉を受け流していたんだよ。曖昧なことばかりでとても捜査に使えるようなものではなかった。正直言って面倒事でもあったねえ。でも、何かを調べていくとどうやってもそこへつながってしまうんだ。被害者の少女が、見よう見まねでワンピースのサイズ直しをしたと桐ヶ谷さんは推測したでしょ？」

「ええ、そうですね」

「そして寺嶋ミツさんが、縫い直しに使われている糸はミヌエット印という新しい会社のものだと断定した。実はね、この紡績会社に卸している工場を問い合わせたのよ」

「まさか、そこから被害者の母親が割り出せたと？」

桐ヶ谷と小春は同時に身を乗り出した。南雲は小刻みに頷いている。

「この会社が糸を卸している都内の縫製工場は三ヵ所だけだ。そのうちのひとつは武蔵境《むさしさかい》にある工場で、糸や縫製付属品の盗難が相次いでいたらしいんだよ。ちょうど十年前の話で、工場が調査したところひとりの女が犯人として浮上していた。それが柿崎洋子《かきざきようこ》という女でね」

桐ヶ谷と小春は、南雲の言葉を聞き逃すまいと体を前に傾けた。

「その女を調べた結果、住所がわかった。阿佐ヶ谷のひかり団地に住んでいたよ」

「ちょっと待ってください。その柿崎洋子というのが川島和恵、つまり少女の母親なんですか？」

「そうだろうと睨んでいるよ。つまりは背乗《はいの》りだ。他人の戸籍を乗っ取って暮らしていたんだな。現に戸籍に記載されている柿崎洋子という女は存在しているが、年齢は七十過ぎの寝たきり老人だ。この老人の戸籍を使って悪事を働いているわけだよ」

南雲はいつもの表面的なにこやかささえも消しており、目の奥には獲物に狙いを定めたような貪欲《どんよく》さが見え隠れしている。死んだ娘を容赦なく置き去りにした母親を、この刑事は近いうちに必ず見つけ出す。それが今はっきりとわかった。

すると南雲が椅子に座り直して背筋を伸ばし、桐ヶ谷と小春に向けておもむろに頭を下げた。上司に倣い、畑山も短髪の頭を深く下げる。

「まあ、あれだ。お二方とも今回はありがとう、ご協力感謝します。あらためてお礼を言わせてもらうよ。きみらがいなければ、今も事件は闇の中だったと思うからね」

「いや、貴重な体験をさせていただきました。ご迷惑もおかけしたと思いますので、次は行動に気をつけたいと思いますよ」

「次？　はて」

南雲がしらじらしくそう言ったが、彼もわかっているはずだった。南雲は未解決事件を扱う部署におり、捜査が完全に行き詰まった案件をいくつも抱えている。万が一でも突破口になる可能性があるなら、桐ヶ谷の意見に耳を傾けるのも無駄ではない。今回の件はその布石のようなものだろう。

桐ヶ谷は薄暗い店内で、刑事二人と交互に目を合わせた。

「洋服や持ち物から何かがわかるというのは今までもよくありました。それがわかるがゆえに、救えなかった命がいくつもあります。このままでは命にかかわることが確実なのに、警察に捜査させるだけの根拠にはならなかった。でも今は違います。南雲さんと畑山さんだけは、僕の言葉を聞き入れるでしょう。つまりは橋渡し役ですよ」

「よくも堂々とそんなとんでもないことが言えたもんだねえ」

南雲は口ではそう言っているが、だれよりも実感しているのはわかっている。

埋もれそうな技術や職人を返り咲かせることと、救える命はなんとしてでも救うこと。そして、着衣から見える真実から目を背けないこと。自分のやるべきことはこの三つだ。名前のなかった少女と向き合ってほぼひと月、それがはっきりとわかった気がした。

南雲は何かを明言こそしなかったが、わずかな拒絶も示さなかった。そして清々しく見えなくもない笑みを浮かべながら口を開いた。

「それにしても、最初からあなた方の自信は揺るがなかった……というわけだねえ。実におもしろい。きみらは警官の採用試験を受けたらどう？」

「冗談じゃない」

小春はかぶせ気味に即答した。

「わたしは体育会系がこの世でいちばん苦手なんだよ。警察なんて運動部の頂点みたいな組織じゃん」

「そうでしょうか。案外あなた向きだと思いますが」

ずっと無言だった畑山が突然口を開いた。

「ゲームの世界こそ厳しい縦割り社会でしょう。多人数でプレイするものは特にその傾向があるのでは？　水森さんはゲームオタクであり、苦手だと言いつつ常にそういう状況に身を置いているように見えますね」

「ねえ、急にしゃしゃり出てこないでくれる？　わたしはね、野良パーティ専門なんだよ。そこで名を上げて神になる存在なんだ」

「いったい何を言ってるんだかねえ」

南雲が呆れ声を出したが、小春はかまわず話を続けた。

「ところで畑山さん。わたしのゲーム実況動画に出てくんない？　畑山さんに似た敵キャラがいるんだよ。マッチョで寡黙、でもなんか包容力があって悪なのに人気なんだよね。ああ、刑事だってことは伏せるから心配しないで」

「遠慮します」

畑山はひと言で話を終わらせ、南雲が先を引き継いだ。書類をファイルから引き出してテーブルに滑らせる。

「とにかく水森さん。これ、あなたから聞き取った調書だから、間違いがなければサインしてね。くれぐれも、いいかい？　くれぐれもちゃんと集中して読みなさいね」

「は？　言われなくてもそうするわ」

小春はむっとして丸顔の刑事を睨みつけ、テーブルの上にある電気スタンドを点けた。

○主な参考文献

「立体像で理解する美術解剖」阿久津裕彦　著、小野結貴花　造形（技術評論社）
「スカルプターのための美術解剖学　ANATOMY FOR SCULPTORS　日本語版」アルディス・ザリンス、サンディス・コンドラッツ　著（ボーンデジタル）
「ヴィンテージファッション」田島由利子　著（繊研新聞社）
「タータンチェックの文化史」奥田実紀　著（白水社）
「解剖実習マニュアル」長戸康和　著（日本医事新報社）

本作品はフィクションであり、実在のいかなる組織・個人とも一切関わりありません。

初出「小説現代」二〇二〇年十月号掲載「仕立屋探偵　桐ヶ谷京介」を改題しました。

川瀬七緒（かわせ・ななお）
1970年、福島県生まれ。文化服装学院服装科・デザイン専攻科卒。服飾デザイン会社に就職し、子供服のデザイナーに。デザインのかたわら2007年から小説の創作活動に入り、'11年、『よろずのことに気をつけよ』で第57回江戸川乱歩賞を受賞して作家デビュー。ロングセラーとなった人気の「法医昆虫学捜査官」シリーズには、『147ヘルツの警鐘』（文庫化にあたり『法医昆虫学捜査官』に改題）『シンクロニシティ』『水底《みなぞこ》の棘《とげ》』『メビウスの守護者』『潮騒のアニマ』『紅のアンデッド』『スワロウテイルの消失点』の７作がある。そのほかにも『桃ノ木坂互助会』『女學生奇譚』『フォークロアの鍵』『テーラー伊三郎』（文庫化にあたり『革命テーラー』に改題）『賞金稼ぎスリーサム！』『賞金稼ぎスリーサム！　二重拘束のアリア』など多彩な題材のミステリー、エンタメ作品がある。

ヴィンテージガール　仕立屋探偵《したてやたんてい》　桐《きり》ヶ谷《や》京介《きょうすけ》

第一刷発行　二〇二一年二月十七日

著者　川瀬七緒《かわせななお》
発行者　渡瀬昌彦
発行所　株式会社　講談社
〒112-8001　東京都文京区音羽二-一二-二一
電話　出版　〇三-五三九五-三五〇五
販売　〇三-五三九五-五八一七
業務　〇三-五三九五-三六一五
本文データ制作　講談社デジタル製作
印刷所　豊国印刷株式会社
製本所　株式会社国宝社

Printed in Japan　ISBN978-4-06-522453-3
N.D.C. 913　310p　19cm

川瀬七緒の文庫本

紅《くれない》のアンデッド

法医昆虫学捜査官

古い一軒家で発見されたのは、
すさまじい量の血痕と
切断された左手の小指が３本だけ。
赤堀が新組織で難事件に挑む！

講談社　定価：840円（税別）

※定価は変わることがあります。

川瀬七緒の文庫本

メビウスの守護者
法医昆虫学捜査官

「虫の知らせ」がおかしい。
東京・西多摩で男性のバラバラ死体が発見された。
司法解剖医が出した死亡推定月日と、
赤堀が出した日がなぜか一致しない！

講談社　定価：800円（税別）

※定価は変わることがあります。

川瀬七緒の文庫本

水底《みなぞこ》の棘《とげ》
法医昆虫学捜査官

東京湾の荒川河口で見つかった遺体は、損傷が激しく身元特定は困難を極めた。捜査本部とは別に、赤堀はウジや微物を調べ、棘のような物を発見する。定価八二〇円（税別）

シンクロニシティ
法医昆虫学捜査官

東京・葛西のトランクルームから、女性の腐乱死体が発見された。人相はおろか死亡日時の推定すら難しい状態。法医昆虫学者・赤堀涼子が解明に動く。定価八二〇円（税別）

※定価は変わることがあります。

川瀬七緒の文庫本

法医昆虫学捜査官

警察ミステリーの新境地。焼死体から発見された「ウジの塊《かたまり》」。警視庁は法医昆虫学者を起用へ。単行本『147ヘルツの警鐘　法医昆虫学捜査官』を改題。定価七七〇円（税別）

よろずのことに気をつけよ

第五十七回江戸川乱歩賞受賞作。呪いで本当に人を殺せるのか。祈禱《きとう》念仏が示す恐るべき殺人予告の結末は！　謎が謎を呼ぶ、呪術ミステリーの傑作。定価八二〇円（税別）

※定価は変わることがあります。